Gabrielle Kent

ALFIE BLOOM

Jagd nach dem magischen Schlüssel

Aus dem Englischen
von Kai Kilian

Schneiderbuch
EGMONT

Bücher von Gabrielle Kent bei Schneiderbuch:

Alfie Bloom – Band 1: Das Geheimnis der Drachenburg
Alfie Bloom – Band 2: Jagd nach dem magischen Schlüssel

Weitere Bücher von Gabrielle Kent sind bei Schneiderbuch in Vorbereitung.

1. Auflage

verlegt durch EGMONT Verlagsgesellschaften mbH,
Gertrudenstraße 30–36, 50667 Köln

Die englische Originalausgabe erschien 2016 unter dem Titel
»Alfie Bloom and the Talismans Thief« bei Scholastic Children's Books,
an imprint of Scholastic Ltd London, England

Übersetzung aus dem Englischen: Kai Kilian
Umschlagillustration: Timo Grubing
Umschlaggestaltung: Timo Grubing
Satz: Greiner & Reichel, Köln
Printed in Germany (671575)
ISBN 978-3-505-13717-4
www.schneiderbuch.de

MIX Papier FSC FSC® C014496

Für meine Familie

INHALT

KAPITEL 1
Räuber aus der Eiche

Alfie rollte sich auf den Rücken und lächelte zu den Sternen hinauf, während der Wind ihm durchs Haar pfiff und an seiner Schlafanzughose zerrte. Er tätschelte den Pelz unter ihm – ein Flug mit einem Bärenfellteppich war einfach die absolut beste Art zu reisen.

»Du bist so still heute Nacht«, sagte eine tiefe Stimme an seinem Ohr. »Alles in Ordnung?«

»Ich genieß bloß die Ruhe, Artan.« Alfie streckte den Arm aus und kraulte den Bärenkopf. Der ganze Teppich begann zu vibrieren, als Artan ein wonniges Brummen ausstieß.

Das Mondlicht glitzerte auf dem Archelon-See und beleuchtete die Umrisse von Burg Hexbridge hoch oben auf einem der Hügel, die das Dörfchen umgaben. Alfie konnte es immer noch nicht so recht glauben, dass er wirklich dort wohnte. Sein Dad schlief in dem jahrhundertealten Gemäuer bereits tief und fest, genauso wie seine beste Freundin Amy Sui, die ihn über die Osterferien besuchte, während ihre Oma sich von einer heftigen Grippe erholte. Seine Cousine Madeleine und sein Cousin

Robin waren erst vor ein paar Stunden aufgebrochen, nachdem sie das Wochenende auf der Burg verbracht hatten.

Alfie fand es herrlich, so viele Leute um sich zu haben, besonders weil er bis vor ein paar Monaten in einer düsteren Souterrainwohnung gehaust hatte, nur mit seinem Dad und seinem Kater Galileo als Gesellschaft. Seit er von Orin Hopcraft, dem letzten der großen Druiden, diese prächtige Burg geerbt hatte, war sein Leben ein vollkommen anderes geworden. Aber von Zeit zu Zeit drängte es ihn dennoch, eine Weile lang mit sich allein zu sein. Und gab es dafür einen besseren Ort als zwischen den Wolken?

Es schienen Jahre vergangen seit Weihnachten. Damals hatten seine beiden Schulleiterinnen Murkle und Snitch sich in einen Drachen verwandelt und versucht, ihn zu fressen. Der uralte Zauber, den Orin in Alfie bei seiner Geburt versteckt hatte, war ihrer aller Rettung gewesen, denn er hatte dem doppelköpfigen Ungeheuer dessen Magie entrissen. Doch das Gefühl der Macht, das Alfie bei der Benutzung des Zaubers empfunden hatte, war beinahe ebenso furchterregend gewesen wie das Monster. Bei dem Gedanken daran begann er zu zittern, trotz der warmen Nachtluft. Manchmal hatte er immer noch Albträume wegen dieser Geschichte.

Der heutige Traum war besonders schlimm gewesen. Alfie hatte sich in einen Drachen verwandelt und seine Familie verschlungen. Das Ganze hatte sich dermaßen echt angefühlt, dass er beim Aufwachen hätte schwören können, seine Arme wären nach wie vor dunkelgrün und mit Schuppen bedeckt. Er hatte beschlossen, auf Artan eine Runde am Himmel zu drehen, ehe er weiterschlief. Normalerweise sorgte so ein friedlicher Rundflug bei ihm für einen klaren Kopf, doch dieses Mal ließ der Albtraum sich nur schwer abschütteln. Alfie berührte den Anhänger, den er stets um den Hals trug. Der Talisman auf seiner Brust, der den Zauber in seinem Innern verborgen und unter Kontrolle hielt, gab ihm ein Gefühl der Sicherheit.

»Okay, bring uns nach Hause, Artan.«

»Flugrichtung heimwärts«, brummte der Bär. »Halt dich gut fest!«

Alfie vergrub die Finger im dichten Fell, als Artan sich in weitem Bogen über der Schule in Wyrmwald House hinabstürzte und dann wieder Kurs auf die Burg nahm. Alfie gefiel das Schulleben, seit Murkle und Snitch verhaftet worden waren. Er hoffte, die beiden würden für lange Zeit hinter Gittern bleiben, irgendwo möglichst weit weg. Seine Lieblingslehrerin Miss Reynard hatte derweil die Rolle der Direktorin übernommen, worüber sich Alfie sehr freute. Sie gehörte für ihn zu den Menschen, bei denen es ziemlich unwahrscheinlich war, dass sie sich irgendwann in einen bösartigen Drachen verwandeln würden.

Sie glitten über den Archelon-See auf das sanfte Tosen des Flusses zu, der zu beiden Seiten um die Burg herumfloss, ehe er sich als Zwillingswasserfall von der dahinter liegenden Klippe stürzte. Als der Bär über die Burgmauern segelte, fiel Alfies Blick auf die große Eiche, die auf der kopfsteingepflasterten Hälfte des Innenhofs stand. Sie war von einem bläulichen Schimmer erleuchtet, der flackernd erlosch, kaum dass Alfie ihn bemerkt hatte. Sah er jetzt etwa schon Gespenster? Er legte eine

Hand auf Artans Schnauze und deutete mit der andern nach unten. Der Bär nickte und schwebte lautlos über den Hof, um kurz darauf hinter den Zinnen des steinernen Wehrgangs zu landen.

Sofort reckte Alfie den Kopf, um durch eine der Lücken im Mauerwerk zu spähen, und entdeckte nur mit Mühe eine dunkle Gestalt in der Nähe des Baumstamms. Die Zugbrücke über den Graben war immer noch hochgezogen – also wie hatte es jemand geschafft, in die Burg zu gelangen? Die Gestalt trat jetzt unter dem Baum hervor und bewegte sich auf die schwere Eingangstür zu. Alfie sprang auf die Füße, doch gerade als er den Mund öffnete, um dem Eindringling etwas zuzubrüllen, erkannte er Ashford, den Butler. Augenblicklich duckte er sich wieder hinter die Zinnen, denn er legte keinerlei Wert darauf, erklären zu müssen, was er mitten in der Nacht hier draußen zu suchen hatte. Er beobachtete, wie der Butler irgendetwas Kleines in seine Tasche steckte und kurz darauf im Innern der Burg verschwand. Weshalb Ashford wohl so spät noch auf war?, fragte sich Alfie.

Nachdem die Tür sich hinter Ashford geschlossen hatte, gab er Artan einen Klaps, und sie sausten hinauf zu seinem geöffneten Schlafzimmerfenster. Nach wie vor hatte er keinem der Erwachsenen von dem Bären erzählt. Er befürchtete halb, sein Dad würde sofort Experimente anstellen wollen, um herauszufinden, wie ein Fellteppich reden und fliegen konnte. Nur Amy, Madeleine und Robin wussten von Artan, und die drei hatten die strikte Anweisung, kein Sterbenswörtchen darüber zu verlieren, wenn sie ihr Vorrecht auf regelmäßige Rundflüge nicht aufs Spiel setzen wollten.

Lautlos glitt der Bär durch die Gänge der verschlafenen Burg. Vor der Bibliothekstür sprang Alfie ab, und Artan schwebte zurück in sein behagliches kleines Zimmer hoch oben im Südturm. Alfie war noch immer hellwach. Er schnappte sich ein paar seiner Lieblingscomics aus den Bücherregalen, um im Bett noch ein bisschen zu lesen, in der Hoffnung, dass sie dabei helfen würden, den Drachenalbtraum aus seinem Kopf zu vertreiben.

Als er an der Treppe vorbeikam, hörte er aus dem Erdgeschoss eine unbekannte Stimme heraufhallen. Er blieb wie angewurzelt stehen und lauschte. Sie war melodisch und doch barsch. Jedes Wort klang bedrohlich.

»Es war töricht von dir zurückzukehren. Hast du geglaubt, wir würden vergessen, was du uns gestohlen hast?«

Vorsichtig legte Alfie sich flach auf den Teppich und spähte durchs Treppengeländer hinab in die Halle. Dort unten im schummrigen Licht erkannte er vier Gestalten. Drei davon waren sehr groß und trugen lange Tuniken mit einer Art lederner Weste darüber. Sie umklammerten die Arme der kleinsten Gestalt, die sich mit aller Kraft loszureißen versuchte.

»Sag uns, wo sie ist.«

Der Besitzer der Stimme hatte scharfe Gesichtszüge und stand fast Nase an Nase vor dem Gefangenen, der jetzt trotzig antwortete: »An dem einzigen Ort, von dem ihr sie niemals zurückholen könnt. Muninn und Bones' Tresorraum.«

Diese Stimme kannte Alfie sehr gut. Ashford. Die Burg sollte ausgeraubt werden, und die Räuber bedrohten den Butler! Alfie wusste nicht, was er tun sollte. Er hätte Amy und seinen

Dad wecken können, aber zwei Zwölfjährige, ein Butler und ein spindeldürrer Erfinder waren wohl kaum echte Gegner für die grimmig wirkenden Einbrecher dort unten in der Halle.

Ashford ächzte, als einer der Kerle ihm die Faust in die Rippen hieb. Hektisch blickte Alfie sich um und entdeckte an einer Ritterrüstung ein riesiges Schwert. Er überlegte kurz, ob er es packen und dann bewaffnet die Treppe hinunterstürmen sollte, doch er bezweifelte stark, dass er es überhaupt hoch genug heben konnte, um die Diebe damit zu beeindrucken.

»Du wirst uns hinbringen.«

»Niemand gelangt dorthin, ohne mit einer ihrer Kutschen zu fahren«, entgegnete Ashford.

»Dann ruf eine her.«

Der Mann hielt ein Messer an Ashfords Hals. Alfie reagierte rein instinktiv. Er sprang auf und warf sich mit seinem ganzen Gewicht gegen die Ritterrüstung, sodass diese mit jähem Getöse die Stufen hinabstürzte.

»He, ihr da unten! Was treibt ihr hier? Verschwindet gefälligst!«, brüllte er, so laut er konnte, während die Teile der Rüstung scheppernd und polternd treppabwärts rollten. Er schnappte sich eins der abgefallenen Schulterstücke und hämmerte es gegen die Wand, um die Kerle durch den Lärm glauben zu lassen, dass im ersten Stock eine ganze Armee anrückte.

»Alfie, duck dich!«, schrie Ashford.

Alfie ließ sich sofort auf den Boden fallen, und das keine Sekunde zu früh. In dichter Folge durchschlugen drei Pfeile den Wandteppich hinter ihm.

»Was geht denn hier vor?«, rief Alfies Dad, der im selben Moment aus seinem Schlafzimmer stürmte, als Amy aus ihrem hervorschoss, im Schottenmusterpyjama und bewaffnet mit einem Baseballschläger.

»Was ist los, Al? Bist du okay?«

Alfie kauerte sich hinter das steinerne Treppengeländer und machte sich so klein wie möglich, während die beiden den Flur entlang auf ihn zugerannt kamen. »Bleibt, wo ihr seid!«, brüllte er und trat mit dem Fuß nach einer weiteren Rüstung, um sie der ersten hinterherzuschicken. »Die schießen mit Pfeilen!«

»Wer, Alfie? Wer ist da unten?«, schrie sein Dad gegen das metallische Klirren und Klappern an.

»Ich weiß es nicht«, formte Alfie stumm mit den Lippen. Er zog hektisch den Arm zurück, als die nächste Pfeilspitze knapp neben seinem Ellbogen ein Splitterstück aus dem Stein hackte.

Die letzte Panzerplatte der Rüstung landete scheppernd in der Halle unter ihnen. Alfie riskierte einen kurzen Blick. Ein Kampf war ausgebrochen. Ashford hatte sich losgerissen und wirbelte nun wütend von einem der Kerle zum andern, während er mit verblüffender Zielsicherheit Schläge und Tritte austeilte.

Wo hatte er bloß so gut kämpfen gelernt?, staunte Alfie. Einer der Eindringlinge lag schon am Boden, nur ein paar Schritte vom Fuß der Treppe entfernt. Die zwei andern bewegten sich zaghaft im Kreis und warteten auf ihre Angriffschance.

»Was machen wir jetzt?«, flüsterte Amy, die sich flach auf

den Boden geworfen hatte und mit den Ellbogen auf Alfie zurobbte.

Das fragte Alfie sich auch. Sein Dad allerdings schien bereits einen Plan zu haben, denn er hatte sich von der Wand einen Schild und eine Lanze geschnappt und krabbelte nun zu den beiden herüber.

»Schleicht euch in eins der Zimmer und verriegelt die Tür, bis ihr meine Stimme hört«, zischte er über das Brüllen und Krachen hinweg, das von unten zu ihnen heraufdrang.

Alfie starrte ihn ungläubig an. Noch nie hatte er seinen Vater dermaßen wild und entschlossen gesehen. »Auf gar keinen Fall! Du kannst nicht allein da runtergehen. Das lass ich nicht zu.«

»Du hast keine Wahl. Versteckt euch in deinem Zimmer. Ich helfe Ashford.«

Ehe Alfie noch etwas erwidern konnte, hörte er Amy losbrüllen. Sie war urplötzlich aufgesprungen und schrie über das Treppengeländer hinab in die Halle.

»Ashford! Achtung!«

Eine weitere Gestalt war im Türrahmen aufgetaucht: eine Frau. Sie war hochgewachsen, mit einem Ausdruck von Kälte auf den hageren Zügen, und sie stand regungslos da, den gespannten Bogen bereits an die Schulter gehoben. Ashford hatte sie nicht bemerkt, sein Gesicht war nach oben zu Amy gewandt. Alfie stimmte in Amys Geschrei mit ein und deutete panisch in Richtung Tür. Ashford drehte sich um, und im selben Moment hechteten zwei der Angreifer auf ihn zu, um ihn zu packen. Mit aller Kraft riss er sich los, doch es war schon zu spät. Kaum begegnete sein Blick dem der Frau an der Tür, schoss sie ihren Pfeil ab. Die Spitze durchstieß den Stoff seines Hemds und bohrte sich mit einem dumpfen Laut in seine Schulter. Die Wucht des Treffers warf den Butler zu Boden.

»Nein!«, kreischten Alfie und Amy wie aus einem Mund. Alfie riss seinem Dad die Lanze aus der Hand und raste aus vollem Hals brüllend die Stufen hinunter, dicht gefolgt von seinem Vater und Amy.

Die Angreifer stülpten Ashford einen Sack über den Kopf und zerrten ihn zur Tür, wo noch immer die Frau mit dem Bogen stand. Ein grausam vergnügtes Leuchten huschte über ihr blasses Gesicht.

»Stopp! Lasst ihn in Ruhe!«, schrie Alfie und schleuderte wutentbrannt die Lanze in ihre Richtung. Sie landete klappernd und wirkungslos auf dem Boden, während die Eindringlinge durch die Tür verschwanden. Alfie sprang die letzten paar Stufen hinunter und stürmte quer durch die Halle.

»Alfie, warte!«, rief sein Dad, doch im nächsten Moment stieß er einen Schmerzensschrei aus. Alfie warf einen raschen Blick über die Schulter und sah, wie er über die verstreuten Teile der Rüstungen stolperte und Amy stehen blieb, um ihm aufzuhelfen. Dann hetzte Alfie hinaus auf den Hof und ließ die beiden zurück.

Die Eiche schimmerte wieder in dem seltsamen blauen Licht. Dieses Mal konnte Alfie erkennen, dass es aus einem klaffenden Loch im Stamm herausdrang – offenbar handelte es sich um irgendeine Art von Portal. Die Entführer hasteten durch die Öffnung ins Licht und schleiften Ashford hinter sich her.

»Halt!«, brüllte Alfie in vollem Lauf. Nur einen Wimpernschlag bevor er den Baum erreichte, sah er Ashfords Füße durch das Portal verschwinden. Ohne langes Nachdenken streckte Alfie die Arme ins Licht. Es fühlte sich kühl an und kräuselte sich wie Wasser um seine Ellbogen, während er etwas zu fassen bekam, dass ihm eine lederne Weste zu sein schien. Er stemmte den Fuß gegen den Baumstamm und zog mit aller Kraft, dann taumelte er zurück, als plötzlich eine Gestalt aus der Öffnung trat. Es war die Frau, die auf Ashford geschossen hatte. Sie lächelte, und ihre hübschen grünen Augen glitzerten boshaft, als sie Alfie mit eisernem Griff an den Handgelenken packte und sie ihm so heftig verdrehte, dass er ihr Wams schließlich losließ. Er schrie vor Schmerz auf und versuchte verzweifelt, sich zu befreien.

»Lass deine Finger von ihm!«, kreischte Amy, die auf sie zugestürmt kam. Alfies Dad folgte ihr heftig humpelnd. Als Alfie schon glaubte, seine Handgelenke würden jeden Augenblick brechen, heulte die Frau vor Wut auf und löste jäh ihren Griff. Amy hatte einen Baseball nach ihr geschlagen und sie an der Wange erwischt. Sofort spross ein purpurner Bluterguss auf der leuchtend weißen Haut der Frau. Sie fauchte Alfie irgendetwas zu, in einer Sprache, die er nicht verstand. In der nächsten Sekunde stürzte Amy sich auf sie wie eine Wildkatze, wurde jedoch mit einem mühelosen Hieb beiseitegefegt und quer über den Hof geschleudert. Dann drehte die Frau sich um und verschwand wieder im Stamm der Eiche.

»Alfie, nicht!«, rief sein Dad, als Alfie auf das Portal zusprang.

In dem gleißenden Licht, das ihn plötzlich umgab, konnte er kaum etwas sehen. Er versuchte, einen Schritt vorwärts zu machen, doch im selben Moment packten zwei große Hände von hinten den Stoff seines Schlafanzugs und begannen, ihn aus dem Baum herauszuzerren.

»Nein!«, brüllte er und warf sich mit verzweifelter Anstrengung nach vorn. Der Rand des blau schimmernden Tors knisterte ihm in den Ohren, als seine Beine zurück in die Nachtluft gezogen wurden. »Wir müssen sie aufhalten, sie dürfen Ashford nicht mitnehmen!«

Er hörte, wie Amy und sein Dad seinen Namen schrien. Trotzdem klammerte er sich an die Seiten des leuchtenden Spalts und wehrte sich gegen den Griff der beiden, indem er sämtliche Kraft, die er aufbringen konnte, in seine Arme zwang. Mit aller Macht zog er sich vorwärts, und seine Finger schienen plötzlich zu Krallen zu werden, während Reihen von Schuppen seine Arme hinaufliefen, ganz so wie in seinem Albtraum. War etwa das Portal der Grund dafür?

Er wollte das Bild gerade fortblinzeln, da schob sich eine Gestalt durch das blendende Licht. Es war der Mann mit den scharfen Gesichtszügen, der Ashford bedroht hatte. Sein eisiger Blick war ausdruckslos, als er auf Alfie herabstarrte. Dann zuckte jäh sein Fuß nach vorn. Der wuchtige Tritt gegen den Brustkorb schleuderte Alfie in hohem Bogen hinaus vor den Baum, wo er im nächsten Moment auf seinem Dad und Amy landete. Während er mühsam nach Luft rang, sah Alfie das Portal zu einem langen bläulichen Strich zusammenschrumpfen, ehe das Leuchten vollständig erlosch.

Hektisch rappelte er sich hoch und hämmerte mit den Fäusten wüst auf die Rinde ein, doch das Portal war verschwunden. Und ebenso Ashford.

KAPITEL 2
Die gestohlene Linse

Alfie starrte auf die zerschlissene Armlehne des Sofas, auf das er sich hatte fallen lassen – ein Wirrwarr aus losen Fäden, das unangenehm deutlich hervorstach. Sie hatten sich im Abernathy-Zimmer versammelt, wo Alfies Dad das Wohnzimmer ihrer früheren Wohnung in der Abernathy Terrace nachgestellt hatte. Die alten Möbel fühlten sich in einem Moment wie diesem tröstlich vertraut an.

Das Atmen tat Alfie weh, doch der Schock über Ashfords Entführung war schmerzhafter als geprellte Rippen und verdrehte Handgelenke. Amy saß neben ihm, und sein Dad hielt ihr einen Eisbeutel ans Auge, das jetzt immer mehr anschwoll.

»Bist du in Ordnung, Dad?«, brach Alfie schließlich das benommene Schweigen, das zwischen ihnen geherrscht hatte, seit das merkwürdige Portal verschwunden war.

»Werd's überleben.« Sein Vater drückte Amy den Eisbeutel in die Hand und humpelte gequält zu seinem Sessel hinüber. »Aber hatte ich dir nicht ausdrücklich verboten, deinen Plunder auf der Treppe herumliegen zu lassen?«

Alfie brachte nicht mal ein Lächeln zustande über diesen lahmen Versuch, die Stimmung ein bisschen aufzulockern.

»Werden Sie die Polizei rufen?«, fragte Amy.

»Darüber denke ich schon die ganze Zeit nach. Was sollen wir denen denn sagen?«

Alfie war sofort klar, dass sein Dad recht hatte. Caspian Bone, ihr sonderbarer Anwalt, hatte sämtliche Dorfbewohner mit einer Art Zauber belegt – niemand erinnerte sich daran, dass Hexbridge kurz vor Weihnachten um ein Haar von einem Drachen zerstört worden wäre. Inspector Wainwright würde sie mit Sicherheit für verrückt halten, wenn sie ihm erzählten, Ashford sei durch ein magisches Portal in die Eiche hineingezerrt worden.

Das uralte Messingtelefon in der Halle fing an zu klingeln. Alfie sprang auf, dankbar für die Gelegenheit, das Zimmer verlassen zu können, das um ihn herum immer enger zu werden schien. Er durchquerte die silbrigen Strahlen aus Mondlicht, die durch die großen Flurfenster fielen, und hob den Hörer ab. Eine liebliche Stimme meldete sich in sehr ernstem Tonfall.

»Alfie, hier spricht Emily Fortune, Nachlassverwalterin der Kanzlei Muninn und Bone. Unsere Raben haben uns mitgeteilt, was geschehen ist. Versucht auf keinen Fall, Ashford zu folgen. Verriegelt die Türen, und geht nicht in den Burghof, bis der Fernsprecher dreimal klingelt. Caspian Bone schickt euch eine Kutsche.«

Bei Emilys Worten fühlte Alfie sich gleich etwas ruhiger. Caspian mochte ein schräger Vogel sein, doch er würde mit Sicherheit wissen, was in einer Situation wie dieser zu tun war.

Alfie dankte Emily und legte auf. Im nächsten Moment bemerkte er, dass Galileo genau dort umherstreifte, wo Ashford angegriffen worden war. Mit gesträubtem Nackenfell beschnüffelte der Kater den Boden und stieß dabei ein leises Knurren aus.

»Ist schon gut, mein Kleiner.« Alfie bückte sich, um ihn zu streicheln, doch Galileo schlüpfte unter der Hand hindurch und flitzte dann tief geduckt nach draußen, indem er der gewitterten Duftspur hinaus auf den Hof folgte.

»Leo! Komm sofort wieder her!« Der Kater schnupperte rund um die mächtige Eiche herum. Alfie rief erneut nach ihm, ohne den geringsten Erfolg. Er warf die große Flügeltür einige Male zum Schein ins Schloss, dann gab er es auf und verriegelte sie. Galileo konnte vermutlich ganz gut auf sich selbst aufpassen.

»Caspian schickt uns eine Kutsche«, berichtete Alfie, als er wieder zu seinem Dad und Amy ins Zimmer trat. »Wir sollen unbedingt drinbleiben, bis das Telefon klingelt.«

»Für den Fall, dass diese Typen zurückkommen?«, fragte Amy. »Meinst du, die tauchen noch mal auf?«

»Keine Ahnung. Sie wollten irgendetwas von Ashford. Ich glaube, die haben ihn entführt, damit er dieses Etwas für sie holt.«

»Und was ist, wenn er sich weigert?«

Alfie antwortete nicht. Er wollte lieber nicht daran denken, in welcher Gefahr Ashford schwebte.

Zwanzig Minuten später klingelte das Telefon dreimal. »Das war das Zeichen. Los geht's.« Alfie legte den Arm um seinen Dad und half ihm, zur Tür zu humpeln.

Amy fiel vor Staunen buchstäblich die Kinnlade herunter, als sie die auf Hochglanz polierte Kutsche aus Ebenholz sah, die im Hof stand. Alfie erkannte das Gespann als dasselbe, mit dem er und sein Dad vor mittlerweile fast einem Jahr zum Sitz der Kanzlei Muninn und Bone gebracht worden waren, wo er dann überraschend erfahren hatte, dass er Burg Hexbridge erben sollte. Sechs nachtschwarze Pferde dampften im Mondlicht und scharrten mit den Hufen über das Kopfsteinpflaster.

Johannes, der Kutscher, grüßte mit einem Nicken. Beinahe lautlos öffnete sich die Kabinentür. Zwei untersetzte bärtige Männer in Ledermontur und klobigen Stiefeln sprangen heraus und hievten einen gewichtigen schwarzen Sack von der Gepäckablage. Nachdem sie ihn zu der Eiche hinübergeschleppt hatten, umrundeten sie den Baum, beklopften den Stamm und kratzten sich ihre Bärte, wobei sie leise Schnalzlaute von sich gaben.

Alfie überließ die beiden Männer ihrer Untersuchung der Eiche und kletterte in die samtene Dunkelheit der Kutsche, gefolgt von Amy und seinem Dad. Er fühlte sich sofort fehl am Platz in der eleganten Umgebung und wünschte sich, er hätte vorher seinen Schlafanzug gegen etwas Angemesseneres getauscht.

»Sie sind verletzt.«

Die drei zuckten vor Schreck zusammen, als urplötzlich eine Stimme aus den Schatten drang. Mit dramatischem Effekt flackerten die Öllampen in der Kabine auf und beleuchteten die Gestalt Caspian Bones, der auf der Bank gegenüber saß. »Sobald wir in unserer Kanzlei sind, wird man sich Ihrer Versehrungen annehmen.«

»Caspian!«, kreischte Alfie, trotz seiner schmerzenden Brust voller Erleichterung, den Anwalt zu sehen. »Ashford ist entführt worden. Sie haben ihn in die Eiche geschleift, durch dieses Portaldingsbums. Wir müssen ihn sofort zurückholen!«

»Die haben ihn angeschossen, mit 'nem Pfeil!«, platzte es aus Amy heraus. »Die waren fürchterlich riesig und stark, wir konnten sie einfach nicht aufhalten.«

»Ich war mir nicht sicher, ob ich die Polizei rufen sollte«, berichtete Alfies Dad atemlos. »Ich meine, was hätten wir denen erzählen sollen? Was hätten wir denen erzählen *können*?«

Der Anwalt lauschte dem sich überschlagenden Wortschwall der drei in gleichmütigem Schweigen, dann klopfte er mit einem schwarz-silbernen Gehstock an die Kabinenwand hinter ihm. Die Kutsche setzte sich Bewegung. »Ihre Polizei vermag keinerlei Hilfe zu sein. Ich werde mich dieser Angelegenheit allein widmen.« Über Caspians schneidenden Tonfall hinweg hörte Alfie immer schnelleres Hufgetrappel, während die Pferde über die Zugbrücke trabten und kurz darauf den Hügel hinabgaloppierten. Als das Gespann die volle Geschwindigkeit erreicht hatte, kippte die Kutsche urplötzlich nach hinten, als hätten die Tiere einen gewaltigen Satz in die Luft gemacht und würden nun geradewegs in den Himmel aufsteigen. Er merkte, dass Amy angestrengt durch die pechschwarzen Glasscheiben nach draußen spähte.

»Fliegen wir et–?«, setzte sie an.

»Das ist unbedeutend«, schnitt Caspian ihr das Wort ab. Sein Kopf zuckte wieder zu Alfie herum, der lächelnd beobachtete, wie Amy wegen der barschen Unterbrechung eine Braue hochzog. »Der Talisman – ist er in Sicherheit?«

Alfie fischte den Anhänger unter seinem Schlafanzugoberteil hervor und hielt ihn dem Anwalt hin.

»Gut. Sie glauben noch immer, er befände sich in unserer Kanzlei. Wir haben Vorsorge getroffen, die Eiche mit Eisen zu binden, damit die Elfen nicht durch dieses Portal zurückkehren können, während wir über die Herausgabe Ashfords verhandeln.«

»Moment mal ... *Elfen*?«, fragte Alfie entgeistert. »Das sind Elfen gewesen? Ist das Ihr Ernst?«

»Scherze ich jemals?«

Das wäre wohl doch der Hoffnung zu viel, schoss es Alfie durch den Kopf.

Amys zweite Augenbraue gesellte sich zu ihrer ersten, als Caspian ungerührt die Existenz eines vermeintlichen Sagenvolks bestätigte. »Und was genau haben die von Ashford gewollt?«, fragte sie.

»Ich vermute, es dient keinerlei Zweck mehr, Ihnen diese Information vorzuenthalten, nachdem sie ihn nun wieder aufgespürt haben.«

Die Ankündigung, dass der Anwalt ihnen ein paar Antworten zu liefern gedachte, verblüffte Alfie beinahe noch mehr als die Enthüllung, dass es tatsächlich Elfen gab.

»Die Linse im Talisman«, fuhr Caspian fort. »Sie wollen sie zurück.«

»In *meinem* Talisman?«, staunte Alfie und griff unwillkürlich nach der goldenen Scheibe vor seiner Brust. Behutsam fuhr er mit dem Daumen über die Runen, die sich spiralförmig um die violette Linse im Zentrum wanden.

»Alfies Talisman gehörte den Elfen?«, fragte sein Dad.

»Nicht der Talisman als Ganzes – nur die Linse, die in seiner Mitte sitzt. Sie wurde aus einem überaus seltenen Edelstein gefertigt, ein einzigartiges Exemplar. Es vermag eine Vielzahl von Kräften und Energien zu bündeln und zu beherrschen. Diese Linse war dazu vorgesehen, die Kräfte einer magischen Krone zu vereinen, an der die Elfenkönigin jahrhundertelang gearbeitet hatte, und zwar mit dem Ziel, ihr Reich zu erweitern und andere Stämme und Völker zu unterjochen. Ein Elf aus ihrem unmittelbaren Gefolge warnte uns vor ihren Plänen, woraufhin Ashford – ein außerordentlich begabter Dieb, der unserem Haus verpflichtet war – von meinem Partner Mr Muninn damit beauftragt wurde, die Linse zu stehlen. Ashford war einverstanden, sobald er gehört hatte, dass der Druide Orin Hopcraft eine ebensolche Linse benötige, um einen Talisman zu erschaffen – jenen Talisman, der den Zauber unter Kontrolle hält, den Orin in Ihrem Innern verborgen hat, Alfie. Nach Ashfords Rückkehr sandten wir die Linse weiter an den Großen Druiden. Sosehr ich Diebe verabscheue, so muss ich doch anerkennen, dass durch diesen Diebstahl zahllose Leben gerettet wurden und inzwischen ebenso Ihres beschützt wird. Nun aber sieht es ganz danach aus, als hätten die Elfen niemals die Hoffnung aufgegeben, sich die Linse zurückzuholen. Auf welche Weise sie Ashford gefunden haben, entzieht sich meiner Kenntnis.«

»Ashford hat sie ... für *mich* gestohlen?«, ächzte Alfie und schloss seine Finger fest um den Anhänger. »Aber er hat mich doch gar nicht gekannt!« Das Einzige, was ihn bisher ein wenig erleichtert hatte, war der Gedanke gewesen, dass die Entführung nicht mit seiner Erbschaft zusammenhing, und jetzt saß Caspian vor ihm und berichtete ihm das genaue Gegenteil. Er konnte kaum atmen.

»Glauben Sie mir, wenn ich Ihnen versichere, dass es ebenso sehr in seinem eigenen wie in Ihrem Interesse lag.«

»Wollen Sie damit sagen, Sie haben uns einen berüchtigten Dieb geschickt, damit er für uns als Butler arbeitet?«, fragte Alfies Dad fassungslos.

»So ist es«, erwiderte Caspian kühl. »Allerdings einen Dieb, der Ihrer Familie die Treue geschworen hat. Sie können ihm voll und ganz vertrauen.«

Es sah dem Anwalt nicht ähnlich, lobend über Ashford zu sprechen. Alfie hatte schon seit Langem den Verdacht, dass es irgendeine Vorgeschichte oder unausgesprochene Rivalität zwischen den beiden gab.

»Wieso ist die Linse denn dermaßen wichtig für sie? Wichtig genug, dass sie ihretwegen Ashford halb umbringen!«

»Die Einzelheiten wird Emily Fortune nach unserer Ankunft mit Ihnen erörtern. Ich muss derweil versuchen, mit der Königin in Verhandlungen einzutreten. Wir haben eine Kutsche nach ihr geschickt. Ashford hat ihnen weisgemacht, wir würden den Talisman in der Kanzlei verwahren, doch falls es ihnen gelingt, seinen Willen zu brechen, werden sie einen Weg finden, in die Burg zurückzukehren und die Linse an sich zu bringen.«

»Seinen Willen zu brechen? Die wollen ihn foltern?«, kreischte Alfie. »Aber dann dürfen Sie keine Zeit mit dieser Königin verlieren – Sie müssen ihn finden und die Elfen aufhalten! Wenn diese Typen den Talisman unbedingt haben wollen, dann geb ich ihnen das Ding eben. Holen Sie einfach nur Ashford zurück!«

Die Öllampen begannen zu flackern und ließen wilde Schatten durch die Kabine tanzen, als Caspians Miene sich verdüsterte. Amy riss ihren Blick vom Fenster los, dann sanken sie alle ein paar Zentimeter tiefer in das Polster der Sitzbank, während der Anwalt immer finsterer über ihnen aufragte, ohne sich auch nur zu bewegen.

»Ich *muss* überhaupt nichts tun – außer mich an strikte Gepflogenheiten und das Protokoll zu halten. Unter keinen Umständen stürmen wir in das Land eines anderen Volkes und setzen mit unbesonnenen Forderungen den Frieden aufs Spiel. Sie irren sich, wenn Sie annehmen, Sie hätten in dieser Angelegenheit auch nur ein Mitspracherecht. Den Talisman auszuliefern brächte das Leben von vielen in Gefahr, für das Wohl eines einzigen Mannes.« Das Flackern verging, und die düsteren Schatten verschwanden, als Caspian sich gemessen zurücklehnte.

Alfie spürte, wie Übelkeit in ihm aufstieg. Während sie hier redeten, wurde Ashford womöglich gefoltert, und er konnte nicht das Geringste dagegen tun. Er schielte zu Amy hinüber. Seit Beginn der seltsamen Kutschfahrt war sie so cool geblieben, als säße sie in einem gewöhnlichen Wagen, doch an ihrer nun plötzlich stocksteifen Haltung erkannte er sofort, dass es ihr ganz und gar nicht gefiel, wie Caspian mit ihnen sprach. Alfie war die offene Eiseskälte des Anwalts mittlerweile gewohnt – Amy hingegen setzte sich gegen absolut jeden zur Wehr, der versuchte, sie einzuschüchtern. Sie musterte Caspian von Kopf bis Fuß.

»Was glauben Sie eigentlich, wer Sie sind?«, fauchte sie. Alfie wechselte einen unruhigen Blick mit seinem Dad.

»Verzeihung, wie bitte?«

»Sie haben mich sehr gut verstanden. Mag ja sein, dass *Sie* nicht mal 'n Fitzelchen Mitgefühl haben, aber *unser* Freund ist verletzt und gekidnappt worden, und Ihnen fällt dazu nichts Besseres ein, als uns mit Ihrem hochnäsigen Geschwafel zu kommen und Alfie auf mieseste Art den Mund zu verbieten.«

Caspian zog finster die Brauen zusammen. Abermals begannen die Lampen zu flackern.

»Und fangen Sie nicht wieder mit diesem Quatsch an.« Amy sprang auf und streckte ihm ihren Zeigefinger entgegen. »Sie sind nicht mal halb so bedrohlich, wie Sie's gern hätten. Sie sind Alfies Anwalt. Es ist *Ihre Aufgabe*, ihm zu helfen und seine Fragen zu beantworten. Also seien Sie gefälligst nicht so … so verstockt!«

Dann herrschte Totenstille, während Amy und Caspian ganz offensichtlich eine Art Anstarrduell austrugen. Alfie hielt vor Spannung die Luft an.

Schließlich brach der Anwalt das Schweigen als Erster. »Verstockt?«

»Japp. Ist ein richtiges Wort. Schlagen Sie's nach!«

»Mir ist durchaus *bekannt*, was es bedeutet«, erwiderte

Caspian. Alfie war sich nicht ganz sicher, aber er meinte, für einen Wimpernschlag lang den kaum merklichen Hauch eines Lächelns über Caspians Gesicht huschen zu sehen. Dann fuhr der Anwalt in etwas milderem Tonfall fort: »Ich fürchte, ich gehöre schlicht nicht zu denen, die mit falscher Zuversicht und beruhigenden Worten aufwarten. Das Äußerste, was Sie tun können, ist zu hoffen, es möge außer dem Talisman noch etwas anderes geben, das die Königin im Austausch zu akzeptieren bereit ist.«

Starr vor Staunen und voller Bewunderung blickten Alfie und sein Dad hinauf zu Amy – so unglaublich schien es, dass sie es tatsächlich geschafft hatte, den hochmütigen Anwalt in die Knie zu zwingen.

Im nächsten Moment setzte die Kutsche auf und erzitterte heftig. Die Pferde drosselten ihr Tempo von vollem Galopp zu lockerem Trab, ehe sie schließlich vollends zum Stehen kamen. Alfie fragte sich, ob man ihm wohl jemals erlauben würde, während einer solchen Fahrt hoch oben neben Johannes zu sitzen und die Reiseroute mitzuverfolgen. Für allzu wahrscheinlich hielt er das nicht – denn die Unternehmungen der Kanzlei Muninn und Bone unterlagen offenbar allesamt der höchsten Geheimhaltungsstufe.

Mit einem leisen Plopp öffnete sich die Tür, und Alfie sprang hinaus in das riesige alte Kutschenhaus, froh darüber, dem lastenden Schweigen zu entkommen, das sich erneut über die Fahrgastkabine gelegt hatte. Johannes schwang sich vom Kutschbock, um die Pferde zu versorgen, während Caspian mit raschen Schritten voranging und sie durch eine mächtige Tür in die Eingangshalle führte. Die drei hetzten ihm hinterher, und Alfie konnte es Amy vom Gesicht ablesen, dass sie eigentlich viel lieber stehen geblieben wäre, um die zahllosen unterschiedlichen Kutschen unter die Lupe zu nehmen.

»Emily wird in Kürze bei Ihnen sein«, sagte der Anwalt knapp, ehe er schnurstracks in die Mitte des großen Empfangsraums marschierte und sich dort auf das runde Messingwappen stellte, das als Lift zu den oberen Stockwerken diente. Im nächsten Augenblick senkte sich ein langer Zylinder von der Decke herab, der ebenfalls aus Messing bestand und die Wand des Aufzugs bildete. »Ich muss mich nun auf das Treffen mit der Königin und den Beginn der Verhandlungen vorbereiten.« Der Zylinder erreichte den Boden und setzte dumpf klirrend rund um das Wappen auf. Ein Zischen wie von einem Dampfkessel ertönte, begleitet von einem fauchenden Geräusch, das beinahe eine volle Minute anhielt, bevor die gewaltige Messingröhre wieder in der Decke verschwand und die drei Besucher in der kreisrunden Eingangshalle allein zurückblieben.

KAPITEL 3

Der größte Dieb aller Zeiten

»Okay, vor diesem aufgeblasenen Blödmann wollte ich ja nichts sagen«, explodierte Amy, »aber die Kutsche war einfach der Hammer, und die Fahrt erst! *Total irre!* Die Hütte hier ist der Oberknaller! Wo sind wir?«

»Weit weg von zu Hause«, antwortete eine sanfte Stimme hinter ihnen. Eine zierliche Frau mit grünen Kulleraugen war in die Halle getreten. Sie lächelte zwar über Amys zeitlich etwas ungünstigen Ausbruch, wirkte darüber hinaus jedoch nicht ganz so quirlig wie sonst.

»Emily!«, kreischte Alfie und flitzte los, um Caspians Assistentin zu begrüßen. Zu spät wurde ihm klar, dass er eigentlich nicht so recht wusste, ob er sie nun umarmen oder ihr die Hand geben sollte, sodass er schließlich eine tollpatschige Mischung aus beidem vollführte.

»Elegant«, wisperte Amy ihm aus dem Mundwinkel zu, als sie herüberkam, um sich vorzustellen.

»Oje, dein armes Gesicht!«, stöhnte Emily. Amys linkes Auge war jetzt beinahe zugeschwollen, und ihre Wange nahm allmählich einen üblen violetten Farbton an. »Also los, kommt. Sehen wir mal, wie wir euch flugs wieder flicken.«

Alfie hatte gehofft, sie würden mit dem seltsamen Aufzug fahren, den Caspian benutzt hatte, doch der Weg, den Emily mit ihnen einschlug, war sogar noch aufregender. Sie folgten ihr durch mächtige Flure, die hoch genug für einen Riesen waren, und Alfie konnte sich kaum beherrschen vor lauter Staunen darüber, was sie hinter den Kulissen der geheimnisvollen Kanzlei Muninn und Bone alles zu sehen bekamen. Die Arme um seine und Emilys Schultern geschlungen, humpelte sein Dad neben ihnen her, während sie an kleinen Besprechungszimmern, herrschaftlich großen Räumen und sogar einem prächtigen Ballsaal vorbeikamen. In einem Büro sahen sie einen schmächtigen Greis auf einer langen klapprigen Leiter mit Rädern zwischen Aktenschranktürmen hin und her rollen. Und ein Stück weiter lag ein mehrstöckiger Saal randvoll mit schnatternden Leuten, die wie wild auf altmodischen Schreibmaschinen herumtippten.

Dann öffnete Emily eine riesige Tür, und sie traten kurz nach draußen, um einen weitläufigen offenen Innenhof zu durchqueren. Mitten darin stand ein gewaltiger Baum, in dessen gewundenen Ästen Hunderte Raben nisteten. Als die vier ihn passierten, krächzten die Vögel gellend auf sie herunter. Alfie wünschte, er hätte noch ein paar Augen mehr, um sich alles genauer anzusehen, während Emily sie in einen weiteren Flügel des Gebäudes führte. Unwillkürlich fragte er sich, wie groß dieser Ort wohl sein mochte.

Offenbar blickte jede der Reihen von hohen Bogenfenstern,

die die verschiedenen Korridore säumten, auf eine andere Landschaft hinaus. Durch die Scheiben der ersten konnte Alfie einen Nachthimmel sehen, bevölkert von wirbelnden farbigen Galaxien. Hinter der zweiten lag eine Wüstenstadt, deren goldene Kuppeldächer im Sonnenlicht schimmerten. Durch die dritte erkannte er einen gigantischen See, der von Dutzenden rauschender Wasserfälle gespeist wurde. Amy lief jetzt voraus und verkündete im Sekundentakt lautstark, was sie hinter den Fenstern entdeckt hatte.

»Wie ist denn das möglich?«, fragte Alfies Dad, während er mühsam vorwärtshumpelte. »Sind wir überhaupt noch im selben Gebäude, das wir vorhin betreten haben?«

»Unsere Büroanlagen sind multidimensional«, antwortete Emily. »Eine Art Knotenpunkt zwischen verschiedenen Welten. Genau deswegen sind sie so sicher.« Alfie blieb nicht einmal genug Zeit, sich über diese Enthüllung zu wundern, denn die zierliche Nachlassverwalterin lotste sie bereits eilig in den nächsten Flur. Dieser wurde von Pfeilern gesäumt, in die verschlungene altnordische Muster eingemeißelt waren. Durch die Fenster öffnete sich der Blick auf etwas, das Alfie nur als moderne Variante einer gewaltigen Wikingerstadt beschreiben konnte.

Wo zum Geier sind wir hier bloß?, schoss es ihm durch den Kopf.

»Puh, tut mir leid wegen der ganzen Marschiererei, aber jetzt sind wir am Ziel«, sagte Emily. »Dieser Flügel ist Teil von Mr Muninns Welt. Er ist nicht da, wie so oft. Ups, vergesst das schnell wieder, ich sollte nicht schlecht über den Boss reden, aber ich wünschte wirklich, er würde sich wenigstens um eine Vertretung kümmern, bevor er sich zu seinen Langzeitexpeditionen aufmacht. Ich bin sicher, diese Reisen sind überaus wichtig, aber wir sitzen hier jedes Mal knietief in der Patsche, wenn er auf und davon ist, und man darf auch nicht glauben, dass man ein solches Thema ganz ruhig und vernünftig mit ihm besprechen könnte. Ich weiß noch, wie ich damals hier anfing und ihn einfach nur fragte, wo die …«

»Plappert die immer so?«, flüsterte Amy Alfie ins Ohr, während Emily das komplette Gespräch in einem einzigen Atemzug wiedergab. Er nickte.

»… ist so was zu fassen?«, beendete die winzige Frau ihren Bericht. »Und das an meinem ersten Tag! Unnötig zu erwähnen, dass ich seitdem kein Wort mehr über Büroklammern verloren habe. Ooh, der ist ein ganz Strenger, unser Mr Muninn.« Alfie war dem zweiten der beiden Kanzleipartner bisher noch nicht begegnet, aber er konnte sich kaum vorstellen, dass irgendwer noch reizbarer war als Caspian Bone.

Emily blieb stehen und öffnete eine auf Hochglanz polierte Kupfertür. Alfie blinzelte gegen die jähe Helligkeit an, als sie der Nachlassverwalterin hindurchfolgten. Sie traten in einen großen, kreisrunden Raum aus schneeweißem Marmor, mit einer Kuppeldecke aus verschiedenfarbigem Glas. In seiner Mitte erhob sich ein mächtiger Baum, dessen Stamm geradewegs durch den Scheitel der Kuppel emporwuchs, sodass sein darüber liegendes Blätterdach sanft das Sonnenlicht abschirmte. Winzige grellbunte Vögel, kaum größer als Bienen, schwirrten zwischen den Blüten der Kletterpflanzen umher, die sich rund um den Baum in die Höhe wanden. Emily lotste ihre Besucher zu drei thronartigen Stühlen mit nach hinten geneigten Rückenlehnen.

Während Alfie es sich auf einem der Sitze bequem machte, betraten lautlos drei Frauen in wallenden Gewändern den Raum. Jede von ihnen trug das weißblonde Haar in aufgewickelten und hochgebundenen Zöpfen. Sie nahmen ihre Posten neben den Stühlen ein und legten sich Verbandszeug und mehrere Tiegel zurecht, dann machten sie sich daran, mit ihren langen, schlanken Fingern verschiedene Tinkturen und Salben auf die Verletzungen zu reiben. Kaum hatte die Ärztin, die sich um Alfie kümmerte, damit begonnen, eine zähe grüne Paste auf seinen Brustkorb aufzutragen, spürte er auch schon, wie der Schmerz abebbte und das Atmen ihm leichter fiel.

»Das ist echt toll«, sagte Alfie. Die geprellten Rippen schienen geradezu rasend schnell zu verheilen. »Was ist das für 'n Zeug?« Sein Dad und Amy waren auf ihren Stühlen offenbar bereits eingeschlummert, während die Ärztinnen ihre Zauber zur Anwendung brachten.

»Für unsere Mandanten stets nur die beste Behandlung«, lächelte Emily. Schließlich, nachdem Alfies Brust verbunden war und die Ärztin ihm ein kräftig duftendes Öl auf die verstauchten Handgelenke gerieben hatte, streckte sie den Arm aus. »Komm, machen wir einen Spaziergang.«

Alfie kletterte von seinem Stuhl und bedankte sich bei der Frau, die ihn verarztet hatte. Zur Antwort neigte sie nur anmutig den Kopf.

»Sie haben ein Schweigegelübde abgelegt, zur Steigerung

ihrer Heilkräfte«, erklärte Emily, als Alfie ihr aus dem Raum folgte und seinen Vater und Amy schlafend zurückließ. »Ich dachte mir, während die anderen beiden sich ausruhen, könnten wir uns ein bisschen unterhalten.« Sie führte ihn auf einen Balkon, der von dem großen Flur abging. Dann setzten sie sich auf eine Steinbank und blickten über die sonderbare Stadt. Es dauerte einige Minuten, bis Emily weitersprach.

»Ist Ashford schwer verletzt?« Sie hielt die Hände krampfhaft verschränkt auf dem Schoß, die Augen starr geradeaus. »Als unsere Raben die Nachricht brachten, es sei jemand in die Burg eingedrungen, hieß es nur, man habe auf ihn geschossen – mit einem Pfeil.«

»Er hat sich in seine linke Schulter gebohrt.« Bei dem Gedanken an das Geräusch der auf Knochen treffenden Pfeilspitze zuckte Alfie zusammen. Ihm wurde schlecht. »Es war ziemlich weit oben. Ich … ich glaube, dass er wieder gesund wird, wenn sie die Wunde behandeln.«

Emily senkte den Kopf und schabte an einem unsichtbaren Schmutzfleck auf ihrem Kleid herum. Sie schien mühsam die Tränen zurückzuhalten, während sie über Ashford sprach. Schlagartig wurde Alfie klar, dass sie die ganze Zeit über bloß eine tapfere Miene aufgesetzt hatte. Er schaute auf ihre rastlosen Finger und fragte sich, ob Ashford für sie vielleicht mehr war als nur ein Freund.

»Ihn zu verarzten dürfte das Letzte sein, was sie im Sinn haben«, sagte sie mit gedämpfter Stimme. »Sie wollen die Linse, und sie werden ihn nicht eher in Ruhe lassen, als bis sie sie haben. Es ist mir ein Rätsel, wie sie ihn aufspüren konnten.«

Alfie erinnerte sich an das flackernde blaue Leuchten an dem Baum im Hof, das er bei der Rückkehr von seinem Rundflug mit Artan bemerkt hatte. »Ich glaube, er hat das Portal benutzt. Die Lichtöffnung in der Eiche. Ich hab ihn dort gesehen, kurz bevor diese Typen gekommen sind.«

Emilys Miene erstarrte. »Ich glaub's einfach nicht. Er ist in ihr Reich zurückgekehrt? Aus welchem Grund sollte er ein so dummes Risiko eingehen? Zu eurem Glück hatten sie keine Ahnung davon, dass er sie geradewegs zu deinem Talisman geführt hat.« Sie seufzte. »Ashford hat … ungewöhnliche Fähigkeiten, wie euch ja bestimmt schon aufgefallen ist. Aber er ist leider auch ziemlich unbesonnen und leichtsinnig. Er hat früher so manche schlechte Entscheidung getroffen und mit seinen besonderen Talenten Dinge angestellt, von denen du noch nicht mal zu träumen wagen würdest.«

»Caspian hat uns erzählt, dass er ein Dieb war.«

»Der größte Dieb aller Zeiten.« Emily lächelte versonnen, setzte dann jedoch rasch eine missbilligende Miene auf. »Das ist natürlich nichts, worauf man stolz sein könnte. Sein größter Fehler war der Einbruchsversuch in einen unserer Tresorräume.«

»Er hat versucht, hier einzubrechen? Was wollte er denn stehlen?«, fragte Alfie verblüfft.

»Nichts Spezielles – es ging ihm einzig um die Herausforderung. Es grenzt an ein Wunder, dass er es überhaupt geschafft hat, einen Weg hierher zu finden. Caspian wollte ihn einsperren lassen, aber Mr Muninn dachte, er könnte sich noch als nützlich erweisen. Die Wahl, entweder ins Gefängnis zu gehen oder Aufträge für die Kanzlei zu übernehmen, ist Ashford nicht sonderlich schwergefallen. Seitdem hat er unseren Mandanten schon viele gestohlene Objekte wiederbeschafft.«

»Also *deswegen* kann Caspian ihn nicht ausstehen!«, rief Alfie, als die Puzzleteile sich endlich zusammenfügten. »Und Ashford mag Caspian nicht, weil der ihn dazu gezwungen hat, für ihn zu arbeiten?«

»Und weil er ihn erwischt hat. Der größte Dieb aller Zeiten, auf frischer Tat ertappt. Ich kann dir sagen, die Atmosphäre zwischen den beiden war im günstigsten Fall gewittrig, als Ashford noch hier gearbeitet hat. Erst als er losgeschickt wurde, um auf dich aufzupassen, hat sich die Lage deutlich entspannt.«

»Bei seinem Einzug auf der Burg schien er davon nicht sehr begeistert zu sein.«

»Zuerst nicht, aber es kam für ihn auch nicht infrage, Caspian wissen zu lassen, dass er schon kurz darauf ziemlich zufrieden mit dieser Aufgabe war.« Alfie hätte gerne noch mehr Fragen gestellt, doch Emily schien nun erneut mit den Tränen zu kämpfen. Sie holte tief Luft, dann stand sie auf. »Na los, komm – inzwischen sind dein Vater und Amy bestimmt wieder wach.«

Als sie in den Raum zurückkehrten, stand ein Teller mit bunten Früchten und Wackelpudding auf Alfies Stuhl. Amy und sein Dad hatten ihre schon vor sich und schlugen ordentlich zu.

»Spitzenärztinnen!«, mampfte Amy. Die Schwellung an ihrem Auge war fast komplett verschwunden, und selbst durch die dicke Schicht aus grüner Paste konnte er erkennen, dass der

Bluterguss deutlich blasser geworden war. Sein Dad wackelte mit dem verbundenen Fuß herum, als hätte er gerade erst bemerkt, dass er Knöchelgelenke besaß.

Auf dem Rückweg zum Kutschenhaus fühlte Alfie sich dermaßen erschöpft, dass er die merkwürdigen Ausblicke durch die Fenster kaum noch zur Kenntnis nahm. Als Emily die Klinke der Tür zur Eingangshalle hinunterdrückte, erstarrte sie plötzlich und zog die Tür wieder leise ins Schloss.

»Was ist los?«, flüsterte Alfies Dad. Energische Stimmen drangen aus dem Raum. Emily deutete auf zwei kleine Türspione. Alfie und Amy stellten sich auf die Zehenspitzen und linsten hindurch. Caspian sprach mit jemandem, den Alfie nicht so recht sehen konnte. Die Kleidung des Anwalts war noch seltsamer als sonst. Statt seines altmodischen viktorianischen Anzugs trug er eine schwarze, mit dunklen Edelsteinen besetzte Tunika, kniehohe Stiefel und einen schwarzen Stehkragenmantel, der mit feinen silbrigen Stickereien verziert war. Auf seinem rabenschwarzen Haar saß ein silbernes Diadem.

»Ich bin dankbar, dass Ihr uns hierher eingeladen habt, um zu verhandeln«, schnarrte die Stimme einer Frau. »Doch es enttäuscht mich, dass Ihr Euch weigert zurückzugeben, was rechtmäßig mir gehört. Besonders da wir einen der Euren gefangen halten. Verratet mir«, sie trat zwei Schritte auf Caspian zu, »was ist Euch sein Leben wert?«

Alfie konnte die Frau jetzt deutlich erkennen. Sie war groß – ebenso groß wie Caspian –, und ihr himmelblaues langes Kleid schien sich um ihre Gestalt zu bauschen, obwohl nicht der leiseste Wind wehte. Die Krone auf ihrem Kopf bestand aus zahllosen zarten Goldfäden, die sich um funkelnde Juwelen schlangen.

»Die Königin«, wisperte Emily. »Sie handelt viel schneller, als ich erwartet habe.«

»*Das* ist die Königin?«, stieß Alfie hervor, als er im nächsten Moment einen flüchtigen Blick auf ihr Gesicht erhaschte. »Sie ist diejenige, die auf Ashford geschossen hat!«

Emily erwiderte nichts, doch Alfie spürte den Zornessturm in ihrem Schweigen.

»Wir antworten nicht auf Drohungen«, gab Caspian kühl zurück.

»Mag sein. Doch da wir nun hier sind, was sollte uns davon abhalten, es uns einfach zu nehmen?«

Nur mühsam unterdrückte Alfie einen Aufschrei, als die Elfen, die die Königin mitgebracht hatte, den Anwalt umzingelten. In dreien von ihnen erkannte er Ashfords Angreifer. »Die werden Caspian was antun!«

»Nein«, sagte Emily. »Werden sie nicht. Und jetzt kommt. Noch ahnen sie nichts davon, dass du die Linse hast. Wir dürfen es auf keinen Fall riskieren, dass sie dich hier entdecken.«

Alfie und Amy hingen weiter wie festgeklebt an den Gucklöchern, während die Elfen sich bedrohlich auf Caspian zuschoben. Der Anwalt blieb völlig gelassen und schnippte nur kurz mit den Fingern. Quietschend erwachten die Rüstungen an der Wand des kreisrunden Raums zum Leben und stiegen von ihren Podesten.

»Ich fass es nicht!«, keuchte Amy und verfolgte gebannt, wie die leeren Blechpanzer zu den Elfen hinübermarschierten und sie bei den Handgelenken packten. Die Schreie waren ohrenbetäubend.

»Eisen! Ihr wagt es wahrhaftig, Eisen gegen uns einzusetzen?«, kreischte die Königin, während ihr Gefolge vergeblich versuchte, sich aus dem Schraubstockgriff der Rüstungen zu befreien.

»Wollen wir nun noch einmal von vorn beginnen – mit einer, sagen wir, etwas höflicheren Unterredung?«, erwiderte Caspian. Augenblicklich ließen die Harnische die Elfen los, machten kehrt und bezogen wieder ihre Posten an der Wand.

»Kommt schon!«, zischte Emily und zerrte Alfie und Amy an ihren Schlafanzugoberteilen weg von den Gucklöchern. »Wir müssen euch nach Hause bringen, sofort!« Sie schob sie durch eine andere Tür und führte sie zurück ins Kutschenhaus, wo Johannes bereits auf dem Kutschbock wartete. Unmittelbar neben seinem Gespann stand jetzt noch ein weiteres, dessen grüner Wagen rund um Türen und Dach mit staunenswert kunstvollen Silberarbeiten verziert war. Ein Mann, der Johannes' Zwillingsbruder hätte sein können, versorgte gerade die sechs schneeweißen Zugpferde.

Alfie begriff, dass dies wohl die Kutsche sein musste, die die Elfen aus ihrem Reich hierhergebracht hatte. Im fiel wieder ein, was Emily über die multidimensionalen Büros gesagt hatte, und urplötzlich ergab die ungeheure Vielzahl an seltsamen Wagen im Kutschenhaus Sinn für ihn.

»Schnell, ich hab den Durchgang zum Empfangszimmer zwar verriegelt, aber ihr müsst hier weg«, drängte die kleine Nachlassverwalterin und schob die drei hastig in Johannes'

Kutsche. Bevor sie die Tür schließen konnte, griff Alfie nach ihrem Arm.

»Emily, ich weiß, die beiden mögen sich nicht, aber Caspian wird doch trotzdem sein Bestes geben, um Ashford zurückzuholen, oder?«

Emily legte beruhigend ihre Hand auf seine. »Er gibt niemals weniger als sein Bestes, Alfie. Das Eichenportal wird versiegelt sein, wenn ihr zurückkommt. Wie groß auch immer deine Ungeduld sein mag, versuche auf gar keinen Fall hindurchzugehen.«

Alfie spürte, wie die Finger seines Dads sich um seine Schultern legten. »Das wird er nicht.« Es war ebenso sehr ein Befehl wie eine Feststellung.

KAPITEL 4

Der schwarze Spiegel

»Ey, Schlafmütze!« *Dunk-dunk-dunk.*

Alfie wurde unsanft von seiner Cousine Madeleine geweckt, die an seine Zimmertür wummerte und durchs Schlüsselloch brüllte. Er konnte hören, wie ihr Bruder Robin sie flüsternd zurückpfiff.

»Nicht so laut, Maddie. Du bist echt der nervtötendste Wecker der Welt!«

Alfie wünschte, sie hätte eine Schlummertaste. Träge rollte er sich aus dem riesigen Himmelbett und tapste zur Tür, um den Zwillingen aufzumachen.

»Tut mir leid, hab's nicht geschafft, sie zu stoppen«, seufzte Robin entschuldigend, als Madeleine ins Zimmer stürmte. Alfie rieb sich schweigend den Schlaf aus den müden Augen.

»Dein Dad ist losgefahren, Fressalien einkaufen«, berichtete Madeleine, während sie den Stapel Comics auf Alfies Nachttisch durchblätterte. »Er hat uns 'n bisschen Geld gegeben, damit wir mit dir und Amy mittagessen gehen können. Weißt du eigentlich, dass es schon nach eins ist? Schläft sie etwa auch noch?«

»Maddie, bleib hier!«, schimpfte Robin, kaum dass seine Schwester losgeflitzt war, um Amy zu wecken. Er warf verzweifelt die Arme hoch. »Ich schwör's, dieses Mädchen wird echt mit jedem Tag anstrengender. Wir treffen uns unten im Hof, wenn du fertig bist«, rief er über die Schulter, als er ihr schon hinterherhetzte.

Alfie kramte eine Jeans und ein T-Shirt aus dem Schrank und versuchte, sich daran zu erinnern, wo er letzte Nacht seine Schuhe hingekickt hatte – an ein dermaßen riesiges Zimmer würde er sich wohl nie so richtig gewöhnen können. Nachdem er geduscht und sich angezogen hatte, ging er nach unten und hinaus in den Hofgarten, wo Amy und die Zwillinge bereits faul auf dem Rasen herumlagen. Mit großer Erleichterung stellte er fest, dass von Amys blauem Auge inzwischen kaum mehr etwas zu sehen war. Er liebte die Burg wirklich sehr, doch die Geschenke von Orin Hopcraft und besonders der uralte Schöpfungszauber, den der Große Druide in ihm verborgen hatte, schienen die Menschen, die ihm nahestanden, immer wieder in ernste Gefahr zu bringen.

»Was ist denn mit dem Baum los?«, fragte Madeleine. Alfie hatte die beiden seltsamen Männer, die Caspian nur wenige Stunden zuvor mit in die Burg gebracht hatte, beinahe schon wieder vergessen, doch wie es aussah, hatten sie ganze Arbeit geleistet. Um die Eiche waren drei eiserne Bänder geschlungen, die vermutlich die Elfen davon abhalten sollten, von der anderen Seite aus erneut das Portal zu öffnen. Auf jedem der dicken Metallringe befand sich eine Vertiefung, und noch ohne genauer hinzusehen, wusste Alfie sofort, dass der Talisman exakt hineinpassen würde. Der Anhänger diente schon jetzt als Schlüssel für einige Dinge, die nach Orins Willen nur Alfie zu öffnen imstande war, wie das Studierzimmer des Großen Druiden oder das mächtige Siegel unter der Burg. Und nun hatte es ganz den Anschein, als wäre er auch noch der Hüter des Portals. Dies hier war also ein weiteres Schloss, das er niemals öffnen würde.

Alfie und Amy berichteten ausführlich von den Geschehnissen der vergangenen Nacht. Kaum hatten die Zwillinge von Ashfords Entführung gehört, waren sie viel zu geschockt, um sich lange mit der sensationellen Enthüllung aufzuhalten, dass er nicht nur ein Butler, sondern auch noch ein durch die Zeit reisender Dieb war.

»Und das ist *alles*, was Caspian unternimmt, um ihn zurückzuholen?«, kreischte Madeleine. »Verhandeln? Es muss doch irgendwas geben, das *wir* tun können!« Sie sprang auf und begann, die Eisenbänder am Baum zu untersuchen. »Dein Talisman kann die Dinger hier öffnen, stimmt's? Wir könnten ihn suchen gehen. Robin und ich könnten unsere Bogen mitnehmen. Wir retten ihn einfach selbst!«

»Setz dich wieder hin, Maddie. Du bist nicht grade hilfreich«, sagte Robin matt. »Mal angenommen, wir finden irgendwie raus, wie wir dieses komische Portal öffnen können, was sollen wir dann machen? Losziehen und es mit 'ner Horde bewaffneter Elfen aufnehmen? Du könntest niemals auf irgendwen schießen, und das würden die doch sofort wittern.«

Dankbar schaute Alfie zu Robin hinüber. Madeleine setzte

sich wieder hin und schwieg. Er wusste genau, dass es in einer Katastrophe enden würde, wenn sie hinter Ashford herstürmten, aber er wünschte trotzdem, es gäbe wenigstens *irgendetwas*, das er tun konnte.

»Was macht Leo denn da?«, fragte Amy schließlich in die grimmige Stille. Ein Stückchen entfernt schlich Galileo lautlos über den Rasen. Tief geduckt und die Ohren flach an den Kopf gelegt, schwang dabei langsam sein Schwanz hin und her.

»Der springt gleich auf irgendwas los«, antwortete Alfie, der die Jagdhaltung des Katers erkannt hatte. Im nächsten Moment schoss Galileo nach vorn, segelte durch die Luft und landete mitten im Kräutergärtchen. Eine fette Maus flitzte laut quiekend unter der Petersilie hervor. Der Kater machte sich an die Verfolgung, als sie blitzschnell durch die Grashalme sauste und in einem Loch in der Mauer verschwand. Galileo bezog vor dem Unterschlupf Posten. Alfie ahnte, dass er dort nun über mehrere Stunden hocken würde. Er hatte schon erlebt, wie der jagende Kater manchmal tagelang geduldig auf einer Stelle ausharrte. Beim Anblick seines reglos auf Beute wartenden Haustiers merkte Alfie plötzlich, wie groß sein eigener Hunger war.

»Na los. Lasst uns was essen gehen.«

In der Dorfbäckerei war Gertie Entwhistle hocherfreut über den Besuch der vier, und Alfie begann sich allmählich besser zu fühlen, nachdem er eine ihrer frisch gebackenen Steakpasteten verdrückt hatte.

»Ich hätt ja gedacht, euer Butler geht glatt auf die Barrikaden, wenn ihr irgendwo anders esst als auf der Burg«, sagte

Gertie, während sie bezahlten und sich in dem kleinen Süßigkeitenladen vorn in der Bäckerei noch ein paar Tüten Brausebomben und Zungenzwicker mit Orangengeschmack besorgten.

»Er hat Urlaub«, erwiderte Alfie geistesgegenwärtig. Er legte keinerlei Wert darauf, dass die Nachricht von der Entführung sich im Dorf verbreitete, und Gertie davon zu erzählen wäre ungefähr so, als würde er in der Lokalzeitung eine Annonce aufgeben.

»Urlaub?«, flötete sie in gespieltem Erstaunen. »Ich wünschte, ich könnt mich noch dran erinnern, wie sich das anfühlt. So ein Butler tät mir und dem Laden hier auch gar nicht schlecht. Ich komm in letzter Zeit kaum noch nach mit der ganzen Arbeit.«

Bei ihrer Rückkehr auf die Burg war auch Alfies Dad wieder da und hatte die Einkaufstaschen bereits in die Küche geschleppt. Er schien sich allzu krampfhaft um Fröhlichkeit zu bemühen, während die vier gemeinsam mit ihm die Einkäufe auspackten und in den Regalen verstauten. Seit ihrem Einzug hatte Alfie ihn noch nie so viel Zeit in der Burgküche verbringen sehen, und es war klar zu erkennen, dass er nicht die leiseste Ahnung hatte, wo Ashford die verschiedenen Sachen üblicherweise aufbewahrte. Außerdem war sein Dad ganz offensichtlich immer noch ziemlich unruhig. Sein Blick zuckte jedes Mal sofort Richtung Fenster, wenn vom Hof ein Geräusch zu ihnen hereindrang.

»Heute Abend mach ich uns eine Lasagne«, rief er ihnen noch hinterher, als sie schon wieder auf dem Weg nach draußen waren. »Seid um sechs Uhr im großen Saal. Ich will nicht durch die ganze Burg hetzen müssen, um euch zum Essen zu rufen.«

Alfie stöhnte leise bei dem Gedanken an die immer schon reichlich beschränkten Kochkünste seines Dads.

Im Hof hockte Galileo zusammengekauert auf dem Kopfsteinpflaster unter der Eiche und umklammerte irgendetwas mit seinen Pfoten.

»Was hast du denn da, mein Kleiner?«, fragte Alfie und ging vorsichtig auf ihn zu. Mit einem kräftigen Klaps seiner Vorderpfote ließ Galileo die fette Maus, die er vorhin verfolgt hatte, in hohem Bogen durch die Luft segeln und sprang sofort hinterher, um sie wieder zu fangen.

»Böser Kater!«, kreischte Robin. Galileo schenkte ihm keine Beachtung, sondern ließ seine Beute ein Stückchen davontrippeln, ehe er sie abermals unter seinen Pfoten begrub.

»Er tut doch bloß, was Katzen eben so tun«, verteidigte Madeleine Galileo. »Das liegt einfach in seiner Natur.«

»Aber er quält sie!«, rief Robin, der es noch nie hatte ertragen können, ein verletztes Tier zu sehen.

Alfie schob sich noch näher an den Kater heran, der plötzlich zu knurren anfing, die Maus mit den Zähnen packte und auf die Beine sprang. Alfie machte gerade noch rechtzeitig einen Satz nach vorn, um die pelzige Hüfte zu fassen zu kriegen. »Los, schnappt euch die Maus!«, brüllte er, während Galileo sich unter seinem Griff wand und ihm die Arme zerkratzte. Robin zog die Kiefer des Katers vorsichtig auseinander und ließ die Maus in Amys bereits wartende Handflächen plumpsen.

»Armes Kerlchen«, sagte Amy und streichelte der Maus sacht über den Kopf, während sie sie in die Burg trug. Galileo blieb ihr dicht auf den Fersen und versuchte, sich an ihrer Jeans hinaufzukrallen, um das zitternde kleine Tier zu erreichen.

Alfie zerrte ihn von ihr weg. »Was ist bloß los mit dir?« Er setzte den Kater neben dessen Futternapf auf den Küchenboden. »Man könnte glatt denken, dass du bei uns nichts zu fressen kriegst!« Er schloss die Tür hinter sich und ließ den empörten Kater seiner verlorenen Beute nachjammern.

»Der Maus geht's so weit ganz gut«, berichtete Robin. »Aber wir sollten sie noch eine Weile im Auge behalten, bevor wir sie wieder freilassen.«

»Oben in Artans Zimmer steht ein alter Vogelkäfig«, sagte Alfie. »Kommt mit. Wir können sie da reinsetzen.«

Der Käfig erwies sich als überaus passend. Er war hübsch und geräumig, und die Gitterstangen lagen dicht genug beieinander, um die Maus davon abzuhalten, sich hindurchzuzwängen. Die vier fanden sogar etwas Stroh, mit dem sie den Boden auslegten. Artan kam neugierig zu ihnen herübergesegelt, während sie die Maus zusammen mit ein paar Sonnenblumenkernen und einem Marmeladenglasdeckel voll Wasser hineinsetzten.

»Was für eine Art Maus ist das?«, erkundigte er sich.

»Eine gewöhnliche Feldmaus, würde ich sagen«, antwortete Alfie.

Artan schnupperte lautstark. »Riecht komisch.«

»Das liegt daran, dass Leo sie komplett vollgesabbert hat«, erklärte Amy.

»Hast du denn überhaupt einen Geruchssinn?«, fragte Alfie.

»So ist's recht«, polterte Artan. »Mach dich nur lustig über 'nen hohlleibigen alten Bären. Ich werd dir schon zeigen, dass meine Nase nicht bloß ein popliger Riechkolben ist. Hier, fass mal an.«

»Iiih. Hau sofort ab!« Hektisch schob Alfie die eiskalte Schnauze des Bären von sich, als sie an seine Wange stupste.

»Erst wenn du mir das *riech*-tige Angebot unterbreitest. Geschnallt?« Artan machte in der Luft einen kleinen Salto und brach über seine eigenen Wortspiele in dröhnendes Gelächter aus.

Kurz darauf aber verging ihm die gute Laune, als Alfie von dem Angriff der vergangenen Nacht berichtete. Der Bär wurde mit jedem Satz aufgebrachter, rauschte schimpfend im Zimmer umher und fegte in seiner ungestümen Wut ein paar Masken und Bilder von der Wand.

»Diese Halunken sind einfach hier aufgetaucht – in unserm *Zuhause* – und haben einen der Unsren verwundet? Wir sollten schnurstracks in deren Königreich fliegen und sie den Geschmack der Furcht kosten lassen!«

»Immer mit der Ruhe«, sagte Alfie und schnappte sich eine der Pranken, um Artan wieder nach unten zu ziehen. »Du hörst dich schon an wie Maddie. Wir werden ihnen auf keinen Fall nachjagen.«

»Nun, dann sollten wir uns wenigstens für den Fall wappnen, dass sie zurückkommen«, knurrte der Bär.

»Da hat er nicht unrecht«, sagte Robin. »Ich weiß, das Portal ist versiegelt, aber wir müssen trotzdem bereit sein, uns zu verteidigen – wenn es nötig wird. Überlegt mal. Ihr habt sie in Caspians Kanzlei gesehen. Gibt's irgendwas Besonderes, an das ihr euch erinnert?«

Alfie dachte angestrengt nach, und plötzlich fielen ihm wieder die Schmerzensschreie der Elfen ein, als die Rüstungen in der Eingangshalle sie an den Handgelenken gepackt hatten. »Eisen! Es scheint sie irgendwie zu verbrennen!«

»Aber klar!«, rief Amy. »Deshalb hat Caspian bestimmt auch diese zwei kleinen Kerle damit beauftragt, die Eisenreifen am Baum anzubringen.«

»Robin, erinnerst du dich noch an Omas Geschichten?«, fragte Madeleine aufgeregt. »Sie hat uns doch früher öfters erzählt, dass sie immer 'ne Katze im Haus hat und 'nen eisernen Schürhaken neben der Tür …«

»… falls das Feenvolk vorbeikommt«, beendete ihr Bruder den Satz, die Augen weit aufgerissen. »Meinst du, sie hat von den Elfen gesprochen? Sie konnte doch eigentlich gar nichts von ihnen wissen, oder?«

»Wir werden sie gleich morgen fragen«, sagte Alfie.

»He, schaut euch das an.« Amy hatte inzwischen das Cembalo untersucht und war dabei offenkundig auf etwas gestoßen. »Ich hab mich gewundert, wieso ein paar von den Tasten nicht funktionieren. Das hier war unter dem Deckel versteckt.« Sie überreichte Alfie einen tintenschwarzen gewölbten Spiegel in einem Kupferrahmen. Er war rund und in etwa so groß wie ein kleiner Teller.

»Ich hatte mich schon gefragt, wo Orin das Ding gelassen hat«, grinste Artan. »Na los, probiert's aus.«

Alfie starrte hinein, und ein verzerrtes Spiegelbild mit riesiger Nase starrte zu ihm zurück.

»Sonderlich viel taugt das Teil ja nicht grade«, sagte Madeleine und polierte die Oberfläche mit ihrem Ärmel. Dann schauten die vier immer abwechselnd hinein, bis plötzlich Alfies Magen laut grummelnd die Stille durchbrach.

»Okay, ist ja gut. *So* lustig war das nun auch wieder nicht!«, rief er, als die andern sich vor Lachen gar nicht mehr einkriegten. »Gehen wir lieber nach unten und sehen nach, ob Dad in der Küche ein bisschen Hilfe gebrauchen kann.«

»Alfie, der Spiegel!«, kreischte Robin. Alfies Blick zuckte sofort zu der gewölbten Scheibe in seiner Hand. Auf ihrer glänzenden Oberfläche war jetzt ein Raum zu sehen, in dem eine kleine Gestalt wie wild hin und her hetzte.

»Lass mich mal gucken«, sagte Madeleine und zog an dem Spiegel. Doch kaum hatte Alfie den Rahmen losgelassen, war das Bild auch schon wieder verschwunden.

»Na toll, Maddie!«, blaffte Robin. »Wieso musst du auch immer so gierig sein?« Er gab Alfie den Spiegel zurück. »Hier, vielleicht kriegst du's ja noch mal hin.«

Alfie starrte hinein. »Ich hab keine Ahnung, wie das Ding funktioniert. Ich hab bloß gesagt: ›Gehen wir lieber nach unten und sehen nach, ob Dad in der Küche –‹« Augenblicklich erwachte der Spiegel abermals flackernd zum Leben. »Das ist Dad!«, rief Alfie entgeistert. Die vier beobachteten, wie sein Vater voller Hast ein Geschirrtuch ins Wasser tauchte und anschließend damit zum Herd rannte, um es über eine lichterloh brennende Pfanne zu werfen.

»Was ist das für ein Ding?«, wandte sich Alfie an Artan, der es sichtlich genoss, die vier so verdattert zu sehen.

»Orins Spähglas. Es war immer ganz praktisch, wenn man nachschauen wollte, wer vor der Tür stand. Nenn ihm einfach das Zimmer, in das du 'nen Blick werfen willst – es zeigt dir jeden Ort im Innern der Burgmauern, selbst den Hof und die Gärten.«

»Versuch's mit einem anderen Raum«, sagte Madeleine eifrig.

»Okay, wie wär's mit meinem Schlafzimmer?« Die Fläche des Spiegels flackerte kurz, dann erschien eine Fischaugenansicht von Alfies Zimmer.

»Schicke Boxershorts, Al«, lachte Amy.

Alfie wurde knallrot und versetzte sich in Gedanken einen heftigen Tritt dafür, dass er seine Unterwäsche von gestern auf dem Fußboden hatte liegen lassen. »Großer Saal, großer Saal!«, kreischte er hektisch.

Eine halbe Stunde verbrachten die vier damit, sich sämtliche Räume der Burg anzuschauen, von denen sie wussten, und sich sogar testweise ein paar Raumnamen auszudenken, um zu sehen, ob diese Orte vielleicht existierten.

Bevor sie schließlich zum Abendessen hinuntergingen, verstauten sie das Spähglas und den Käfig noch rasch in Alfies Zimmer. Die Maus hockte regungslos hinter dem Gitter, die Vorderpfötchen um eine der Stangen geschlungen.

»Sieht aus, als würde sie uns beobachten«, meinte Robin.

Alfies Dad kam ihnen auf der Treppe entgegen. Sein Gesicht war schweißnass und gerötet und seine Haare noch struppiger als gewöhnlich. »Das Essen ist fertig!«, keuchte er. »Ich hab uns den Tisch im Hof gedeckt. Dachte, es könnte nicht schaden, das alte Gemäuer hier mal für 'ne Weile … ähm … durchzulüften.«

Alfie war ziemlich erleichtert darüber, dass sie draußen aßen, denn eine nach verbranntem Käse müffelnde Qualmwolke schien in sämtliche Ecken der Burg zu kriechen. Gemeinsam mit den anderen marschierte er hinaus in den Hof und setzte sich an den bereits mit Tellern und Besteck ausgerüsteten Steintisch. Im Stillen fragte er sich, ob dieses Picknick im Freien womöglich noch einen weiteren Grund hatte – nämlich die Eiche im Auge zu behalten. Die Sorgen, die sein Vater sich machte, konnte er sehr gut nachvollziehen. Es war einfach erschreckend, dass mitten in der Nacht eine Handvoll Fremde in ihr Zuhause eingedrungen war. Sein Dad schien jede Erwähnung von Ashford vermeiden zu wollen.

»'ne Knallerlasagne, Mr B!«, nuschelte Amy mit randvollem Mund. Alfie war sicher, dass sie das nur aus Höflichkeit sagte, doch sein Dad nahm das Lob offenbar nur zu gerne entgegen.

Zwischen den Schichten aus Soße und Käse befanden sich Lagen von Toastscheiben. Alfie hatte sofort den Verdacht, dass sein Dad beim Einkaufen bestimmt die Nudelplatten vergessen hatte. Schon früher hatte er sich manchmal gefragt, ob der Erfinder nicht mit voller Absicht ein paar Zutaten vergaß, nur um aus der Zubereitung eines bestimmten Gerichts eins seiner Experimente machen zu können.

»Wie geht's Lizzie?«, erkundigte der stolze Koch sich bei

Amy, während sie aßen. Wie Alfie wusste, genoss Amys Oma die Arbeit in ihrer kleinen Teestube so sehr, dass sie nur selten Urlaub machte, weshalb die Krankheit, die sie jetzt zur Erholung zwang, ziemlich heftig sein musste.

»So langsam ist sie über den Berg«, antwortete Amy. »Aber sie lässt fragen, ob ich noch bis zum Ende der Ferien hierbleiben kann. Sie sagt, dass sie sich wegen der Teestube noch um ein paar Sachen kümmern muss.«

»Von mir aus gern, allerdings würden wir's auch verstehen, wenn du nach den Ereignissen letzte Nacht lieber bei den Zwillingen auf dem Bauernhof wohnen möchtest.«

»Jau!«, rief Madeleine sofort. »Du könntest bei mir im Zimmer schlafen!«

»Nett von dir, Mads, aber mich hält nichts auf der Welt davon ab, hier auf der Burg zu bleiben«, erwiderte Amy schnell.

»Lass nur, Dad, das übernehmen wir«, sagte Alfie, als sein Vater Anstalten machte, das Geschirr abzuräumen.

»Danke, Alfie. Dann gehe ich jetzt ins Bett, bevor ich hier auf der Stelle einschlafe. Da ihr vier Ferien habt, könnt ihr noch ein paar Stunden aufbleiben. Aber denkt dran, den Sicherheitsschalter umzulegen, und ihr müsst mir hoch und heilig versprechen, dass keiner von euch in den Hof geht.«

»Versprochen«, nickte Alfie.

»Was ist denn dieser Sicherheitsschalter?«, fragte Amy, als Alfies Dad auf sein Zimmer gegangen war.

»Das Ding haben Muninn und Bone einbauen lassen, nachdem Murkle und Snitch kurz vor Weihnachten beinahe den großen Saal in Schutt und Asche gelegt hätten.« Alfie führte sie zu einem Messingschalter an der Wand neben der mächtigen Eingangstür. »Probier's aus.«

Amy schnippte den kleinen Hebel nach oben, und im nächsten Moment hallte der Lärm von klirrenden Ketten, schabenden Bolzen und zischenden Kolben durch die Mauern der Burg, als die Türen verriegelt wurden und vor den Buntglasfenstern schwere Eisenrollläden herunterrauschten. In der jähen Dunkelheit flammten sofort sämtliche Kronleuchter und Wandfackeln auf.

»Cool!«, staunte Amy. »Kann mir nicht vorstellen, dass diese Elfentypen hier jetzt noch reinkommen.«

»Japp«, erwiderte Alfie. »Ich wünschte bloß, wir hätten das Teil auch letzte Nacht benutzt.«

»Mach dir keine Vorwürfe, Al«, sagte Amy. »Caspian ist ein überheblicher Saftsack, aber ich geh jede Wette ein, dass er Ashford zurückholt.«

Diese Zuversicht hätte Alfie nur zu gern geteilt. Seine Fingernägel bohrten sich ihm in die Handflächen, als er darüber nachdachte, um wie vieles schlimmer diese Sache in der vergangenen Nacht hätte ausgehen können. Wenn er doch bloß den Sicherheitsschalter umgelegt hätte, als er mit Artan von seinem Rundflug zurückkam – dann wäre Ashford jetzt sicher noch da.

KAPITEL 5

Der Verwandlungszauber

Alfie erwachte aus einem weiteren Albtraum, in dem er sich in einen Drachen verwandelt hatte. Etwas wischte ihm übers Gesicht. Abrupt fuhr er hoch, scheuchte Galileo von seiner Brust und tastete sich hektisch von Kopf bis Fuß ab, um sicherzugehen, dass sein Körper immer noch menschlich war. Der Kater ließ seinen Schwanz von links nach rechts zucken, während er die Maus in dem Käfig auf Alfies Schreibtisch beobachtete.

»Wasnlos?«, murmelte Robin verschlafen von seiner Luftmatratze auf dem Boden. Madeleine und Amy teilten sich ebenfalls einen Raum. In der Burg gab es eigentlich mehr als genug Schlafzimmer für jeden von ihnen, doch nach dem, was mit Ashford passiert war, hatte keiner der vier Lust aufs Alleinsein gehabt.

»Nur Galileo«, antwortete Alfie, während er aufstand und sich den Kater schnappte. »Er ist wie besessen von dieser Maus. Ich werd ihn vor die Tür setzen.«

»Okay«, sagte Robin und warf einen Blick auf seine Uhr. Wegen der heruntergelassenen Läden ließ sich unmöglich schätzen, wie spät es war. »Es ist sieben. Von mir aus können wir auch gleich die Rollläden hochziehen und die Maus freilassen. Sie scheint ja schon wieder ganz munter zu sein.«

Alfie schaute zum Käfig hinüber. Das kleine Tier flitzte aufgeregt quiekend im Kreis herum, doch als er näher kam, stoppte es plötzlich und stellte sich auf die Hinterbeine, um zu ihm hinaufzuspähen. Offenbar hatte Galileo tatsächlich keinen größeren Schaden angerichtet. Alfie setzte den unruhigen Kater auf den Boden, wo dieser ihm um die Knöchel strich und hoffnungsfroh Richtung Käfig schielte.

»Nichts für dich!«, sagte Alfie streng und wackelte mit dem Zeigefinger. Dann griff er nach dem Käfig. Wenn er die Maus im Burghof freiließ und Galileo den Tag über einsperrte, würde sie genug Zeit haben, dorthin zurückzukehren, wohin sie gehörte.

Galileo jaulte erwartungsvoll auf, als Alfie den Käfig behutsam durchs Zimmer trug. »Nein, du bleibst hier drin«, sagte er und hielt den Kater mit dem Fuß davon ab, durch den Türspalt zu schlüpfen. »Robin, kannst du ihn dir mal kurz schnappen?«

»Na schön«, gähnte sein Cousin. »Also komm her, Kumpel.« Doch kaum wollte er ihn packen, begann Galileo zu fauchen und krallte sich an Alfies Bein in die Höhe, um nach dem Käfig zu schlagen.

»Au!«, kreischte Alfie und streckte die Arme schnell außer Katerreichweite. »Robin, schaff ihn mir vom Leib!«

»Ich versuch's ja!«

Alfie spürte, wie die Krallen ihm das Bein zerkratzten,

während Robin den jetzt wutentbrannt fauchenden Galileo von ihm wegzerrte. Was war bloß in ihn gefahren?

Mit vereinten Kräften schafften die beiden es schließlich, den Kater ins Zimmer zu sperren, dann trugen sie den Käfig nach unten. Kaum hatte Alfie den Sicherheitsschalter zurückschnappen lassen, flutete grelles Sonnenlicht die düstere Eingangshalle, sodass er gequält die Augen zusammenkniff. Einige von Caspians Raben hielten auf den Burgmauern Wache, also setzte Alfie die Maus in das lange Gras auf der anderen Seite der Zugbrücke. Die Raben beäugten das kleine Tier hungrig, doch sie blieben auf ihren Posten, als es den Hügel hinab davonhuschte.

Zum Frühstück hatte Alfies Dad die Reste der durchgeweichten Lasagne aufgewärmt und für den zweiten Gang Trockenpflaumen, Weizenkleie und Vanillesoße vorbereitet.

»Haut tüchtig rein. Ihr müsst eure Verdauung auf Trab halten!«, verkündete er. Peinlich berührt verschluckte Alfie sich an einem Pflaumenkern.

Als sie beim Abwasch waren, klingelte das Telefon. Alfie sauste hinüber, um ranzugehen. Eine leicht aufgekratzt klingende Emily Fortune meldete sich.

»Alfie!«, rief sie. »Ist Ashford bei euch?«

»Was soll das heißen?«, antwortete Alfie verblüfft. »Wieso sollte er hier sein?«

»Uns hat heute Morgen eine Nachricht erreicht. Sie haben ihn letzte Nacht freigelassen.« Die Nachlassverwalterin schien ein wenig besorgt. »Ich dachte, er wäre inzwischen schon da, aber das Ganze kann vermutlich auch etwas länger dauern, je nachdem, welches Tor sie benutzt haben, um ihn zurückzuschicken.«

Alfie traute kaum seinen Ohren. »Sie meinen, Caspian hat es tatsächlich geschafft? Ashford ist frei? Ich kann den Talisman also behalten?«

»Sie haben gesagt, sie wollten den Frieden zwischen unseren beiden Welten nicht gefährden«, erklärte Emily.

»Dieses Treffen mit Caspian muss der Königin dermaßen Angst gemacht haben, dass sie nicht anders konnte, als Ashford laufen zu lassen«, mutmaßte Alfie und dachte an die eisernen Ritterrüstungen. Unwillkürlich fragte er sich, welche Tricks Caspian wohl außerdem noch auf Lager hatte.

»Mag sein. Ich hätte bloß niemals damit gerechnet, dass sie so … so einsichtig wäre.«

»Aber das sind doch fantastische Neuigkeiten, oder nicht?«, fragte Alfie und überlegte, warum Emily nicht vor Freude durchs Zimmer tanzte, denn er selbst konnte sich nur mühsam davon abhalten.

»Doch. Doch, das sind sie bestimmt«, antwortete Emily und ließ sich endlich zu einem kleinen Lachen hinreißen. »Die allerbesten. Er kommt wieder nach Hause!«

Alfie stieß einen mächtigen Jubelschrei aus, sodass die andern sofort aus der Küche herübergerannt kamen.

»Die haben Ashford gehen lassen!«, rief er ihnen zu. Amy und die Zwillinge fielen sich in die Arme, und auf dem Gesicht seines Dads zeigte sich eine solche Erleichterung, dass man erahnte, wie ungeheuer groß seine Sorge tatsächlich gewesen war.

»Alfie, hättet ihr etwas dagegen, wenn ich euch einen Besuch abstatten würde?«, bat Emily. »Ich wäre sehr gern dabei, wenn Ashford zurückkommt.«

»Aber natürlich«, antwortete Alfie und hielt sich das freie Ohr zu, um die lautstarken Fragen der anderen auszublenden und verstehen zu können, was Emily sagte. »Okay, dann also bis heute Nachmittag.«

Nach der Ankündigung von Ashfords baldiger Rückkehr wirkte die Burg mitsamt allem und jedem darin gleich um ein Vielfaches fröhlicher. Madeleine war mittlerweile zum Bauernhof zurückgekehrt, um Oma Merryweather beim Scheren der Schafe zu helfen, allerdings nicht ohne sich vorher von Alfie versprechen zu lassen, sie sofort anzurufen, sobald Ashford nach Hause kam. Robin hatte Alfies Dad schon beim Frühstück aufgeregt von einer Idee berichtet, die ihm für eine weitere Sicherheitsvorrichtung gekommen war, falls die Elfen irgendwann doch wieder auftauchen sollten. Inzwischen waren die beiden in der seit Kurzem mit einem kleinen Schmiedeofen bestückten Werkstatt verschwunden, um die Idee weiterzuspinnen.

Amy hatte ihrer Oma versprochen, ihre Ferienaufgaben in Mathe nicht erst auf den letzten Drücker in Angriff zu nehmen, weshalb sie sich nach dem Mittagessen auf ihr Zimmer verkrümelte, um sich an den Schreibtisch zu setzen. Auch Alfie hatte noch eine Menge für die Schule zu tun, doch er vertrieb sich lieber die Zeit damit, im Burghof ein paar Schlagübungen mit Amys Baseball zu machen und auf Emilys Ankunft zu warten.

Gegen zwei Uhr hörte er, wie ein Auto den Hügel

heraufkam. Er hatte am Himmel nach einer fliegenden Kutsche Ausschau gehalten und war entsprechend überrascht, als ein weißer Oldtimer-Sportwagen über die Zugbrücke rollte. Das Dach war heruntergeklappt, und Emily winkte ihm zu, während sie in den Burghof einbog.

»Alfie!« Sie schwang sich aus dem Cabrio und küsste ihn zur Begrüßung auf beide Wangen, ehe sie das Kopftuch abnahm und ihr langes dunkles Haar schüttelte.

»Sie können Auto fahren?«, staunte Alfie und fühlte sich schon wie ein Trottel, noch bevor er die Frage zu Ende gestellt hatte.

»Wenn sich's einrichten lässt, verzichten wir tagsüber auf die Kutschen«, lachte Emily. »Außerdem ist heute mein freier Tag.« Sie hielt ihm den Ellbogen hin. »Sollen wir?«

»Äh, na klar.« Alfie schob seinen Arm unter ihren, und dann hüpfte sie buchstäblich mit ihm im Schlepptau auf die Eingangstür zu. Ihm blieb nichts anderes übrig, als sich mitziehen zu lassen, während sie aufgeregt von einem Raum in den nächsten sprang.

»Es ist schon eine Ewigkeit her, dass ich zum letzten Mal hier war«, rief sie lächelnd und wirbelte kreuz und quer durch den großen Saal. »Du musst mir unbedingt alles zeigen, was du bisher entdeckt hast!«

Also unternahm Alfie mit ihr eine stürmische Burgtour, die sämtliche Küchen- und Kellerräume, Schlafzimmer, Wehrgänge und sogar einen Geheimgang umfasste, der von einem der Zimmer in einen riesigen Wäscheschrank führte. Während die beiden sich zwischen den mannshohen Stapeln säuberlich gebügelter Laken hindurchquetschten, fiel Alfie mit einem Mal auf, dass es in der Burg gar keine Waschmaschine gab und dass er Ashford noch kein einziges Mal mit einem Bügeleisen hatte hantieren sehen. Und wenn er's sich recht überlegte, saugte auch nie jemand oder wischte Staub. Das Ganze war offenbar ein weiteres der sonderbaren Geheimnisse von Burg Hexbridge.

Kaum hatte Alfie die verborgene Tür zum Südturm geöffnet, raste Emily auch schon die Stufen hinauf. Er merkte, wie ihm allmählich die Lust verging, der quirligen kleinen Frau auf den Fersen zu bleiben.

»Nun, das also ist der große Artan«, sagte sie, als sie in den Raum traten, in dem der Bär wohnte. Artan nahm schwebend eine aufrechte Haltung an und antwortete mit einer tiefen Verbeugung.

»Milady.«

»Ich habe bereits viele Geschichten gehört von Euren Heldentaten während der Zeit, die Ihr mit Orin verbracht habt«, fuhr Emily fort. »Es ist mir eine Ehre, nun endlich Eure Bekanntschaft zu machen, alter Junge. Ich nehme an, Ihr und Alfie seid bereits sehr gute Freunde geworden?«

»Ich würde meinen, sogar aller*bär*ste Freunde«, grinste Artan.

Alfie verdrehte die Augen, als Emily glockenhell über das Wortspiel zu lachen begann. »Normalerweise sehen wir zu, dass wir ihn nicht auch noch ermutigen«, flüsterte er.

»Hast du eigentlich schon den Eingang zum Ostturm entdeckt?«, erkundigte Emily sich etwas später auf dem Rückweg nach unten. »Ich weiß nämlich, dass Orin dort ein paar seiner größten Schätze aufbewahrt hat.«

Nein, hatte Alfie nicht, aber er setzte es augenblicklich ganz oben auf die Liste der Dinge, die er während der Ferien erledigen wollte. In der Küche kochte er eine Kanne Tee und nahm sie mit in die Bibliothek, wo die beiden es sich in den Sesseln vor dem Kamin gemütlich machten. Er berichtete Emily von den wiederkehrenden seltsamen Träumen, in denen seine Arme mit einem Mal schuppig und grün wurden. Er hatte bisher nicht recht gewusst, mit wem er darüber sprechen sollte, doch indem er Emily jetzt einfach davon erzählte, fühlte er sich sofort etwas besser.

»Zuerst hab ich gedacht, es wäre bloß ein Albtraum, aber dann hab ich's plötzlich auch mit offenen Augen gesehen, als ich mich durch das Portal ziehen wollte. Keine Ahnung, was da mit mir passiert ist.«

»Ich denke, ich weiß es«, antwortete Emily. Sie legte ihm sanft eine Hand auf den Arm, was in Alfie sofort den Verdacht weckte, dass ihm nicht gefallen würde, was er gleich zu hören bekam. »Bei deinem Kampf mit Murkle und Snitch riss der Zauber, den Orin in dir verborgen hat, die Kräfte der beiden an sich. Sie konnten sich nicht mehr in einen Drachen zurückverwandeln, weil dein Zauber sich von ihrem genährt hatte. Er ist nun ein Teil von dir.«

Alfie spürte, wie ihm speiübel wurde. »Aber die zwei waren abgrundtief böse! Wollen Sie damit sagen, dass deren Zauber jetzt in mir steckt und versucht, aus mir einen Drachen zu machen?«

»Er versucht überhaupt nichts«, erwiderte Emily. »Ein Zauber ist nicht böse oder gut. Er *existiert* einfach. Bei diesem hier handelt es sich um einen Verwandlungszauber, doch weil er von deinen Schulleiterinnen stets nur dazu benutzt wurde, zwischen Drachen- und Menschengestalt zu wechseln, kennt er eben nichts anderes. Ein Verwandlungszauber kann überaus nützlich sein, wenn man ihn zu beherrschen versteht.«

»Ich will ihn nicht haben.«

»Bist du sicher? Es gibt viele, die einiges darum geben würden, diese Fähigkeit zu besitzen.«

Es war tatsächlich eine verlockende Vorstellung, jede beliebige Gestalt annehmen zu können. Unwillkürlich dachte Alfie daran, was damit für ihn alles möglich würde: Er könnte als die sprichwörtliche Fliege an der Wand unbemerkt jedes Gespräch belauschen, in die Haut der verschiedensten Leute schlüpfen, endlich fünf Zentimeter wachsen. Er könnte sich sogar in einen Adler verwandeln und an Artans Seite fliegen … Doch dann erinnerte er sich an die abscheulichen Szenen, die sich abspielten, nachdem er Murkle und Snitch mit einem Enthüllungszaubertrank bespritzt hatte. Die beiden hatten sich damals zunächst der Reihe nach in verzerrte Versionen all ihrer früheren Gestalten verwandelt, ehe sie sich am Ende als ein bösartiger, zweiköpfiger Drache entpuppten. Die Verlockung löste sich augenblicklich in Luft auf. »Gibt's einen Weg, wie man ihn wieder loswerden kann?«

»Soweit mir bekannt ist, nur einen einzigen. Der Zauber, den Orin in deine Obhut gegeben hat, nährt sich von Energie und benutzt sie dazu, Dinge zu erschaffen. Nachdem er dem

Drachen dessen Verwandlungszauber entrissen hat, bleibt als einziger Weg, ihm zu erlauben, sich abermals davon zu nähren und etwas damit zu erschaffen. Aber dafür bist du noch längst nicht bereit. Du darfst nicht einmal mit dem Gedanken spielen, solange deine Ausbildung bei Orin nicht begonnen hat.«

»Dann muss ich mich also mit all dem abfinden, bis ich dreizehn bin?«, fragte Alfie.

»Vielleicht sogar länger«, antwortete Emily. »Der Große Druide wird Zeit brauchen, um dich sein Wissen zu lehren.«

»Wie soll diese Ausbildung denn überhaupt funktionieren? Orin lebt sechshundert Jahre in der Vergangenheit!« Alfie hatte schon viele Male versucht, sich mit all seiner Willenskraft in Orins Zeit zurückzuversetzen. Er war während eines magischen Zeitschlupfs auf die Welt gekommen, was ihm die Fähigkeit verliehen hatte, zwischen der Gegenwart und dem Jahr seiner Geburt vor mehr als sechs Jahrhunderten hin- und herzuschlüpfen, doch er konnte sie nicht kontrollieren. Kein einziger seiner Versuche war auch nur im Ansatz erfolgreich gewesen.

Emily beugte sich ein Stückchen vor und sagte leise: »Womöglich kann Ashford dir eine Hilfe sein.«

»Was meinen Sie damit?«

»Er könnte dir beibringen, wie man in der Zeit zurückreist. Ihr beide teilt diese seltene Fähigkeit nämlich.«

Alfies Augen wurden kugelrund. »Soll das heißen, Ashford kann auch zeitschlüpfen? Es gibt noch andere, die so sind wie ich?«

»Sehr wenige. Bei Ashford ist diese Fähigkeit ebenfalls

angeboren. Wie du kann er zwischen zwei Zeitpunkten hin- und herreisen, die Jahrhunderte auseinanderliegen.«

Alfie fasste es einfach nicht, dass Ashford nun schon fast ein ganzes Jahr bei ihnen wohnte und allem Anschein nach nicht mal daran gedacht hatte, ihm davon zu erzählen.

»Wie –«

»Mehr kann ich dir wirklich nicht sagen«, unterbrach Emily ihn hastig. »Caspian würde glatt ausflippen, wenn er wüsste, dass ich dir diese Sache über Ashford verraten habe.«

Bei der neuerlichen Erwähnung des Namens warf sie verstohlen einen Blick auf ihre Armbanduhr.

»Ich bin sicher, er ist bald zurück«, sagte Alfie.

»Aber klar ist er das«, lächelte sie schnell. »Übrigens, ich hab ein bisschen Erfahrung mit Verwandlungszaubern. Wenn ich dir zeige, wie man ihn benutzt, schaffst du's vielleicht, ihn im Zaum zu halten.« Sie nahm Alfie die Teetasse ab und stellte sie beiseite. »Lass mal sehen.«

Alfie starrte sie entgeistert an. »Aber ich hab ihn doch gar nicht mit Absicht benutzt. Es ist einfach passiert. Ich hab keine Ahnung, wie ich ihn kontrollieren kann.«

»Hast du's ausprobiert?«

Alfie schüttelte den Kopf.

»Nun denn, probier's aus.«

Er konnte kaum glauben, dass Emily ihm offenbar zutraute, diesen Zauber von Murkle und Snitch ganz nach Wunsch zu benutzen, aber es klang sehr danach, dass sie ein Nein als Antwort nicht akzeptieren würde.

»Und wie stell ich das an?«, fragte er.

»Finde in deinem Innern die Stelle, an der er verborgen liegt, und weck ihn auf.«

Alfie versuchte, sich zu entspannen und Emilys Anweisungen zu folgen. Er schloss die Augen und rief sich das Gefühl der Macht in Erinnerung, das in ihm aufgekommen war, kurz bevor er damals die uralte Magie gegen Murkle und Snitch eingesetzt hatte. Er konzentrierte sich ganz auf sein Inneres und suchte nach diesem Gefühl. Gerade als er schon ungeduldig zu werden begann, spürte er es – die Schöpfungsmagie lag wie eine Schlange zusammengerollt in seiner Brust. Und er nahm dort außerdem noch etwas Kleineres wahr: den Verwandlungszauber, gefangen in ihren Windungen. Alfie richtete all seine Aufmerksamkeit auf ihn und fühlte, wie dessen Kraft langsam erwachte und ein leichtes Kribbeln durch sämtliche Nervenfasern in seinem Körper schickte.

»Gut so. Und jetzt lass ihn durch dich hindurchfließen.« Emilys Worte schwebten am äußersten Rand von Alfies Wahrnehmung. »Probieren wir es mit etwas Einfachem. Deine Haut. Sehen wir mal, ob du sie blau färben kannst.«

»Ich weiß nicht, wie.«

»Konzentrier dich. Finde einen Weg.«

»Aber ich –«

»Tu's einfach. Werde blau.«

Alfie seufzte gereizt und richtete seine Gedanken mit aller Kraft auf die Farbe Blau.

»Du bemühst dich zu sehr«, sagte Emily. »Bilde dir einfach ein, dass es von selbst geschieht, statt es erzwingen zu wollen.«

Alfie beruhigte sich etwas und stellte sich vor, wie das Blau über ihn hinwegfloss und seinen gesamten Körper färbte, die Lider, die Fingernägel, die Hautfalten zwischen den Zehen. Er stellte sich vor, es sei schlicht eine Wahrheit. So wie Gras grün war, war Alfie Bloom blau.

»Öffne die Augen«, sagte Emily sanft.

Alfie blinzelte und schaute hinunter auf seine Hände. »Ich hab's geschafft«, flüsterte er, wobei er mit seinen blauen Fingern wackelte und den Saum seiner Jeans ein Stück hochzog, um ein blaues Schienbein freizulegen.

»Eine großartige Leistung«, lächelte Emily. »Sehr bemerkenswert für jemanden, der noch keine Ausbildung genossen hat. Wenn du geahnt hättest, wie schwierig das war, hättest du's vielleicht nie geschafft.«

»Und wie mach ich das Ganze rückgängig?«, fragte Alfie, dem es den Magen zuschnürte bei dem Gedanken daran, nach den Ferien in die Schule zurückzumüssen und dann immer noch auszusehen wie ein Außerirdischer.

»Ich bin sicher, auch das findest du selbst heraus.«

Alfie blickte abermals auf seine Hände und stellte sich vor, wie das Blau davongespült wurde und seine Haut wieder die vertraute Farbe annahm. Kaum hatte er daran zu denken begonnen, schien das Blau auch schon zu verblassen wie Tinte, die in seine Haut sickerte, und seine Hautfarbe wurde wieder normal.

Emily lachte. »Wirklich erstaunlich! Du hast den Zauber geradezu spielend beherrscht. Versuchen wir es mit etwas Größerem. Wenn ich dich bitten würde, jemanden aus dem

Gedächtnis möglichst genau zu zeichnen, für wen würdest du dich entscheiden?«

Alfie musste nicht einmal nachdenken. »Für meinen Dad.«

»Hervorragend. Werde dein Dad.«

Seine Haut blau zu färben war eine Sache, aber was Emily jetzt verlangte, konnte Alfie kaum glauben. »Und wie? Wo soll ich denn da bitte anfangen?«

»Sehen wir erst mal zu, dass wir seinen Kopf richtig hinkriegen. Die Umformung eines kompletten Körpers ist ein bisschen zu viel für den ersten Versuch. Diese Sorte Zauber sollte dir übrigens auch gestatten, deine Kleidung zu verändern, aber das ist im Augenblick noch deutlich zu kompliziert für dich. Nun denn, stell dir vor, wie dein Gesicht sich in das deines Vaters verwandelt.«

Alfie blieb stumm. Diese Aufgabe zu erfüllen schien ihm völlig unmöglich zu sein, aber er wollte Emily nicht enttäuschen, indem er es erst gar nicht probierte. Also holte er einmal tief Luft und atmete sehr langsam wieder aus, während er die Augen schloss und sich das Bild seines Dads ins Gedächtnis rief. Einige der charakteristischen Züge fanden sich auch bei ihm selbst, weshalb er sich zunächst vorstellte, wie er sich in eine ältere Version seines Ichs verwandelte, mit längerem Gesicht, breiterem Kinn und ausgeprägterer Kieferpartie. Das Ganze war wesentlich schwieriger, als seine Haut blau zu färben – denn es gab eine Unmenge kleiner Details zu beachten.

»Das machst du toll«, lobte Emily. »Weiter so.«

Alfie stellte sich vor, wie seine Nase ein Stückchen wuchs, wie seine Augen braun wurden und sich an den Augenwinkeln kleine Lachfalten bildeten. Es fühlte sich an, als würde seine Haut sanft gedehnt und zurechtgezupft. Sein Kinn juckte plötzlich ein wenig. Er griff automatisch danach und erschrak, denn es war rau und stoppelig, so als hätte er eine Rasur nötig. Womöglich schaffte er es ja doch, diese Aufgabe zu bewältigen! Er blinzelte einige Male.

»Ein großartiger Anfang«, lobte Emily. »Selbst die Augenfarbe hast du hinbekommen. Aber ich sehe, du wirst langsam müde. Belassen wir's für heute dabei.«

Alfie schüttelte den Kopf. Er wollte seine Lehrerin eigentlich nicht übergehen, aber er ahnte, dass er jetzt kurz vor dem Ziel war – er musste sich bloß noch ein bisschen mehr anstrengen. Seine Kopfhaut begann zu kribbeln, als er sich ausmalte, wie seine Haarbarbe von Rotbraun zu Schwarz wechselte, an den Schläfen von ein paar weißgrauen Strähnen durchzogen.

»Ganz ausgezeichnet, Alfie, aber nun lass es gut sein. Du hast bereits wesentlich mehr geschafft, als ich erwartet hatte.«

Ihre Worte drangen nur wie aus weiter Ferne an Alfies Ohren, so entschlossen konzentrierte er sich auf die Verwandlung. Vielleicht könnte er als Nächstes ein wenig wachsen. Seine Klamotten fühlten sich zunehmend eng an. Er blickte hinunter auf seine Füße. Sie schienen ihm definitiv weiter weg zu sein. Vor lauter Begeisterung darüber stellte er sich vor, wie er jeder einzelnen Zelle in seinem Körper eine Botschaft schickte mit dem Befehl, sich zu verwandeln. Er würde es hinkriegen, er war sich ganz sicher.

»Stopp! Hör auf, SOFORT!«

Emilys scharfer Tonfall zerstörte Alfies Konzentration auf

der Stelle. Er blinzelte verdutzt zu ihr hinüber. Die Nachlassverwalterin starrte ihn an, und ihre Miene verriet sowohl Schock als auch Sorge.

»Tut mir leid. Ich dachte, ich hätt's beinah geschafft.« Da Emily sich noch immer nicht rührte, fügte er hinzu: »Hab's bloß bis zum Ende versuchen wollen. Es war nicht meine Absicht, Sie wütend zu machen.«

Emily reichte ihm ihren Schminkspiegel.

Er starrte hinein, voller Entsetzen. O ja, verwandelt hatte er sich. Er besaß jetzt das Haar seines Dads, die Bartstoppeln und einen großen Teil seiner Züge. Doch das alles war schrecklich entstellt – grün und schuppig. Er hob die freie Hand ans Gesicht und stieß einen gellenden Schrei aus, als er statt seiner Finger lange, pechschwarze Krallen sah. Emily fing ihn auf, als seine Knie nachgaben. Behutsam führte sie ihn zu seinem Sessel.

»Was passiert mit mir?« Er zitterte am ganzen Leib, so erschüttert war er vom Anblick seines grässlichen Monstergesichts.

»Ruhig atmen«, sagte Emily, während sie ihm die Hand tätschelte. »Es vergeht bereits wieder.«

Alfie blickte erneut in den Spiegel und keuchte vor Erleichterung schaudernd auf, als er sah, wie die widerlich grünen Schuppen langsam verblassten und seine Haut zu ihrer normalen Farbe zurückkehrte.

»Es tut mir sehr leid, Alfie. Dieser Verwandlungszauber hat jahrhundertelang in einem Drachen gewohnt. Als du versucht hast, ihm seine volle Wirksamkeit abzuringen, hat er einfach damit begonnen, die Form anzunehmen, die er am besten kennt. Es wird eine Menge Geduld und gewaltige Willenskraft nötig sein, um ihn neue Gestalten zu lehren.«

»Das möchte ich gar nicht«, hauchte Alfie, noch immer entsetzt von seiner Verwandlung in einen Drachenmutanten.

»Das musst du auch nicht«, erwiderte Emily. »Aber wenn du ihn wirklich unter Kontrolle halten willst, solltest du dich im Umgang mit ihm üben. Es wird womöglich noch lange Zeit dauern, bis du ihn wieder loswirst, und wenn er sich während dieser Zeit regt, kannst du ihn dann wenigstens in seine Schranken weisen.«

Alfie atmete weiterhin ruhig und gleichmäßig, und als er kurz darauf erneut einen Blick in den Spiegel riskierte, stellte er unendlich erleichtert fest, dass ihm nun wieder sein vertrautes Gesicht entgegensah.

»Hey, Al«, sagte Amy und streckte den Kopf durch die Bibliothekstür. »Deine Oma hat vom Merryweather-Hof ein paar Fressalien mit rübergebracht und will wissen, ob Emily zum Abendessen bleibt. Wow, du bist aber reichlich grün um die Nase, alles klar mit dir?«

»Was denn, so spät schon?«, rief Emily mit einem Blick auf die Uhr und sprang hektisch auf, um Amys Aufmerksamkeit von Alfie abzulenken, während die letzten Stellen in seinem Gesicht wieder die übliche Hautfarbe annahmen. »Ich fürchte, ich muss leider gehen. Was ist mit Ashford, ist er immer noch nicht zurück?«

»Bis jetzt keine Spur von ihm«, antwortete Amy, als die drei die Bibliothek verließen.

»Versprich mir, dafür zu sorgen, dass er mich sofort anruft, wenn er wieder da ist, ja?«, bat Emily wenige Minuten später bei der Verabschiedung im Burghof.

»Ich versprech's«, antwortete Alfie. Er winkte, während die Nachlassverwalterin den Sportwagen wendete und hupend über die Zugbrücke davonbrauste.

»Robin ist mittlerweile gegangen, und dein Dad macht sich sauber«, berichtete Amy. »Keine Ahnung, was die zwei in der Werkstatt veranstaltet haben, aber sie waren komplett voller Ruß.«

»Ihr kommt grade richtig zum Tischdecken«, sagte Oma Merryweather, als sie in die Küche traten. »Gracie hat mir das leckerste Backhähnchen mitgegeben, das ich jemals gerochen habe!«

»Mit selbst gemachter Bratensoße? Und knusprigen kleinen Ofenkartoffeln?«, jubelte Alfie, dem schon das Wasser im Mund zusammenlief. Amy und er schnappten sich Geschirr und Besteck und folgten ihr im Laufschritt zum großen Saal.

Alfies Dad hatte seiner Oma und den Eltern der Zwillinge zwar inzwischen von Ashfords Entführung und Freilassung erzählt, dabei aber ein paar wichtige Details ausgelassen, wie zum Beispiel die Elfen, den Pfeil, die Tatsache, dass das Ganze sich in der Burg abgespielt hatte, und den Verzicht darauf, die Polizei zu rufen. Sie hatten daraus den etwas wackligen Schluss gezogen, es müsse sich um einen klassischen Fall von Verwechslung gehandelt haben, und alle Seiten waren durchaus ganz zufrieden damit, es dabei zu belassen.

Als sie sich zu dem Festschmaus niederließen, den Tante Grace Oma mitgegeben hatte, gesellte sich schließlich auch

Alfies Dad zu ihnen an den Tisch. Sie hatten kaum ihren ersten Bissen hinuntergeschluckt, da hallte das *Bumm-bumm-bumm* des mächtigen Burgtürklopfers aus der Eingangshalle zu ihnen herüber.

Alfie lieferte sich mit Amy ein Wettrennen bis zur Tür.

»Ashford!«, kreischte er und schlang seine Arme um die Taille des Butlers, ohne sich länger als einen flüchtigen Augenblick über das hässliche Hawaiihemd, die schlabbrige Nadelstreifenhose und die Gummistiefel zu wundern, die der Rückkehrer trug.

KAPITEL 6
Das Feenvolk

Ashford wurde eilig in den großen Saal geschoben und auf einen der freien Stühle am Tisch bugsiert, während Oma Merryweather ihm den Teller volllud.

»Nach dem Essen sollten wir Sie unbedingt zügig ins Krankenhaus bringen, damit man sich dort Ihre Schulter ansieht«, sagte Alfies Dad und sah zu, wie der Butler einen der Schenkel vom Backhähnchen löste.

»Es zwickt noch ein wenig, aber sie haben mich sehr ordentlich wieder zusammengeflickt«, erwiderte Ashford und riss den Schenkel mit einem sanften Ruck ab.

»Sie sind an der Schulter verletzt?«, fragte Oma mit einem Blick in die Runde. »Und niemand hielt es für angebracht, das wenigstens kurz zu erwähnen? Vielleicht sollte ich mir das besser mal anschauen …«

»Das ist wirklich nicht nötig«, antwortete Ashford schnell. »Sie ist schon fast wieder völlig verheilt.«

Alfie überlegte kurz, ob das wohl eine Notlüge war, damit seine Oma beim Anblick der Wunde keinen Schreck bekam, doch dann erinnerte er sich an die Salbe, die die Heilerinnen in der Kanzlei von Muninn und Bone verwendet hatten. Das Zeug hatte seine Blutergüsse in kürzester Zeit zum Verschwinden gebracht. Womöglich verfügten die Elfen ja sogar über etwas noch Besseres. Er hoffte es inständig, denn das würde bedeuten, dass Ashford die vergangenen beiden Tage doch nicht von solch höllischen Schmerzen gequält worden war, wie er es sich ausgemalt hatte.

»Dann sind Sie also so weit okay?«, druckste Alfie herum, weil er vor seiner Großmutter nicht zu sehr ins Detail gehen wollte.

»Man hat sich sehr anständig um mich gekümmert«, erwiderte Ashford und streckte den Arm aus, um sich ein weiteres Fleischstück vom Hähnchen zu pflücken. »Anständiger, als ich es verdient hatte.«

»Das kann nicht Ihr Ernst sein.« Alfie fragte sich, ob der Butler womöglich Schuldgefühle hatte wegen seiner Karriere als Dieb. »So was hatten Sie nicht verdient. Auf gar keinen Fall!«

»Wie sind Sie denn eigentlich hierher zurückgekommen?«, wollte Amy wissen.

»Verschieben wir die Fragen auf später«, ging Oma dazwischen, während der Butler sich bereits wieder den Mund vollschaufelte. »Seht ihr denn nicht, was für einen Riesenhunger er hat? Wir sind wirklich sehr froh, dass Sie wieder zu Hause sind, Ashford.«

Als Robin am nächsten Morgen auf die Burg zurückkehrte, um zusammen mit Alfies Dad an seinem geheimnisvollen Projekt weiterzutüfteln, war er etwas enttäuscht, dass er Ashford nicht zu Gesicht bekam. Der Butler verbrachte den Tag im Bett, um sich von seiner Tortur zu erholen. Alfie hatte ihn dazu bewegen wollen, Emily anzurufen, aber Ashford hatte nur gesagt, er sei im Moment viel zu müde und werde später mit ihr telefonieren. Das verstand Alfie voll und ganz, aber er hoffte trotzdem, dass er sich bald bei ihr meldete – sie war in so großer Sorge um ihn gewesen.

»Meinst du, er drückt sich davor, mit ihr zu sprechen?«, fragte er Amy.

»Hast du nicht gesagt, die beiden hätten möglicherweise was miteinander?«, erwiderte sie. »Vielleicht ist es ihm einfach peinlich, dass er sich hat kidnappen lassen. Oder er macht sich Sorgen, sie könnte sauer auf ihn sein, weil er die Elfen um ein Haar schnurstracks zu deinem Talisman geführt hätte.«

Schließlich rief Alfie selbst bei Emily an, um ihr zu sagen, dass Ashford mittlerweile nach Hause gekommen war.

»Und er will nicht mit mir reden?«, fragte sie, ohne die Kränkung in ihrer Stimme verbergen zu können.

»Er hat eine Menge durchgemacht.« In Alfies Bauch rumorte ein schlechtes Gewissen. »Aber er will sich bei Ihnen melden, sobald er sich besser fühlt.«

»Okay«, sagte Emily. »Allerdings kommt Caspian übermorgen von einem Mandantentreffen im mittelalterlichen Japan zurück und möchte Ashford sofort danach sehen. Könntest du ihm das ausrichten?«

»Natürlich.«

Beim Auflegen rieb Alfie sich voller Unbehagen den

Nacken. Er hoffte inständig, dass Ashford sich schnell dazu durchringen würde, bei Emily anzurufen. Diese Entführungsgeschichte machte dem Butler offenbar deutlich mehr zu schaffen, als er zugeben wollte, und aller Wahrscheinlichkeit nach hatte er dringend jemanden nötig, mit dem er darüber reden konnte.

Robin fuhr mit Alfies Dad los, um neues Material für die rätselhafte Erfindung zu besorgen, an der sie in der Werkstatt herumdokterten. Alfie hatte den starken Verdacht, dass die beiden dabei auch Metall schmolzen. Aus dem Raum mit dem kürzlich errichteten Schmiedeofen drang eine gewaltige Hitze, und sein Dad und sein Cousin trugen dicke lederne Schürzen und Handschuhe.

Oma Merryweather hatte darauf bestanden, dass Alfie und Amy an diesem Morgen hinunter zum Bauernhof kamen, um bei der Schafschur zu helfen. Alfies Meinung nach wollte sie sie dadurch wohl nur davon abhalten, Ashford mit weiteren Fragen zu bombardieren. Auf dem Weg Richtung Tal fiel ihm auf, dass auf dem Marktplatz von Hexbridge jede Menge Stände aufgebaut wurden.

»Aber klar! Morgen ist doch das Beltane-Fest!«, verkündete er.

»Das was?«, fragte Amy.

»Ein großes Fest mit viel Feuer, das das Dorf jedes Jahr veranstaltet, um den Sommeranfang zu feiern.« Bisher hatte Alfie kaum daran gedacht, aber jetzt, da Ashford wieder zu Hause war, freute er sich mit einem Mal riesig darauf, sich möglichst bald ins Getümmel zu stürzen. »Es ist toll, wirst schon sehen.

Normalerweise fällt das Fest nicht in die Osterferien, aber dieses Jahr sind sie ziemlich spät.«

Auf dem Bauernhof steckte Oma Merryweather bereits in einem Overall und befreite gemeinsam mit Onkel Herb die Schafe von der dichten Wolle. Die beiden Neuankömmlinge wurden sofort an die Arbeit geschickt. Madeleine war als erfahrene Hofhelferin dafür zuständig, auf die Rücken der schon geschorenen Schafe Insektenschutzmittel aufzutragen. Alfie und Amy bekamen die etwas leichtere Aufgabe, die fertigen Vliese zusammenzubinden und gut zu verstauen, während seine Oma und Onkel Herb sich der Reihe nach die Schafe vornahmen, die unter den kundigen Händen der beiden seltsam gelassen blieben.

»Sag mal, Oma«, begann Alfie, als der letzte Zipfel eines gerade geschorenen Vlieses auf dem Boden landete. »Was weißt du eigentlich über Elfen?«

Oma zog langsam die rechte Augenbraue nach oben und musterte die drei mit gewitztem Blick. Das Schaf vor ihr erwachte schlagartig aus seiner Trance und schoss quer durchs Gehege davon, um sich von Madeleine mühsam wieder einfangen zu lassen.

»Du treibst doch wohl hoffentlich keine Scherze mit deiner alten Großmutter, oder?«

»Nein, Mrs Merryweather«, erwiderte Amy ernst. »Alfie schwärmt immer so von Ihren Geschichten. Wir dachten bloß, Sie kennen vielleicht auch eine über Elfen.«

Seine Oma nickte Alfie wohlwollend zu. »Tja, wie könnte ich dem widersprechen«, lächelte sie. »Und du sagst bitte Oma zu mir, Liebes. Mrs Merryweather nennen mich bloß Ärzte und Zahnklempner, und weder an die einen noch an die andern will ich in nächster Zeit einen Gedanken verschwenden.« Damit schnappte sie sich das bockige Schaf, das Madeleine wieder zu ihr zurückgeführt hatte, und flüsterte ihm ein paar Worte ins Ohr. Augenblicklich beruhigte es sich, woraufhin sie es auf den Rücken drehte und sich daranmachte, ihm den Bauch zu scheren.

»Also, ihr wollt etwas über das Feenvolk wissen, wie mein Großvater es genannt hat. Nun, ich selbst habe nie einen Elfen zu Gesicht bekommen, aber das Chaos, dass ihre Kobolde anrichten können, hab ich mit eigenen Augen gesehen.«

»Kobolde?«, fragte Alfie entgeistert, während Amy das aufgerollte Vlies verschnürte, das er mit aller Kraft zusammenpresste.

»Boshafte kleine Dinger. Elfen, Feen, Kobolde – sie alle bewohnen dasselbe Reich. Allerdings halten Elfen sich nicht mit läppischem Schabernack auf, denn denen sieht's eher ähnlich, dass sie Menschen in ihre Gefilde verschleppen. Bei Kobolden liegen die Dinge anders. Wann immer auf dem Hof meines Großvaters etwas schiefging, war er davon überzeugt, Kobolde hätten die Hand im Spiel. Einmal baute sein Nachbar eine Straße mitten durch einen Rath auf dem nächsten Hof gleich hinter den –«

»Einen was?«, fragte Alfie dazwischen.

»Einen Rath. Wie ich euch gerade erklären wollte, ist ein Rath eine meist kreisrunde, flache Erhebung mit einem Erdwall drumrum. Großmutter meinte, solche Raths seien die

Überreste uralter Siedlungen, aber Großvater behauptete steif und fest, es handle sich dabei um Feenhügel: Eingänge in das Land des Feenvolks.«

Alfie und Amy hatten aufgehört, Vliese zu rollen, so gebannt hingen sie an Omas Lippen.

»Immer schön weiterarbeiten!«, rief Onkel Herb. »Schauergeschichten gibt's nicht umsonst.«

»Dieser Rath jedenfalls hatte etwas Übernatürliches an sich«, fuhr Oma fort. »Die Luft um ihn herum schien irgendwie aufgeladen zu sein, so als wäre der ganze Ort hellwach und aufmerksam. Tja, und nachdem Bill Duffy ihn sozusagen dem Erdboden gleichgemacht hatte, gab es auf sämtlichen Höfen ringsum keinerlei gute Nachrichten mehr. Die Kartoffeln bekamen die Fäule, die Milch gerann in den Bottichen, die Hühner legten keine Eier mehr, und der Tierarzt hatte ein krankes Tier nach dem anderen zu versorgen. Schließlich verkauften meine Großeltern ihren Hof. Meine Mutter behauptete damals, sie wären allmählich zu alt geworden, um sich um alles zu kümmern, aber ich wusste genau, dass das nicht der Grund war.« Sie lehnte sich zu Alfie und Amy herüber, riss die Augen weit auf und wisperte: »Denn in Wahrheit hatte der alte Bill den Fehler gemacht, das Feenvolk zu erzürnen.«

Selbst die Schafe trauten sich kaum zu atmen, während Oma Merryweather ihre Geschichte beendete. Im Gehege war es dermaßen still, dass Alfie sich fast zu Tode erschreckte, als das Mutterschaf neben Madeleine urplötzlich ein lautes *BAAAA* ausstieß.

»Verrätst du ihnen denn noch, dass du dir das alles bloß

ausgedacht hast, oder sollen die drei jetzt wochenlang Albträume haben?«, lachte Onkel Herb.

»Nun werd mir mal nur nicht frech, mein Junge!«, erwiderte Oma und versetzte ihm einen scherzhaften Klaps auf die Finger. »Das Ganze ist ebenso wahr wie die andern Geschichten, die ich in meinem Leben erzählt habe. Wer so alt ist wie ich, der hat noch vom seltsamen Schicksal des jungen Thomas Skelderskew gehört, der unten auf der Feenkreuzebene neunmal entgegen dem Uhrzeigersinn um einen Ring aus Giftpilzen lief. Er ward nie mehr gesehen, seit über hundert Jahren. Und komm jetzt bloß nicht auf dumme Ideen, Madeleine Merryweather. Geschichten hin oder her, es gibt einfach manche Dinge, die man besser nicht ausprobiert.«

Alfie hatte inzwischen weiter über Ashford nachgedacht. »Wenn Leute von den Elfen entführt worden waren und dann wieder nach Hause kamen, war mit denen dann alles okay? Ich meine, waren sie noch dieselben Menschen wie vor der Entführung?«

»Laut all den Erzählungen, die ich kenne, kamen nur wenige jemals zurück«, antwortete Oma. »Und sie waren verändert. Die meisten von ihnen verbrachten ihr ganzes Leben damit, nach einem Weg zu suchen, um in das Land des Feenvolks zurückzukehren. Jetzt aber: Weniger schwätzen, mehr aufräumen.« Damit erhob sie sich grinsend, sammelte ihre Scherwerkzeuge ein und marschierte in Richtung Geräteschuppen.

»Glaubst du, das stimmt alles?«, wollte Alfie von Madeleine wissen, als sie dabei waren, die Vliese aufzustapeln.

»Vielleicht ein bisschen davon. Das ist nämlich das Verzwickte an Omas Geschichten – man kann sich einfach nie sicher sein, wo man nach der Wahrheit suchen soll.«

Alfie hoffte sehr, dass seine Oma sich irrte, aber Ashford wirkte tatsächlich verändert. Was, wenn auch er den Versuch unternahm, zu seinen Entführern zurückzukehren?

Robin war nicht mehr auf der Burg, als Alfie und Amy zurückkamen. Alfies Dad hatte sich gerade auf den Weg in die Dorfbibliothek gemacht, um dort nach weiteren Büchern über Eisenverarbeitung zu suchen. Während Amy loszog, um sich die Wollfussel aus den Haaren zu waschen, stieg Alfie die schmale Treppe hinter einem Stück Holzverkleidung in der Eingangshalle hinunter, um Ashford zu besuchen. Er war bisher nur ein einziges Mal in dem Zimmer des Butlers gewesen, als er sich von ihm ein paar Wasserfarben hatte leihen wollen. Alles war überaus sauber und ordentlich gewesen, die Wände voller farbenprächtiger Landschaftsbilder, die Ashford von der Burg und ihrer Umgebung gemalt hatte. Und auch ein kleines, wunderschön gemaltes Porträt von Emily Fortune hatte dort gehangen. Heute jedoch schienen sämtliche Möbelstücke aus seinem Zimmer hinaus auf den Flur geräumt worden zu sein.

Alfie stockte der Atem, als er auf Zehenspitzen zwischen Möbeln und Bettzeug hindurchschlich. War etwa schon wieder jemand in die Burg eingebrochen? Er linste vorsichtig um den Türrahmen und erkannte den Butler, der kreuz und quer durch den Raum marschierte und ein Aquarell nach dem anderen von der Wand nahm. Er trug eine lange Hose und ein weißes Unterhemd. Alfie hatte ihn noch nie ohne Uniform zu Gesicht bekommen, abgesehen vom Abend zuvor, an dem er gekleidet gewesen war, als hätte er irgendwo eine Wäscheleine geplündert.

»Wolltest du etwas Bestimmtes?« Ashford hatte plötzlich bemerkt, dass Alfie im Türrahmen stand, und seine Arbeit abrupt unterbrochen.

»Ich wollte bloß nachschauen, ob mit Ihnen alles in Ordnung ist«, antwortete Alfie und fühlte sich etwas unbehaglich. »Emily lässt Ihnen ausrichten, dass Caspian Sie sofort sehen möchte, wenn er übermorgen zurückkommt.«

»Ha! Ich wette, das möchte er«, lachte Ashford. »Dieser Kerl muss seinen Schnabel einfach ständig in anderer Leute Angelegenheiten stecken.«

Alfie wusste natürlich, dass Ashford und der Anwalt nicht gerade beste Freunde waren, doch bisher hatte er stets das Gefühl gehabt, zwischen den beiden herrsche ein gegenseitiger Respekt. Es verblüffte ihn sehr, Ashford so reden zu hören. Unwillkürlich fragte er sich, ob der Butler es Caspian womöglich übel nahm, keine Rettungsmission gestartet zu haben.

»Ich bin sicher, es kann auch warten, falls Sie bis dahin noch nicht wieder fit sind …«, fügte er hinzu.

Ashford schien Alfies Verblüffung zu spüren und änderte sofort seinen Tonfall. »In zwei Tagen, sagst du? Zwei Tage sollten genügen. Bis dahin werde ich bereit sein.« Er nahm Emilys Porträt von der Wand. »Bin grade mitten im Frühjahrsputz«, lächelte er. »Ich dachte, das könnte mir helfen, wieder zu klarem Verstand zu kommen.«

Alfie nahm das Porträt in Empfang und legte es vorsichtig auf den Schreibtisch im Korridor, während Ashford unbeirrt damit fortfuhr, sein Zimmer auf den Kopf zu stellen.

»Brauchen Sie vielleicht irgendwelche Hilfe bei ...« Alfie deutete unbestimmt mit der Hand auf das Chaos. »... bei all dem hier?«

»Nicht nötig«, erwiderte Ashford, riss eine Schublade auf und schleuderte seine Anziehsachen auf den Boden. »Du kannst ruhig wieder gehen.«

Alfie trottete mürrisch zurück nach oben und knabberte sorgenvoll an seiner Lippe herum. Ihm war erneut in den Sinn gekommen, was Oma Merryweather von den seltsamen Dingen berichtet hatte, die mit dem Verstand all derjenigen vor sich gingen, die aus den Gefilden der Elfen zurückgekehrt waren.

Einige Stunden später verkündete Ashford, dass er nach seinem Frühjahrsputz schlicht zu erschöpft sei für ein gemeinsames Abendessen.

»Ist alles okay mit ihm?«, fragte Amy, nachdem sie ihm dabei zugesehen hatten, wie er die Backhähnchenreste vom Vorabend auf einen Teller lud und sich damit nach unten in sein Zimmer zurückzog. »Meine Oma ist zwei Wochen lang ordentlich durch den Wind gewesen, als ihr letztes Jahr auf der Straße jemand das Portemonnaie geklaut hat. Posttraumatischer Stress, hat der Arzt gemeint. Ich wette, dass Ashford das Gleiche hat. Sollte er nicht vielleicht besser auch mal zum Arzt gehen?«

»Kann mir nicht vorstellen, dass er damit einverstanden

wäre«, antwortete Alfie. »Hoffentlich kann Caspian ihm Hilfe besorgen.«

Obwohl der Butler nicht gemeinsam mit ihnen zu Abend aß, saß außer den dreien noch eine weitere Person am Tisch. Sein Dad war im Dorf zufällig Alfies Schulleiterin Miss Reynard über den Weg gelaufen und hatte sie spontan zum Essen auf die Burg eingeladen, was Alfie ziemlich erstaunte. Normalerweise fühlte sein Vater sich nämlich nicht allzu wohl in der Gesellschaft von Leuten, die er noch nicht gut kannte, doch mit Miss Reynard plauderte und lachte er überraschend unbeschwert. Alfie war froh, dass sein Dad langsam Freundschaften zu schließen begann, besonders mit seiner Lieblingslehrerin. Und noch froher war er, dass sein Dad indisches Essen bestellt hatte, statt selbst zu kochen, was bedeutete, dass Miss Reynard wahrscheinlich nicht davon abgeschreckt werden würde, auch die nächste Essenseinladung anzunehmen.

»Sind sie und dein Dad ein Paar?«, flüsterte Amy, als sie den Rest von Alfies Chapati stibitzte, um damit ihr Curry aufzutunken.

Alfie ließ fast seinen Löffel fallen, dann zischte er: »Red keinen Quatsch. Die zwei sind bloß Freunde.«

»Oh, ach so.« Sie grinste und malte mit den Fingern Anführungszeichen in die Luft. »Bloß Freunde.«

»Du bist echt so was von kindisch«, seufzte Alfie und schlug ihre Hand weg, mit der sie nach seinem letzten Stück Zwiebelpakora griff.

Es war nun schon einige Jahre her, dass seine Mum gestorben war, und bisher hatte er sich seinen Dad noch nie mit jemand anderem vorgestellt. Er schob das ungewohnte Bild in den Hinterkopf, um sich später, sobald etwas mehr Zeit war, wieder damit zu beschäftigen und herauszufinden, welche Gefühle es in ihm auslöste.

Dennoch schielte er in den nächsten Minuten etwas öfter zu seinem Dad und seiner Lehrerin hinüber, die sich auf der anderen Seite des Tisches angeregt unterhielten.

»Also, Alfie«, sagte Miss Reynard plötzlich und fing seinen Blick auf. »Wie läuft denn eure Erkundungsmission? Oder willst du mir etwa erzählen, dass ihr bereits jeden Winkel der Burg untersucht habt?«

»Wir haben inzwischen schon ziemlich viel entdeckt«, antwortete Alfie. »Jedenfalls die meisten der Räume auf den alten Plänen. Aber anscheinend gibt's hier massenhaft Dinge, die darauf nicht eingezeichnet sind.«

»Wie zum Beispiel im Ostturm«, schaltete Amy sich ein. »Wir können einfach nirgends den Eingang finden.«

»Das klingt allerdings stark nach einem wartenden Abenteuer«, sagte Miss Reynard. »Hättet ihr etwas dagegen, wenn ich euch nach dem Essen beim Suchen helfe?«

»Ganz im Gegenteil. Tolle Idee!«, rief sein Dad dermaßen schnell, dass Alfie sich fragte, ob er wohl schon nach einem Grund gesucht hatte, sie ein bisschen länger auf der Burg zu halten.

Alfie und Amy räumten den Tisch ab und spülten das Geschirr. Als die beiden in den großen Saal zurückkamen, waren sein Dad und Miss Reynard gerade dabei, den riesigen Kamin mit Anmachholz zu bestücken.

»Hazel hat mir erzählt, an Beltane sei es Tradition, die erloschenen Kamine mit einer Flamme vom großen Festfeuer unten im Dorf neu zu entfachen«, sagte Alfies Dad, während Miss Reynard einige dickere Scheite auf das Anmachholz schichtete.

»Das stimmt«, nickte sie. »Zum Beltane-Fest wurde früher das Vieh zwischen zwei Feuern hindurchgetrieben, in dem Glauben, es bliebe auf diese Weise für das folgende Jahr von Krankheiten verschont. Am Ende der Feierlichkeiten nahmen die Leute dann jeweils einen brennenden Scheit aus den Feuern mit nach Hause.«

»Und hat es gewirkt?«, fragte Alfie.

Miss Reynard zuckte die Schultern. »Es gab ihnen das Gefühl, sie hätten eine gewisse Art von Kontrolle darüber, also was soll's?« Sie wischte sich die Hände an ihrem Kleid ab, als sie mit dem Aufschichten des Kaminholzes fertig war. »Na bitte – alles bereit für morgen. Und jetzt lasst uns diese Tür finden!«

Der Turm begann nicht schon im Erdgeschoss, sondern erst im dritten Stock, weshalb Alfie davon überzeugt war, dass der Eingang mit höchster Wahrscheinlichkeit auf dieser Etage lag. Er führte die andern zu einer Stelle, wo zwei aus den Mauersteinen gemeißelte Ritterfiguren das Ende des Korridors markierten. Unmittelbar an den beiden Reliefs war jeweils eine metallene Halterung angebracht, in der eine Fackel steckte. Alfie fiel ein, dass er sie noch nie hatte brennen sehen. Er hielt sich mit Amy ein Stückchen im Hintergrund und sah zu, wie seine Lehrerin und sein Dad sich an die Untersuchung der behauenen Steinblöcke machten und nach Hinweisen Ausschau hielten, ob sie dazu gedacht waren, sich wie eine Tür öffnen zu lassen.

»Die zwei werden nichts finden«, sagte er leise zu Amy. »Ich hab's mir schon Hunderte Male angesehen. Wenn da wirklich eine Tür ist, gibt's jedenfalls keinen Weg, um sie aufzumachen.«

»Was ist denn mit deinem Talisman?«, fragte Amy. »Immerhin kannst du mit dem Teil den Eingang zu Orins Studierzimmer öffnen, und dieses riesige Siegeldingsbums unten im Keller lässt sich damit ja angeblich ebenfalls aufschließen. Dann müsste man damit doch sicher auch die Tür hier aufkriegen, oder?«

»Keine Chance. Ich hab echt jeden Quadratzentimeter Stein unter die Lupe genommen. Und es gibt nirgendwo eine Vertiefung, in die der Talisman reinpasst.«

»Hast du probiert, durch die Linse zu gucken?«

Alfie spürte, wie seine Wangen knallrot wurden.

»Hast du nicht, stimmt's?«, lachte Amy.

Nachdem er sich mit einem kurzen Kontrollblick versichert hatte, dass Miss Reynard weiterhin mit den Reliefs beschäftigt war, hob Alfie sich den Anhänger wie ein Monokel vors Auge. Er vertraute seiner Lehrerin zwar, aber er achtete dennoch sehr gewissenhaft darauf, den Talisman gut verborgen zu halten – besonders jetzt, da offenbar so viele Leute hinter ihm her waren. Aus der Ferne musterte er die Ritterfiguren durch die violette Linse, ohne irgendwas Ungewöhnliches an ihnen entdecken zu können. Doch als er sich zu Amy umwandte, bemerkte er plötzlich etwas an der Wand links von ihm. In leuchtender Tinte standen auf zweien der Mauersteine die Ziffern Eins und Drei geschrieben. An der Wand rechts trugen zwei

Steine die Ziffern Zwei und Vier. Nachdem er sie nun durch die Linse gesehen hatte, fiel ihm auf, dass ihre Oberfläche ein wenig glatter war als die der übrigen Steine. Er schob den Talisman wieder unter sein T-Shirt.

»Was hast du entdeckt, Al?«, fragte Amy aufgeregt.

»Dad, geht mal einen Schritt zurück!«, rief Alfie. »Ich glaube, ich kann die Tür öffnen.« Sein Dad und Miss Reynard entfernten sich von den Reliefs, während Alfie in der angegebenen Reihenfolge seine Hand auf die vier Steine presste. Unter dem Druck sanken sie jeweils ein kleines Stück in die Wand. Im selben Moment, als er den vierten berührte, flammten die beiden Fackeln auf, die die Ritterfiguren in ihren Händen zu halten schienen. Ein dumpfes Rasseln drang aus den Tiefen der Wand, und zwischen den Rittern war plötzlich ein haarfeiner Spalt zu erkennen. Dann glitten sie mit einem mahlenden Geräusch sehr langsam auseinander, bis sie schließlich zu beiden Seiten des düsteren Eingangs zum Stillstand kamen.

»Ausgezeichnet!«, jubelte Miss Reynard. »Wie hast du das bloß herausgefunden?«

»Die vier Steine sind ein bisschen glatter als die anderen«, antwortete Alfie geistesgegenwärtig. »Ich hab mich gefragt, was wohl passiert, wenn ich draufdrücke.«

»Wirklich clever!«, nickte sein Dad anerkennend. Er nahm die zwei Fackeln aus ihren Halterungen und reichte eine davon an Miss Reynard weiter. »Wollen wir?«

Alfie und Amy stürmten als Erste hindurch. Im flackernden Licht der Flammen war ein Stück vor ihnen eine Tür auszumachen, und zu ihrer Linken ließ sich der Fuß einer Wendeltreppe erkennen. Die Tür öffnete sich in einen großen, kreisrunden Raum.

»Das ist eine Rüstkammer!«, staunte Miss Reynard, als der Fackelschein die von Schwertern und Lanzen gesäumte Wand beleuchtete. In der Mitte des Raums standen hölzerne Kleiderpuppen mit Kettenhemden, zu denen jeweils ein Paar eiserner Handschuhe gehörte. Wie Alfie ahnte, hätte Robin ihn und die anderen jetzt mit Sicherheit darüber aufgeklärt, dass die Dinger Panzerhandschuhe hießen. Er streifte sich eines der Paare über. Sie waren leichter und deutlich beweglicher, als er erwartet hatte. Auch die Kettenhemden wirkten, als wären sie wesentlich angenehmer zu tragen als die bleischweren Rüstungen in den anderen Räumen der Burg. Deren Anprobe hatte er mittlerweile auf den Tag verschoben, an dem er mindestens dreißig Zentimeter größer und um einige Muskelpakete stärker sein würde.

»Wie seh ich aus?«, fragte Amy und drehte sich tänzelnd um die eigene Achse. Sie war in eines der Kettenhemden geschlüpft und hatte sich die dazugehörige Haube über den Kopf gezogen.

»Wie 'n komischer Roboter«, grinste Alfie.

Amy machte surrende Motorgeräusche und stakste mit steifen Schritten kreuz und quer durch den Raum. Alfie lachte, auch wenn er sich insgeheim fragte, aus welchem Grund Orin wohl dermaßen viele Waffen und Rüstungen in der Burg aufbewahrt hatte. War der Große Druide etwa davon ausgegangen, dass dieses ganze Zeug seinem Erben noch nützlich sein würde? Die Burg glich immer weniger dem sicheren Ort, als den Alfie sie sich noch vor einem knappen Jahr ausgemalt hatte.

Sein Dad war inzwischen dabei, eine weitere Tür zu entriegeln. »Wenn mich nicht alles täuscht«, sagte er und legte die Hand auf die Klinke, »müsste hier hinter doch eigentlich …« Schwungvoll riss er die Tür auf. »Na bitte! Der obere Wehrgang.«

Sofort stürmte Alfie nach draußen und lehnte sich zwischen zwei Zinnen der Brustwehr hindurch, um auf den unteren Wehrgang hinabzuspähen, wo er sich in der Nacht von dessen Entführung vor Ashford versteckt hatte.

»Ich bin schon mit Artan hier oben gewesen, aber den Schlüssel zu dieser Tür such ich seit Ewigkeiten vergeblich!«, flüsterte er Amy zu. »Jetzt wissen wir immerhin, was dahinter liegt. Ich kann's kaum erwarten, die Rüstkammer Madeleine und Robin zu zeigen.«

Der Raum im Stockwerk darüber war randvoll mit den verschiedenartigsten Kleidungsstücken aus unzähligen Gegenden der Welt. Wie Miss Reynard erklärte, stammten sie offenbar alle aus einer Zeit, die von der Mitte des 14. bis zum Ende des 16. Jahrhunderts reichte.

»Einfach wunderbar!«, rief sie verzückt, während sie aufwendig bestickte persische Tuniken und kunstvoll verzierte Gewänder aus der italienischen Renaissancezeit bestaunte. »Falls all das hier tatsächlich Orin Hopcraft gehört hat, dann ist mir absolut schleierhaft, wie er an diese Sachen gekommen ist. Damals haben die Leute nämlich kaum je den eigenen Umkreis verlassen, von den Landesgrenzen mal ganz zu schweigen.«

»Tarnung?«, wisperte Amy in Alfies Ohr.

»Um unter den Einheimischen nicht aufzufallen, wenn er mit Artan auf seinen Exkursionen war«, grinste Alfie.

Dank seines fliegenden Bärenfellteppichs war Orin mit ziemlicher Sicherheit der am weitesten gereiste Mensch des Mittelalters gewesen, aber das konnten sie Miss Reynard natürlich schlecht auf die Nase binden. Alfie versprach seiner Lehrerin, dass sie sich jederzeit ein paar Kleider für ihren Geschichtsunterricht ausleihen dürfe, dann stiegen die vier weiter die Treppe hinauf.

Der nächste Raum war dermaßen vollgestopft, dass sie sich zwischen den zahllosen Tischen und Steinpodesten regelrecht hindurchquetschen mussten. Überall standen und lagen die unterschiedlichsten und aberwitzigsten Gegenstände wild nebeneinander. Miss Reynard flitzte mit solcher Begeisterung vom einen zum andern, dass Alfie sich augenblicklich an Madeleine erinnert fühlte. Er sah einen prunkvollen Turban, ein äußerst detailreich und farbenprächtig bemaltes Kelchglas, Halsketten und Ringe mit Perlen und Edelsteinen und einen sehr langen seidenen Schal mit Stickereien, die sämtliche Tiere zeigten, deren Namen er kannte – und eine Menge weitere, die er noch nie gesehen hatte.

Unter vielen der Objekte befanden sich in verschiedenen Sprachen beschriftete Zettel. Wo die Zeilen in einigermaßen lesbaren Sprachen wie Französisch oder Deutsch verfasst waren, konnte Miss Reynard sie übersetzen.

»Es sind Danksagungen«, erklärte sie Alfie. »Die hier unter dem Rubinring zum Beispiel stammt von Karl VIII. von

Frankreich für die Heilung von Wundstellen an seinen Beinen. Und diese dort mit dem gezeichneten Hasen ist von einem deutschen Künstler, der sich bei Orin dafür bedankt, dass er ihm überaus seltene Farbpigmente beschafft hat.«

»Seht euch das hier mal an!«, rief Alfies Dad aufgeregt und winkte sie zu sich herüber. Er starrte wie gebannt auf einen kleinen silbernen Spatz auf einem Marmorsockel. Jede einzelne Feder war bis ins kleinste Detail so fein und effektvoll graviert, dass der Vogel verblüffend lebensecht wirkte.

»Da ist ein Schlüssel«, sagte Amy und hob ein schmales Metallstückchen auf, das darunter gelegen hatte. »Meint ihr, man kann das Ding aufziehen?«

Alfie entdeckte eine winzige Öffnung unter einem der Flügel. Er steckte den Schlüssel hinein und drehte, bis es nicht mehr weiterging, dann zog er ihn wieder heraus. Mit angehaltenem Atem starrten die vier auf den Spatz.

»Er hat geblinzelt!«, kreischte Alfie. Im nächsten Moment ließ der kleine Vogel seinen Kopf ruckartig von links nach rechts zucken, dann hob er seine Flügel und zupfte sich die darunter befindlichen Federn zurecht. Als er zufrieden war, streckte er sich, schüttelte kurz seine Schwanzfedern und öffnete schließlich den winzigen Schnabel, um eine bezaubernde Melodie zu zwitschern.

»Unglaublich«, sagte Alfies Dad, während der Vogel im Takt des Liedchens von einem Fuß auf den anderen hüpfte. »Wie funktioniert dieses Ding?«

Amy stieß einen erstickten Schrei aus, als der Spatz sich urplötzlich in die Luft schwang, im Vorbeiflattern mit seiner

Flügelspitze kurz ihre Wange streifte und dann zwei Runden durch den Raum drehte, ehe er zu seinem Sockel zurückkehrte. Leise surrend ließ er sich darauf nieder, nahm seine Ausgangsstellung ein und saß wieder regungslos da. Alfie lächelte, als er den Ausdruck kindlichen Staunens auf dem Gesicht seines Dads bemerkte.

»Nur ein wahres Genie ist imstande, etwas Derartiges herzustellen, Alfie. Er oder sie ist ein um Längen fähigerer Erfinder, als ich es bei aller Hoffnung je werden könnte. Es gibt daran keine Notiz. Ob Orin dieses Wunderwerk womöglich selbst gebaut hat?«

»Hier ist was eingraviert«, antwortete Alfie und kniff die Augen zusammen, um zwei winzige Buchstaben auf einer der Schwanzfedern zu entziffern. Sie waren merkwürdig miteinander verschlungen. »Das da ist ein D … Und das andere ist … richtig, ein L.«

»DL … DL …«, wiederholte sein Dad. »Halt! Lass mich mal sehen!« Er stieß Alfie geradezu rüde beiseite, so begierig beugte er sich über die Initialen. Sein Gesicht wurde weiß, dann taumelte er zurück. Alfie packte ihn stützend am Arm, als seine Beine ihm scheinbar den Dienst versagten.

»Ich glaub's nicht … ich glaub's einfach nicht«, stammelte er. »Das kann unmöglich wahr sein.«

»Alles in Ordnung mit Ihnen, Will?«, fragte Miss Reynard und berührte ihn sanft an der Schulter. »Was ist los?«

»Ich muss kurz was nachprüfen.« Er stürzte hinüber zur Wendeltreppe. »Rührt euch nicht von der Stelle! Ich bin gleich zurück!«, rief er noch, dann war er verschwunden.

»Was ist denn in Mr B gefahren?«, wunderte sich Amy, während seine Schritte auf den Stufen verklangen.

»Solche Anfälle hat er normalerweise nur, wenn ihm plötzlich eine Lösung einfällt für Sachen, an denen er grade herumwerkelt«, antwortete Alfie verwirrt. »*So* aufgeregt hab ich ihn allerdings noch nie gesehen.«

Um sich die Wartezeit zu vertreiben, bestaunten die drei die restlichen Schätze im Raum. In einem langen, zusammengerollten Stück weichen Leders fand Alfie weitere Waffen: zwei prachtvolle hölzerne Bogen, in die jeweils ein filigranes Muster aus Silber eingearbeitet war.

»Die sind wunderschön«, sagte Amy. Sie hob einen der Bogen auf und schaffte es nur mit Mühe, die Sehne ein Stück zurückzuziehen. »Weißt du, wie man damit schießt?«

Alfie schüttelte den Kopf. »Oma hat versucht, es mir beizubringen, aber das Ding zwiebelt mir jedes Mal innen gegen den Ellbogen. Die hier wandern schnurstracks zu Madeleine und Robin.«

»Das ist wirklich sehr nett von dir«, sagte Miss Reynard. »Pass allerdings auf, dass die zwei sie nicht mit zur Schule bringen – auch nicht ohne Pfeile!«

Von der Treppe her waren eilige Schritte zu hören, und im nächsten Moment stürmte keuchend Alfies Dad in den Raum. Er hielt ein schweres Buch in der Hand.

»Ich hatte recht!«, jubelte er atemlos. »Die Initialen sind nicht DL, sondern LD. Schaut her!« Hastig blätterte er durch die Seiten und zeigte schließlich am unteren Rand einer Skizze auf die beiden Buchstaben, die in derselben Weise miteinander verschlungen waren wie bei dem Vogel. Und plötzlich begriff Alfie. Es war das Lieblingsbuch seines Dads. Unzählige Male hatten sie sich gemeinsam in die großformatigen Abbildungen darin vertieft – Gemälde, Zeichnungen und Entwürfe jenes Künstlers und Erfinders, den William Horatio Bloom am meisten bewunderte. Mit großen Augen starrte Alfie seinen Dad an, dann lachten sie vor lauter Staunen gleichzeitig los.

»Was?«, fragte Amy. »Wer ist LD?«

Miss Reynard hatte ein bisschen schneller geschaltet und zeigte ihr das Buchcover.

»Nie. Im. *Leben!*«, rief Amy. *»Leonardo da Vinci?«*

»Doch, ich bin mir ganz sicher.« Alfies Dad blätterte fieberhaft zu einer Seite, auf der Konstruktionszeichnungen für einen mechanischen Löwen zu sehen waren. »Den hier hat er im Jahr 1515 dem König von Frankreich vorgeführt. Das Tier ist ganz von allein gelaufen, und dann sind aus dem sich selbsttätig öffnenden Brustkorb Hunderte Lilien herausgefallen.«

»Schon davor hatte er mehrere Apparate mit Aufziehmechanismus konstruiert«, fügte Miss Reynard hinzu und klang ebenso aufgeregt. »Einer davon war ein Roboterritter in Rüstung, der seine Arme bewegen und sich hinsetzen konnte.« Alfie bemerkte, dass sein Dad seine Lehrerin ansah, als hätte sie in diesem Moment nichts Wundervolleres sagen können. Einen Wimpernschlag lang spürte er einen Funken von Eifersucht, doch der erlosch sofort wieder angesichts der fast übersprudelnden Freude seines Vaters beim Anblick des kleinen Vogels, geschaffen von da Vinci persönlich.

»Ich kann mir wahrhaftig nicht mal im Ansatz erklären, wie

Orin zu einer Burg voller derartiger Wunderwerke gekommen ist«, sagte Miss Reynard. »Wenn wir doch nur mit ihm sprechen könnten. Wie viele fantastische Abenteuer er erlebt haben muss!«

»Wenn es dazu doch nur einen Weg gäbe«, lächelte Alfie.

KAPITEL 7
Beltane

Am nächsten Tag kamen die Zwillinge bereits früh morgens auf die Burg. Madeleine stieß einen Freudenschrei aus, als Alfie ihr einen der beiden Bogen überreichte, die er im Ostturm gefunden hatte. Sie legte sofort einen Pfeil ein und zog die Sehne mit einer ruhigen, flüssigen Bewegung nach hinten.

»Unsere Bogen zu Hause haben Wettkampfqualität, aber die hier! Die sind einfach der Hammer!«

»Ich weiß echt nicht, wie wir dir danken sollen, Alfie«, sagte Robin, während er sein Geschenk bewunderte. »Bist du *sicher*, dass du sie uns geben willst?«

»Psst!« Madeleine presste sich ihren Bogen fest an die Brust. »Wenn er das Teil wiederhaben will, muss er sich erst mit mir darum prügeln.«

»Kein Bedarf«, erwiderte Alfie hastig. »Ich bin sowieso nicht gut mit den Dingern.« Seine Oma trainierte die Zwillinge schon seit deren frühester Kindheit im Bogenschießen, und noch dazu besaßen die beiden ein fast übernatürliches Talent dafür.

Alles fieberte den Beltane-Feierlichkeiten entgegen, die in

einigen Stunden beginnen würden. Alfies Dad war bereits auf dem Weg ins Dorf, um Oma Merryweather beim Aufbau der Stände zu helfen. Am Vorabend hatte es deutlich danach ausgesehen, als wollte er den kleinen, von seinem Helden konstruierten Vogel nur sehr ungern oben im Ostturm zurücklassen. Also hatte Alfie den mechanischen Spatz im großen Saal aufgestellt, damit jeder Besucher der Burg einen Blick darauf werfen konnte. Das Ergebnis war, dass sein Dad beim Frühstück kaum die Augen von dem Apparat hatte lassen können, weshalb die Cornflakes in seiner Schüssel sich in matschige Pampe verwandelt hatten.

Es blieb noch eine Menge Zeit, bis sie sich für das Fest bereit machen mussten, weshalb Alfie beschloss, den Zwillingen die Entdeckungen des vergangenen Abends zu zeigen.

»Hey, Ash«, sagte Amy, als die vier an dem Butler vorbeikamen, der gerade aus der verborgenen Kellertür in die Halle trat. »Wir gehen rauf in den Ostturm. Alfie hat gestern den Eingang gefunden. Lust, uns zu begleiten?«

»Ich denke, ich werde verzichten«, erwiderte Ashford und steuerte auf die Küche zu. Er trug einen gestreiften Pyjama mit Anzugschuhen und hatte sich einen locker gebundenen Krawattenschal um den Hals gehängt.

Alfie spürte, wie die andern ihn aus den Augenwinkeln auffordernd ansahen. Amy versetzte ihm einen Stups, damit er irgendwas sagte.

»Ashford, ist alles okay mit Ihnen?«

Der Butler blieb stehen und drehte sich zu Alfie um, den Kopf fragend zur Seite geneigt.

»Es ist bloß … Sie sind angezogen wie …« Er brach ab, unsicher, welchen Ausdruck er wählen sollte.

»Wie 'n kompletter Volldepp!«, beendete Madeleine den Satz, was ihr einen funkelnden Blick von Robin eintrug.

Ashford schaute an sich hinunter, als sähe er seine Kleider zum ersten Mal.

»Ahh, verstehe, was ihr meint«, lachte er.

»Brauchen Sie vielleicht irgendwelche … ähm … Hilfe?«, fragte Alfie.

»Hilfe?«, echote Ashford mit gerunzelter Stirn. »Ohhh, *die* Sorte Hilfe.« Er tippte sich mit dem Finger an die Schläfe. »Nein, ich bin ebenso sehr bei Verstand, wie ich's immer war, danke.« Er grinste und wandte sich zum Gehen, hielt dann aber noch einmal inne.

»Andererseits, es gibt da tatsächlich etwas, bei dem ihr mir möglicherweise helfen könnt. Es dürfte euch nicht entgangen sein, dass mein Gedächtnis noch nicht wieder ganz auf der Höhe ist, seit ich zurück bin. Ich habe etwas ziemlich Wertvolles verloren. Und ich komme einfach beim besten Willen nicht drauf, wo es ist.«

»Wir helfen Ihnen suchen!«, rief Madeleine sofort. »Um was geht's? Irgendwas aus Metall? Ich hab 'nen Metalldetektor – ich flitz gleich los und hol ihn!«

»Nein, nein!«, antwortete Ashford hastig, als Madeleine zur Tür stürmte. »Es ist was Privates. Ein Geschenk … für Emily. Ich habe mich nur gefragt, ob ihr vielleicht eine Idee habt, wo ich es hingetan haben könnte?«

Alfie war froh zu hören, dass der Butler sein Schweigen

gegenüber Emily offenbar wiedergutmachen wollte. Er dachte angestrengt nach. »Kann sein, dass Sie's in eine der Schubladen in der Küche gesteckt haben. Und haben Sie schon im Gewölbekeller nachgesehen? Da unten verstauen Sie nämlich auch immer 'ne Menge Sachen.«

»Ja. Der Gewölbekeller«, sagte Ashford strahlend. »Dort fang ich an.« Damit drehte er sich um und marschierte in Richtung Küche davon.

»Irgendwas stimmt mit ihm echt nicht so ganz, oder?«, fragte Amy besorgt.

»Vielleicht hat er sich bei dem Sturz nach dem Schuss den Kopf angeschlagen«, überlegte Robin. »Oder die Elfen haben ihn mit Drogen vollgepumpt. Oder ihm 'ne Gehirnwäsche verpasst. Was auch erklären würde, warum er nicht mal wütend auf sie ist.«

»Er braucht einen Arzt«, sagte Alfie und biss sich kurz auf die Lippe bei dem Gedanken an eine Gehirnwäsche. »Allerdings glaub ich nicht, dass der Doktor im Dorf sich mit Fällen wie dem hier auskennt. Hoffentlich bringt Caspian ihn zu einer der Heilerinnen, wenn er morgen zurückkommt.«

Alfie führte die Gruppe zum Ostturm. Die Zwillinge verbrachten Stunden damit, genüsslich durch all die Schätze zu stöbern und Gewänder und Rüstungen anzuprobieren.

Die oberen Stockwerke waren nach all der Aufregung über den silbernen Spatz vorerst unerforscht geblieben. Als die vier jetzt weiter hinaufstiegen, musste Alfie zu seiner Enttäuschung feststellen, dass sich in den restlichen Zimmern des Turms absolut nichts befand. Nur in dem Raum über Orins Schatzkammer war mit Kreide eine Botschaft auf die hölzernen Bodenbretter geschrieben.

»Oberhalb dieses Raumes nichts lagern«, las Alfie. »Komisch, wieso denn nicht?«

Sämtliche Räume darüber waren vollkommen leer, obwohl doch in den unteren eine derartige Überfüllung herrschte, dass es durchaus sinnvoll gewesen wäre, deren Inhalt ein wenig im Turm zu verteilen.

Von der Plattform ganz oben hatten die vier einen herrlichen Ausblick auf Hexbridge.

»Was bauen die denn da auf dem Parkplatz vor dem Gemeindesaal auf?«, fragte Alfie und spähte angestrengt hinab auf die mehrere Meter hohe, unzweifelhaft menschliche Figur, die dort unten gerade offenbar aus einem Geflecht von langen dünnen Zweigen errichtet wurde. Eine kleine Gestalt, in der er seine Oma zu erkennen glaubte, gab aus der Ferne Anweisungen.

»Das ist der Korbmann«, antwortete Robin.

»Und was passiert mit dem?«

»Der wird bei Sonnenuntergang verbrannt. Ist ein uralter Brauch, um den Bauern eine gute Ernte zu sichern oder so was Ähnliches. Jedes Jahr aufs Neue erzählt Jimmy Feeney den Leuten, dass man vor Jahrhunderten auch Menschen darin verbrannt hätte, aber ich hab Miss Reynard gefragt, und die hat gemeint, das ist bloß ein Haufen antiker Humbug, den die alten Römer sich ausgedacht haben. Madeleine und ich mischen dieses Mal auch mit bei der Zeremonie.«

»Und was genau macht ihr?«, wollte Alfie wissen.

»Wirst du schon sehen«, gab Robin sich geheimnisvoll. »Aber diese Bogen, die du uns geschenkt hast, dürften sich noch als nützlich erweisen.« Damit war Alfies Interesse vollends geweckt.

»Wo wir grade vom Fest reden«, sagte Madeleine. »Wir sollten uns besser mal langsam fertig machen!«

Das Umziehen war schnell erledigt. Tante Grace schneiderte für ihr Leben gern Kostüme und hatte für jeden von ihnen eine schlichte grün-gelbe Tunika genäht. Die vier streiften sie einfach über ihre Jeans und T-Shirts und machten sich dann daran, ihre Gesichter zu bemalen. Wie sie feststellten, hatte Tante Grace nur eine einzige Farbe für sie vorgesehen. Blau.

»Was ist das für 'n Zeug?«, fragte Amy, während sie einen Pinsel in die Paste tauchte und feine Spiralen auf Madeleines Wange zeichnete.

»Waid«, antwortete Robin, der gerade dabei war, sich eine schmale Maske über die Augenpartie zu pinseln. »Den hat man im Mittelalter zum Färben benutzt. Die Pikten haben sich damit ihre Gesichter und Körper bemalt. Ich hoffe bloß, dass Mum diesmal nicht wieder so viel von dem puren Farbstoff verwendet hat. Letztes Jahr hat es Tage gedauert, bis das Zeug nicht mehr zu sehen war.«

»Okay, jetzt mal ich dich an«, sagte Madeleine, als sie im Spiegel das Muster bewunderte, das Amy inzwischen fertiggestellt hatte.

»Nicht nötig.« Amy tauchte drei Finger in die Schale mit Farbe und zeichnete sich damit drei blaue Linien über Wangen und Kinn. Alfie hatte den Eindruck, dass Madeleine ein wenig enttäuscht dreinschaute, doch wie gewöhnlich schaffte Amy es sogar mit Tunika und Gesichtsbemalung absolut mühelos, cool auszusehen.

»Was ist mit dir, Al?«, fragte sie und wedelte mit ihren blauen Fingern vor seiner Nase herum.

»Kein Bedarf«, erwiderte Alfie, denn ihm war gerade eine etwas boshafte Idee gekommen. »Wollt ihr mal was echt Lässiges sehen?« Mittlerweile hatte er immer öfter über Emilys Worte nachgedacht. Seit der kleinen Übungseinheit mit dem Verwandlungszauber hatte er keinerlei Albträume mehr gehabt. Womöglich war es ja doch die richtige Strategie, diese Magie beherrschen zu lernen, ehe sie irgendwann ihn beherrschte. Er konzentrierte sich erneut auf das Hautfärbeexperiment, das er mit Emilys Anleitung unternommen hatte. Er wusste, dass es funktionierte, als die anderen plötzlich hektisch vor ihm zurückwichen.

»Boah! Was zum Geier machst du da?«, kreischte Amy.

»Und vor allem: *Wie* machst du's?«, keuchte Robin und trat vorsichtig näher, um fassungslos Alfies Hautporen anzustarren.

Madeleine blieb fürs Erste lieber auf Abstand und umklammerte einen Kerzenständer, bereit, ihn nötigenfalls augenblicklich auf Alfie zu schleudern.

»Bei meinem Kampf damals gegen Murkle und Snitch in Drachengestalt hat der Zauber, den Orin mir eingepflanzt hat, ihnen ihre Verwandlungskräfte geraubt.«

»Soll das heißen, diese Kräfte stecken jetzt in dir?«, staunte Robin. »Du kannst deine Gestalt verändern, so wie die beiden? Das ist einfach unglaublich, Alfie.«

»Dann könntest du dich also auch in 'nen Drachen verwandeln?«, rief Madeleine aufgeregt. »Mach schon, Alfie. Lass sehen!«

»Das ist eine von den Gestalten, die ich definitiv *nicht* ausprobieren werde«, erwiderte Alfie schnell. Dann berichtete er ihnen von seinen Träumen und den Drachenschuppen, die sich gebildet hatten.

»Iih. Na ja, wenigstens verwandelt dich dieses Zauberdingsbums nicht in Murkle und Snitch«, sagte Madeleine.

»Und was kannst du sonst noch so damit anstellen, Al?«, wollte Amy wissen.

Die drei ließen Alfie abwechselnd sämtliche Farben annehmen, die ihnen gerade einfielen. Dann brachte er sie noch mehr zum Staunen, indem er der Reihe nach ihre Gesichter nachahmte, wobei er jedoch sorgfältig darauf achtete, das Ganze in Erinnerung an seinen ersten Versuch nicht zu weit zu treiben. Es war ein ziemlich eigenartiges Gefühl, als in Sekundenschnelle seine Haare wuchsen und ihm auf die Schultern fielen, während er sein Gesicht in Amys verwandelte.

»Tja, was soll ich sagen«, imitierte er versuchsweise Amys Stimme und wischte sich dabei ein paar lange Haarsträhnen aus der Stirn. »Es ist echt meeegaanstrengend, dermaßen super zu sein.«

»Im Ernst?«, stöhnte Amy, die Hände in die Hüften gestemmt. »Jetzt sieht dein Gesicht schon so aus wie meins, und trotzdem war das die grottigste Imitation aller Zeiten. Ungelogen. Die absolut grottigste!«

»Die Nummer war wirklich 'n bisschen seltsam«, sagte

Robin. »Na los, verwandle dich zurück. Wir müssen jetzt runter ins Dorf.«

Auf dem Weg durch die Eingangshalle sah Alfie Ashford in der Küche hantieren. Allem Anschein nach hatte der Butler mittlerweile sämtliche Schubladen ausgeräumt und war nun mit den Küchenschränken beschäftigt.

»Suchen Sie immer noch nach Emilys Geschenk?«, erkundigte sich Alfie.

»Ob ich wonach suche?« Ashford zog hastig den Kopf aus einem der Schrankfächer. »Oh, nein, nein. Immer noch Frühjahrsputz, Aufräumen für Beltane.«

»Ich glaube nicht, dass Sie schon wieder arbeiten sollten. Wieso kommen Sie nicht einfach mit uns zum Fest?«

»Später vielleicht«, erwiderte Ashford geistesabwesend und fing an, Dosen mit Reis und Mehl aus den Regalen zu ziehen und den Inhalt gründlich unter die Lupe zu nehmen. »Hab hier noch eine Menge zu tun.«

»O-kaaaay, ähm … na dann also hoffentlich bis später!«, rief Alfie und wechselte mit den anderen einen beunruhigten Blick, als sie nach draußen traten.

»Das reicht«, flüsterte er. »Sobald wir zurück sind, ruf ich bei Emily und Caspian an. Das Ganze wird mir jetzt echt zu unheimlich.«

Bereits auf dem Weg den Hügel hinunter waren Musik und das Glöckchengeklingel von Moriskentänzern zu hören. Alfie war stolz auf die verschlungenen Spiralmuster, die er sich auf sein Gesicht fantasiert hatte. In seiner Tunika war er sich zunächst ein bisschen albern vorgekommen, doch ihre Outfits wirkten schlimmstenfalls langweilig im Vergleich zu den grandiosen Kostümen, die einige der Dorfbewohner zur Schau trugen. Obwohl eine Menge Gesichter blau bemalt waren, bemerkte Alfie auch viele grüne, weiße, rote und sogar bunt gemusterte. Manche Leute hatten sich Efeu und verschiedene Blüten ins Haar geflochten, andere trugen wallende Umhänge und verzierte Kopfbedeckungen. Ein paar Männer liefen mit nacktem Oberkörper herum und hatten sich große blaue Wirbel auf ihre Brustkörbe gepinselt.

Alfie entdeckte viele seiner Schulfreunde aus Wyrmwald House, die sich bereits in die Festlichkeiten gestürzt hatten. Jimmy Feeney half seinem Vater am Spanferkelstand und versorgte Alfie mit einer Extraportion von der knusprigen Kruste. Madeleines beste Freundin Holly Okoye winkte ihnen von der Wiese aus zu, wo sie mit ihrer Familie gemütlich beim Picknick saß. Ab und zu erhaschte Alfie sogar einen kurzen Blick auf den hochnäsigen Fiesling Edward Snoddington samt dessen Kumpan Hugo Mopsley und ging den beiden geflissentlich aus dem Weg, während er sich durch die Menge bewegte.

Von überall her wehte der Abendwind köstliche Düfte heran. Alfie erschnupperte Zimt, ofenwarmes Brot und frisch gebackene Kuchen. Schon aus der Ferne roch Gertie Entwhistles knallbunter Süßigkeitenstand verführerisch nach Schokolade und mit Rosenwasser verfeinertem Lokum. Die zahlreichen Handwerks- und Imbissstände, die den gesamten Marktplatz umsäumten, waren mit frühlingsfarbenen Stoffen verkleidet und mit Blumensträußen dekoriert.

Schließlich erspähte Alfie auch seinen Dad, der auf einem

Heuballen hockte und im Takt der Musik mit den Füßen wippte. Er schaute einer Gruppe von Leuten zu, die um den Maibaum herumtanzten und dabei höchst gekonnt bunte Bänder um den Stamm flochten.

»Ich schenk dir den Rest von denen hier, wenn du deiner Oma nicht verrätst, wo ich bin«, sagte er und streckte Alfie eine Papiertüte mit einem Gebäck entgegen, das wie flache, buttrige Scones aussah. »Süßes Bannockbrot. Frisch gebacken«, fügte er hinzu und schnippte sich ein paar Krümel von seiner Tunika. »Ooh, schau mal, die Feuer werden entfacht.«

Mittlerweile hatte die Dämmerung eingesetzt, und auf dem Platz erhob sich lautstarker Jubel, als zwei große Holzstöße aufflammten und den Marktplatz in flackerndes Licht tauchten. Eine Handvoll Trommler begann, einen Rhythmus zu schlagen, den schon kurz darauf alle mitklatschten, um eine Truppe von Tänzern bei ihrer akrobatischen Aufführung zu begleiten.

Jetzt, da es allmählich dunkel wurde, wirkten die Tänze und Darbietungen noch um einiges interessanter, fand Alfie. Denn offenbar hatten sie nun alle etwas mit Feuer zu tun. Jongleure warfen einander quer über den Platz brennende Fackeln zu und fingen sie tatsächlich jedes Mal am richtigen Ende. Feuerschlucker löschten Fackeln in ihren Mündern, und gleich darauf spien Feuerspucker wie Drachen meterlange gluthelle Flammenstrahlen.

Amy stieß einen anerkennenden Pfiff aus, als eine Frau den Kopf in den Nacken legte und einen mächtigen Feuerball hoch in die Luft blies.

»Komm bloß nicht auf dumme Gedanken«, sagte Alfies Dad schnell. »Diese Leute wissen genau, was sie tun. Auch wenn's mir wirklich ein Rätsel ist, *warum* sie es tun!«

Im Anschluss an die Nummer der Feuerspucker und -schlucker ertönte ein langer Trommelwirbel, und eine in Rot und Orange gekleidete Frau stellte sich vor einen meterlangen Pfad aus glühenden Kohlen in Positur. Ein weiterer Artist schüttete ein Glas Wasser über die Kohlen, woraufhin es laut zischte und eine Dampfwolke aufstieg.

»Die will doch nicht ernsthaft da rüberlaufen, oder?«, fragte Alfie, als die Frau ihre Sandalen abstreifte. Aber noch ehe sein Dad ihm antworten konnte, hatte sie den glutheißen Laufsteg bereits hinter sich gebracht. Die Menge spendete tosenden Beifall, während die Frau ihre unversehrten Fußsohlen zeigte und sich gleich darauf in den Handstand stemmte, um den Rückweg auf ihren Händen zu absolvieren.

»Das Ganze ist eigentlich nicht so beeindruckend, wie du denkst«, erklärte sein Dad ihm über den anhaltenden Applaus hinweg. »Holzkohle ist ein sehr schlechter Wärmeleiter, und die Asche, die sich darauf bildet, wirkt als ganz ordentliche Isolationsschicht. Ist dir aufgefallen, dass die Füße und Hände der Frau die Glut nie länger als eine knappe Sekunde berühren? Die Hitze hat dadurch nicht genug Zeit, in ihre Hautschichten vorzudringen und sie zu verbrennen. Pass auf.«

Die Feuerläuferin hatte soeben nach einem Freiwilligen gerufen. Und bevor Alfie so recht begriff, was vor sich ging, stand sein Dad bereits neben ihr und machte sich daran, die Schuhe auszuziehen und die Hosenbeine nach oben zu krempeln.

»Ich fass es nicht!«, keuchte Madeleine. »Onkel Will hat echt vor, übers Feuer zu gehen?« Alfie hoffte bloß, dass sein Dad wusste, was er da tat.

Abermals setzte Trommelwirbel ein. Die Feuerläuferin nahm die Hand ihres Gastes und marschierte neben ihm her, während er mit zügigen Schritten und breitem Lächeln über das glühende Kohlebett lief. Unter dem Applaus und den bewundernden Pfiffen der Zuschauer erreichte er unbeschadet die andere Seite und wischte sich den Aschestaub von den Füßen.

»Sie waren absolut spitze, Mr B!«, jubelte Amy, als er sich wieder zu ihnen gesellte.

»Kein großes Kunststück«, grinste er und warf dabei einen Blick über Alfies Schulter. Alfie drehte sich um und sah einige Meter entfernt Miss Reynard, die lauter klatschte als alle anderen. Amy tippte sich an die Nase, und auf einmal war Alfie klar, weshalb sein Dad sich freiwillig für diese Mutprobe gemeldet hatte.

»ALLES HIER ENTLANG!«, brüllte im nächsten Moment Oma Merryweather in ihr Megafon.

»Ich hasse es, wenn sie das Ding benutzt!«, zischte Robin, während Omas Helfer die Menschenmenge zum Gemeindesaalparkplatz führte. An dessen hinterem Ende stand der Korbmann, so hoch wie fünf ausgewachsene Männer.

»Die Stimmen für die Wahl zur Sommerkönigin sind inzwischen ausgezählt«, plärrte Oma Merryweathers verstärkte Stimme. »Doch bevor wir die Krönung vornehmen, schreibt jetzt zunächst bitte jeder von euch seine Hoffnung für das kommende Jahr auf ein Stück Papier und steckt es anschließend in den Korbmann.«

»Hier«, sagte Madeleine und reichte Alfie einen Stapel Zettel. »Ich schreibe: ›Ich hoffe, dass wir im September nicht Mr Smeadon in Geschichte kriegen.‹«

»Ich hoffe, dass es meiner Oma bald besser geht und dass sie mich einlädt, die Sommerferien bei ihr zu verbringen«, verkündete Amy.

»Ich hoffe, dass es viele sternklare Nächte gibt, damit ich im Juni die Meteorschauer beobachten kann«, rief Robin und kritzelte eifrig drauflos.

Alfie dachte einige Augenblicke lang nach, dann schrieb er schlicht:

Ich hoffe, mit Ashford ist alles okay.

»Alfie, komm doch bitte mal her«, rief seine Oma ihm zu, als er auf dem Weg zum Korbmann war.

»Ich bring deinen Zettel für dich hin«, bot Amy an. Alfie gab ihr das kleine Blatt und rannte zurück, um zu hören, was seine Großmutter von ihm wollte. Sie hatte die golden bemalte Krone aus Eichenblättern und Stechpalmenzweigen in der Hand, die er getragen hatte, als er beim Samhain-Fest im letzten Oktober zum Winterkönig gekrönt worden war.

»Die hier wirst du brauchen«, sagte sie und ließ die Krone auf seinen Kopf plumpsen. »Und außerdem das hier.« Damit reichte sie ihm einen Efeukranz, in den gelbe Butterblumen geflochten waren. »Sobald ich den Namen der nächsten

Sommerkönigin verkündet habe, krönst du sie damit und gibst ihr einen Kuss.«

»BITTE?«, kreischte Alfie.

»Bloß auf die Wange«, erwiderte Oma. »Und guck mich ja nicht so an. Der Winterkönig krönt immer die Sommerkönigin, und mein Enkel wird diese jahrhundertealte Tradition auf keinen Fall brechen.«

»Schon gut, aber muss ich wirklich –« Vom Rest seines Satzes war nichts mehr zu hören, als Oma erneut ihr Megafon an die Lippen hob und lautstark hineinposaunte:

»Herzlichen Dank euch allen für eure Teilnahme an unseren Beltane-Feierlichkeiten. Um das Ende des Winters und den Beginn des Sommers zu kennzeichnen, wird unser Winterkönig nun unsere diesjährige Sommerkönigin krönen, und ihr Name lautet …« Sie machte eine dramatische Pause. »… Holly Okoye!«

Madeleine klatschte und jubelte am allerlautesten, als ihre beste Freundin auf die behelfsmäßige kleine Bühne kletterte. Holly trug ein leuchtend gelbes Kleid und hatte sich grüne Efeublätter und Blüten auf Gesicht und Arme gemalt. Alfie atmete einmal tief durch, dann setzte er ihr die Krone ziemlich ungeschickt auf den Kopf.

»Danke, Alfie«, grinste Holly und schob sich den Blumenkranz aus den Augen. Alfie überlegte kurz, es einfach dabei bewenden zu lassen, doch er konnte geradezu spüren, wie Omas Blick sich in seinen Rücken bohrte. Also verpasste er Hollys Wange den flüchtigsten flüchtigen Kuss aller Zeiten und sprang dann unter dem Lachen und Klatschen der versammelten

Menge sofort von der Bühne. Oma sah ihn mit einem Gesichtsausdruck an, der so viel hieß wie: *Ich schätze, das wird wohl genügen müssen*, ehe sie abermals in ihr Megafon sprach.

»Na schön, wenn ich euch alle nun darum bitten darf, auf dieser Seite des Parkplatzes zu bleiben, so wird unsere Sommerkönigin gleich mit dem Countdown für das Entzünden des Korbmanns beginnen.«

Onkel Herb stellte sich mit einer brennenden Fackel unmittelbar neben die Bühne. Holly fing an, von zehn herunterzuzählen, und im nächsten Moment traten Madeleine und Robin vor, zwei Pfeile bereits in die Bogen gespannt, die Alfie ihnen geschenkt hatte. Um die Spitzen war eine Art Watte gewickelt, die sofort Feuer fing, als die beiden damit die Fackel berührten.

»Drei ... zwei ... eins«, zählte Holly. Die Zwillinge ließen die Pfeile los. Alfie und Amy standen dicht nebeneinander und sahen zu, wie die lodernden Geschosse durch die Luft flogen und mit einem dumpfen Geräusch in der Brust der aus dünnen Ästen geflochtenen Riesenfigur landeten. Die Zuschauer jubelten begeistert, als der Korbmann in Flammen aufging. Augenblicklich setzte erneut die Musik auf dem Marktplatz ein, und die Leute fanden sich zu Paaren und begannen zu tanzen.

»Nicht übel«, sagte eine Stimme. Es dauerte einige Sekunden, bis Alfie in dem grün angemalten Mann hinter ihnen Ashford erkannte. Der Butler hatte sich einen der grünen Vorhänge aus seinem Zimmer als Gewand umgelegt. Er deutete auf den Korbmann. »Aber sollten da nicht eigentlich Menschen drin sein?«

Alfie lachte. »Robin hat uns inzwischen aufgeklärt: Das ist bloß 'ne Lügengeschichte der alten Römer. Schön, dass Sie's geschafft haben.«

»Wie ist das Frühjahrsgeputze gelaufen, Ash?«, erkundigte sich Amy.

»Ich hab's drangegeben«, antwortete Ashford. »Die Sache hier unten klang nach wesentlich mehr Spaß.« Er machte eine überaus gezierte Verbeugung. »Darf ich um diesen Tanz bitten?« Und noch bevor Amy etwas erwidern konnte, wirbelte er sie schon inmitten der zahlreichen anderen Paare über den Marktplatz und tauschte dann in Windeseile die Partnerinnen, von Amy zu Tante Grace zu Hollys Mum zu Gertie Entwhistle zu Miss Reynard. Alfie lächelte unwillkürlich, so froh war er, den Butler außerhalb der Burg und vor Freude strahlend zu sehen.

Als der Korbmann schließlich zu einem Haufen Asche zusammenfiel, packten die Betreiber der Imbissstände ihre Sachen, und die Festgäste machten sich nach und nach beschwingt auf den Heimweg. Die gesamte Merryweather-Familie hatte beschlossen, gemeinsam die Nacht auf der Burg zu verbringen, doch vorerst schienen die Erwachsenen eine halbe Ewigkeit dafür zu brauchen, hier und da etwas aufzuräumen und sich zwischendurch mit den Nachzüglern auf dem Marktplatz zu unterhalten. Alfie wurde es zusehends langweilig, während sie auf den Heuballen hockten und warteten.

»Wie wär's, wenn ich die Kinder schon mal hinauf zur Burg bringe, solange Sie hier noch zugange sind?«, schlug Ashford vor.

»Kinder!«, grummelte Amy.

»Das wäre toll. Danke, Ashford«, antwortete Alfies Dad und sah dabei aus, als würde er sich ihnen am liebsten sofort anschließen. »Wir kommen dann nach, sobald wir hier fertig sind.«

»Vergesst nicht, im großen Saal den Kamin anzuzünden«, sagte Miss Reynard. Sie hielt eine Fackel in das langsam erlöschende Festfeuer und reichte sie Alfie.

Die vier Freunde wechselten sich mit dem Tragen ab, während Ashford sie eilig den Hügel hinauftrieb. Kleine Funken segelten hinter ihnen durch die Nacht. Der Butler nahm Alfies Schlüsselbund und entriegelte das Burgtor. Als alle im Bogengang standen, drückte er auf einen der beiden Knöpfe an dem hölzernen Schlüsselanhänger, woraufhin sich wie von Geisterhand die Zugbrücke schloss und ratternd das mächtige Fallgitter Richtung Boden glitt.

»Sollten wir das für Dad und die andern nicht lieber offen lassen?«, fragte Alfie und starrte auf den nun verbarrikadierten Eingang.

»Nach allem, was mir passiert ist, werde ich keinerlei Risiko eingehen«, erwiderte Ashford. Alfie konnte durchaus verstehen, dass der Butler in Sicherheitsfragen gerade ziemlich empfindlich war, aber das Portal war inzwischen versiegelt, und die Elfen hatten ihn freigelassen. Ein seltsames Unbehagen regte sich in Alfies Magengrube. Wen wollte Ashford wohl tatsächlich draußen halten – oder drinnen?

Als sie an der Küche vorbeikamen, fiel Alfie auf, dass dort immer noch heillose Unordnung herrschte und überall

Ashfords mehlige Hand- und Fußabdrücke zu sehen waren. Bisher hatte der Butler noch kein einziges Mal auch nur einen Löffel irgendwo herumliegen lassen. Im großen Saal hielt Alfie die Fackel an das Anmachholz im Kamin. Schon kurz darauf brannte das Feuer, doch die Wärme, die es verströmte, vermochte ihn nicht aufzuheitern. Robin fing seinen Blick auf – auch er schien zu spüren, dass etwas nicht stimmte.

»Das Ding hier habt ihr im Turm gefunden, oder?«, fragte Ashford, der auf dem Tisch saß und mit den Fingern an dem kleinen Da-Vinci-Vogel herumklopfte.

»Genau!«, antwortete Madeleine. »Da oben gibt's haufenweise echt coolen Kram. Das sollten Sie sich unbedingt angucken.«

»Ja, ich glaube, das wird mir gefallen«, erwiderte Ashford und rieb sich die Hände.

»Es ist schon ziemlich spät, Maddie«, sagte Alfie hastig. In den Augen des Butlers lag mit einem Mal etwas Gieriges. »Morgen ist auch noch ein Tag.«

»Es ist doch noch kaum richtig dunkel«, sagte Ashford. Er sprang vom Tisch. »Gehen wir.« Seine Stimme hatte einen Befehlston, der Alfie ganz und gar nicht gefiel. Amy und Robin hatten es ebenfalls bemerkt und machten keinerlei Anstalten, der Aufforderung zu folgen. Womöglich hatten die Elfen ihrem Gefangenen ja tatsächlich eine Gehirnwäsche verpasst.

Alfie tastete unwillkürlich nach dem Talisman unter seiner Tunika, wie er es seit Längerem immer tat, wenn er nervös wurde. Er bereute es auf der Stelle.

»Was hast du da?«, fragte der Butler. Augenblicklich ließ

Alfie die Hand wieder sinken und wich ein paar Meter zurück. Amy und die Zwillinge stellten sich schützend links und rechts neben ihn, während Ashford mit langsamen Schritten auf ihn zukam.

»Wenn Sie Sie selbst wären, wüssten Sie's«, antwortete Alfie. »Und deswegen glaube ich, dass hier grade was reichlich Grusliges vor sich geht.«

Ashford kam unbeirrt auf ihn zu. Sein Gesichtsausdruck war plötzlich wild, fast brutal. Alfie und die anderen wichen immer weiter zurück, bis die Hitze des Kaminfeuers sie schließlich zum Anhalten zwang.

»Ashford, Sie sind nicht Sie selbst«, sagte Alfie. »Die Elfen müssen irgendwas mit Ihnen angestellt haben. Lassen Sie mich Emily und Caspian anrufen. Die zwei können Ihnen helfen.« Er machte einen Schritt Richtung Tür.

»Rühr dich nicht!«, kommandierte der Butler. »Die einzige Person, die helfen kann, steht hier direkt vor mir.«

Mittlerweile hatte die Hitze des Feuers sie alle ins Schwitzen gebracht, sodass die Farbe auf den Gesichtern von Amy und den Zwillingen zu verlaufen begann – doch die Muster auf Alfies Haut waren nach wie vor unversehrt. Sein Blick zuckte kurz über Ashfords makellos grünes Gesicht, und sein Herz machte einen schmerzhaften Satz, als er begriff, was das bedeutete.

»Das ist keine Farbe. Oder?«

Ashford stieß ein schrilles Gekicher aus. »Und ich dachte schon, ihr wärt allesamt Schwachköpfe!«, johlte er. Etwas flimmerte sonderbar um ihn herum, und im nächsten Moment hatten sie nicht länger Ashford vor sich. An seiner Stelle stand jetzt ein hagerer, grünhäutiger Mann mit scharf geschnittenen Zügen und verschlagenem Lächeln, dessen weit aufgerissene gelbe Augen und nadelspitze kleine Zähne im Feuerschein funkelten.

KAPITEL 8

Der Leutnant der Königin

»Das habt ihr nicht erwartet, was?« Der fremde grüne Mann streckte blitzschnell den Arm aus und grapschte den Talisman von Alfies Hals. Dann hüpfte er damit kreuz und quer durch den Saal, hysterisch lachend.

»Die Linse. Du hattest sie schon die ganze Zeit. Und ich dachte, sie wäre irgendwo sicher verwahrt, wie es einem kostbaren Juwel gebührt!«

»Was haben Sie mit Ashford gemacht?«, schrie Alfie. »Wo ist er?«

»Na, in unserm Reich«, krähte der Kerl. »Er ist nie woanders gewesen, seit wir ihn entführt haben.«

Schlagartig verließ Alfie der Mut. Ashford war immer noch ein Gefangener. Wie hatte er bloß glauben können, es wäre anders?

»Sind Sie ein Elf?«, fragte Robin den Mann, der unbeirrt weiter herumtanzte und vor lauter Schadenfreude über die Möbel hüpfte.

»Elf!«, fauchte er. »Ich bin ein Kobold, du Narr!«

»Auf ihn!«, brüllte Madeleine und stürmte jäh auf den Kobold zu, ehe jemand sie aufhalten konnte. Der grüne Kerl machte einen Satz zur Seite, packte sie und warf sie sich über die Schulter, während sie vergeblich um sich trat und mit den Fäusten auf seinen Rücken einhämmerte.

»Hat mich gefreut, euch kennenzulernen«, gackerte er. »Aber jetzt muss ich los. Die Königin wartet schon viel zu lange darauf, dass die Linse zu ihr zurückkehrt.« Dann sprang er Richtung Burghof davon, mit Madeleine als zuckender Stoffpuppe auf seiner Schulter.

Er bewegte sich schnell wie ein Blitz und war bereits bei der Eiche, als Alfie es gerade erst bis zu Hoftür geschafft hatte, Amy dicht hinter ihm. Der Kobold bugsierte Madeleine grob auf den Boden und schlang ihr von hinten den Arm um den Hals. Sein Griff war so fest, dass sie nicht mal den Kopf drehen konnte, um ihren Angreifer zu beißen, sosehr sie es auch versuchte.

»Einen Schritt weiter und ich breche ihr das Genick!«, brüllte er. Mit der freien Hand setzte er den Talisman in eine der Vertiefungen auf den Eisenbändern rund um den Stamm und drehte ihn anschließend vorsichtig mit dem Zeigefinger, um das Metall nicht zu berühren.

»Hören Sie auf damit!«, schrie Alfie, als das Erste der Bänder zu Boden fiel.

»Oder was?«, johlte der Kobold. »Zugegeben, dass Caspian mir meinen Rückweg versiegeln würde, damit hatte ich nicht gerechnet. Doch wie hübsch es sich fügt, dass die Linse ein Teil des Schlüssels ist! Als ihr mich in diesen Käfig gesperrt hattet, hielt ich es kaum mehr für möglich, das Portal bis Beltane öffnen zu können.« Der zweite Eisenring löste sich. »Aber nun sind wir haargenau pünktlich!«

»Wovon zum Henker reden Sie da?«, kreischte Alfie. »Wir haben Sie nicht eingesperrt!«

Amy packte ihn aufgeregt an der Schulter. »Die Maus!«, rief sie. »Das war er!« Der letzte Ring fiel zu Boden, und der Kobold lachte schrill vor Vergnügen. »Wir hätten Galileo erlauben sollen, Sie zu fressen!«

»So langsam dämmert's euch wohl, nicht wahr?«, feixte der grüne Kerl. »Sie ließen mich in Mausgestalt hier in der Burg, für den Fall, dass Ashford über den Aufbewahrungsort der Linse gelogen hatte. Sobald ihr mich aus dem Käfig gelassen hattet, übersandte ich der Königin eine Botschaft mit meinem Plan, als Ashford zu euch zurückzukehren. Sie wird außerordentlich zufrieden mit mir sein, wenn ich ihr diese Linse wiederbringe!«

Er schob den Talisman in die Hand, mit der er Madeleine festhielt, dann legte er die Finger der anderen an den Baumstamm und begann, eine Beschwörungsformel zu murmeln. Alfie erkannte dieselbe Sprache, die auch die Elfen bei der Entführung von Ashford gesprochen hatten. In der Rinde erschien ein langer, senkrechter Spalt, aus dem mehr und mehr blaues Licht sickerte, je breiter er wurde. Caspians Raben flatterten von den Burgmauern auf, und einer flog davon, während die übrigen sich daranmachten, laut krächzend um die Krone der Eiche zu kreisen.

»LASS SIE LOS!« Alfie erschrak fast zu Tode, als urplötzlich hinter ihm Robins gellende Stimme ertönte. Sein Cousin stand als Schattenriss vor der erleuchteten Burgtür, den Bogen schussbereit.

»Tun Sie lieber, was er Ihnen sagt!«, rief Alfie und machte einen Schritt aus Robins Visierlinie. Zischend und knisternd öffnete sich das Portal.

»Na dann schieß mal los«, kicherte der Kobold. Er trat mit einem Bein durch die gleißende Öffnung und zog Madeleine hinter sich her.

Im nächsten Moment ließ Robin die Sehne vorschnellen. Kaum war der Pfeil in hohem Bogen über ihn hinweggesaust, bemerkte Alfie etwas Knollenförmiges an dessen Spitze. Der Kobold schien kurz verblüfft, dass Robin tatsächlich zu schießen gewagt hatte, doch dann grinste er höhnisch, als der Pfeil sich mit einem dumpfen Laut über ihm in den Stamm bohrte.

»Daneben, dane–« Sein Jubel verwandelte sich in hektische Schreie. Aus dem geborstenen Pfeilkopf rieselte ein dunkelgraues Pulver auf ihn herunter. Er wischte sich panisch übers Gesicht, das mit einem Mal wie versengt aussah, und schüttelte dann seine Hände, die offenbar ebenfalls von dem Pulver verbrannt wurden. Alfie hatte nicht die leiseste Ahnung, was vor sich ging. Madeleine war inzwischen ebenfalls ganz grau von dem seltsamen Zeug – bei ihr allerdings schien es keinerlei Wirkung zu haben. Geistesgegenwärtig ergriff sie ihre Chance, riss sich los und schnappte sich den Talisman. Der Kobold versuchte, sie wieder zu packen, doch Robin stieß einen schrillen Pfiff aus, um seine Aufmerksamkeit zu erregen, und schoss einen weiteren schwirrenden Pfeil auf ihn ab.

»Das werdet ihr noch bereuen!«, kreischte der Kobold und machte einen Satz in die Luft, als das Geschoss unmittelbar vor seinen nackten Füßen auf den Kopfsteinen aufschlug. Dann hechtete er auf die Eiche zu. »Ihr werdet euch wünschen, ihr hättet die Linse mir überlassen, wenn erst *sie* durchs Portal kommt!« Damit verschwand er in dem grellblauen Lichtspalt, der hinter ihm weiter geöffnet blieb.

»Wir müssen zurück in die Burg!«, schrie Alfie, während Robin und Amy helfend nach Madeleines Armen griffen.

So schnell sie konnten, rannten sie über den Hof, und im Vorbeilaufen schnappte Alfie sich Galileo, der hinter einem großen steinernen Pflanztopf gekauert hatte. Mit gesträubtem Fell fauchte der Kater zu dem Portal hinüber. Der Wind frischte urplötzlich auf und wehte einen kühlfeuchten Nebel über die Mauern. Galileo knurrte und krallte sich heftig in Alfies Tunika, während sie alle zurück zur Eingangstür hetzten. Alfie warf einen kurzen Blick über die Schulter und sah, woher der Nebel kam: Er strömte in Wirbeln aus dem Portal in der Eiche hervor.

»Verriegelt die Tür!«, keuchte Alfie, als er in die Eingangshalle sprintete. Amy und Robin schoben die schweren Türflügel ins Schloss und legten die Riegel vor. Galileo jagte sofort die Treppe hinauf, kaum dass er wieder Boden unter den Pfoten hatte.

Alfie riss den Hörer vom Telefon in der Halle und versuchte hektisch, sich zu erinnern, wie man die Kanzlei Muninn und Bone anrief. Er musterte kurz die Symbole auf dem seltsamen uralten Apparat, wählte schließlich *Mond*, *Stern* und trommelte dann voller Ungeduld auf seinem Oberschenkel herum, während es am anderen Ende klingelte und klingelte. Es war jetzt beinahe Mitternacht. War dort um diese Zeit überhaupt noch jemand im Büro? Robin spähte derweil durch die Klappe der massiven Tür und sah zu, wie der Nebel weiterhin aus dem Baum strömte.

Nach einer halben Ewigkeit ertönte in der Leitung endlich ein leises Klicken, dann knisterte Emilys Stimme im Hörer. »Kanzlei Muninn und Bone. Emily For–«

»Emily!«, brüllte Alfie. »Hier passiert irgendwas. Ashford war gar nicht Ashford. Er wollte die Linse stehlen. Er hat das Portal geöffnet – da strömt massenhaft Nebel durch!« Das Störgeräusch in der Leitung war jetzt so stark, dass Alfie die Antwort der Nachlassverwalterin nicht verstehen konnte. »Emily!« Er schrie gegen das Knistern und Knacken an. »Hören Sie mich?« Lauteres Knacken. »Sagen Sie Caspian, das Portal ist offen!« Dann verebbte das Störgeräusch zu einem leisen Zischen. Die Leitung war tot.

»Das solltest du dir besser mal ansehen, Alfie«, meldete Robin. »Da draußen tut sich was.«

Alfie ließ den Hörer auf die Gabel fallen und huschte auf Zehenspitzen zu seinem Cousin hinüber, der immer noch vor der Türklappe stand. In dem Portal hatte sich abermals so eine Art Wirbel gebildet.

»Irgendwas schlüpft da grade durch.« Die Worte hatten kaum Alfies Lippen verlassen, da trat auch schon der Elf mit der grimmigen Miene aus der Lichtöffnung, der damals den Angriff auf die Burg angeführt hatte. Er zerrte etwas hinter sich her – einen Mann. Dann schleuderte er die jämmerliche Gestalt auf den Boden.

»Ashford!«, schrie Alfie. Amy und Madeleine kamen herübergestürmt und halfen, die Riegel zu lösen. Als sie die Türflügel aufrissen, hob der Butler den Blick. Sein Gesicht war ausgemergelt und mit Blutergüssen übersät.

»Geht sofort wieder rein!«, brüllte er. »Verriegelt die Tür, und macht sie nicht wieder auf ... was auch geschieht!« Der letzte Rabe, der noch die Eiche umkreiste, schoss krächzend jäh in die Höhe und auf den letzten Fleck klaren Himmels zu, ehe die Nebelglocke sich vollständig schloss und die Burg von der Außenwelt abschnitt.

»Still.« Der Elf stieß Ashford den Fuß in die Seite, als wäre der nichts weiter als ein Spielzeug, das er allmählich satthatte.

»Nein!«, schrie Alfie. Robin und Amy hatten ihn bei den Armen gepackt. »Wir müssen ihm helfen!«

Der Elf lächelte, dann setzte er sich in Bewegung und kam auf sie zu. Hinter ihm strömten weitere Elfen aus dem Baum, während Alfie zurück in die Burg gezerrt wurde.

»Maddie, der Schalter!«, keuchte Robin, schlug die Türflügel zu und verriegelte sie.

»Stopp!«, brüllte Alfie. »Ashford ist noch da draußen!«

Mit bleichem Gesicht schaute Madeleine von Alfie zu Amy und Robin, die sich mit dem Rücken gegen die Tür stemmten, als die Elfen von der anderen Seite gegen das Holz zu donnern begannen.

»Tut mir leid, Alfie.« Sie legte den Sicherheitsschalter um. Alfie hörte, wie die verborgenen Bolzen einrasteten und vor den Türflügeln das schwere Gitter herunterratterte, um den Eingang sicher zu verbarrikadieren. Vor den Buntglasfenstern rauschten die Eisenrollläden herab, und an den Wänden flammten die Fackeln auf, als die Burg die vier Freunde in ihren Mauern einschloss.

Alfie fuhr zu den andern herum. »Wieso habt ihr das gemacht?«, schrie er. »Ihr habt ihn da draußen gelassen! Mit *denen*!«

»Im Moment können wir einfach nichts tun«, antwortete Robin und legte ihm nervös eine Hand auf den Arm. »Beruhig dich. Du hast doch gesehen, wie die Raben weggeflogen sind. Ich wette, sie sind schon unterwegs, um Caspian davon zu berichten, was hier passiert ist. Er schickt uns bestimmt sofort Hilfe.«

Alfie riss sich los, denn er wollte nicht zugeben, dass sein Cousin womöglich recht hatte. Er konnte es nicht ertragen. Ashford saß draußen im Hof in der Falle, und es gab nichts, was er hätte tun können, um ihn zu retten.

»Wir sollten Dad anrufen«, sagte Madeleine, deren Stimme immer noch heiser klang von dem Schwitzkastengriff, mit dem der Kobold ihr die Kehle zugedrückt hatte. »Er hat sein Handy dabei. Wir müssen die Erwachsenen warnen, bevor sie hier raufkommen.«

»Das können wir nicht«, erwiderte Alfie. Er hatte inzwischen den Telefonhörer abgenommen und ein paarmal die Gabel heruntergedrückt, doch es war kein Wählton zu hören, nur ein fernes gespenstisches Rauschen, in das sich wispernde Stimmen zu mischen schienen.

»Was ist?«, fragte Robin. »Ist die Leitung gekappt?«

»Es gibt keine Leitung, die man kappen könnte«, erwiderte Alfie und hielt ihm den Hörer hin. »Aber irgendwas müssen sie angestellt haben.«

»Vielleicht liegt's am Nebel«, überlegte Robin. »Gut möglich, dass er die Signale blockiert.«

Eine Weile lang starrten sie alle stumm auf den nutzlosen Apparat, während die Elfen weiterhin gegen die Flügeltür hämmerten.

»Wir könnten die Warnlichter an den Turmspitzen einschalten«, schlug Madeleine schließlich vor. »Oder mit unsern Taschenlampen SOS blinken.«

»Das würde garantiert niemand sehen«, brummte Alfie. »Der Nebel hat die Burg komplett eingehüllt.«

»Aber irgendeinen Weg muss es doch geben, um eine Nachricht an unsere Eltern zu schicken«, sagte Robin.

»Ich weiß, wen wir fragen können«, antwortete Alfie.

Artan brachte beinahe den Südturm zum Einsturz mit seinem Wutgebrüll, als er von der Rückkehr der Elfen erfuhr. Mit vereinten Kräften mussten die vier sich in sein Fell krallen, damit er sich nicht sofort in den Burghof hinabstürzte, um es mit den Eindringlingen ganz allein aufzunehmen.

»Wir müssen unbedingt eine Nachricht rausschicken«, sagte Alfie. »Fällt dir vielleicht irgendein Weg ein?«

»So, ihr habt eine Nachricht, die überbracht werden soll, ja?«, grollte der Bär. »Tja, also ich hab auch 'ne Nachricht zu überbringen, und zwar an *diese Halunken*!«

»Artan, stopp!«, rief Alfie und packte erneut einen Fellzipfel. »Wir müssen nach Hilfe schicken.«

»Warum?«, fragte Artan. »Ich könnte euch alle auf der Stelle hier rausfliegen!«

»Nein«, erwiderte Robin sofort. »Wir wissen nicht genug über diesen Nebel. Allem Anschein nach blockiert er Signale, und wir haben keinen Schimmer, welche Wirkung er womöglich auf uns hat. Bisher ist wohl noch keiner von den Erwachsenen durch das Zeug bis zur Burg durchgedrungen. Vielleicht schaffen sie's nicht.«

Daran hatte Alfie noch gar nicht gedacht, aber Robins Argument klang durchaus logisch.

»Wisst ihr, was euer Problem ist?«, polterte Artan. »Ihr seid am Leben! Ich nicht. Deswegen kann ich eure Nachricht überbringen. Gibt wohl nicht allzu viel, was dieser Nebel noch mit mir anstellen könnte, stimmt's?«

Alfie gefiel die Idee ganz und gar nicht, doch angesichts der Elfeninvasion im Hof war Artan vermutlich ihre einzige Hoffnung.

»Bist du dir auch wirklich sicher?«, fragte er, als er einen Schalter nach unten schnippte, um die Schutzrolllade vor Artans Turmfenster zu öffnen.

»Ob ich mir sicher bin? Mir tut's bloß leid, dass du mir nicht erlaubst, diesen Schurken eigentatzig an die Gurgeln zu gehen! Also los, wie lautet die Nachricht?«

»Du musst irgendwie Caspian auftreiben. Sag ihm, er soll Hilfe schicken und meinem Dad Bescheid geben, dass wir in Ordnung sind.« Eigentlich hätte Alfie seinem Vater am liebsten auf direktem Weg eine Nachricht überbringen lassen, doch ihm war klar, dass jetzt wohl nicht gerade der beste Zeitpunkt wäre für die erste Begegnung von William Bloom und dem fliegenden Bärenfell.

»Ihr könnt auf mich zählen.«

»Danke, Artan. Viel Glück.«

Der Bär jagte durchs Fenster hinaus und stieß ein Loch durch den Nebel, das sich sofort wieder hinter ihm schloss.

»Kommt«, sagte Alfie. »Sehen wir mal nach, was diese Bande da unten vorhat.«

Er führte die Freunde zum Ostturm und hinein in die kleine Rüstkammer. Die Wandfackeln ließ er unangezündet, um durch das Licht nicht die Aufmerksamkeit der Elfen zu erregen. Statt richtiger Fenster verfügte der Raum nur über zwei Nischen mit kreuzförmigen Schießscharten, die tief in der dicken Mauer lagen und viel zu schmal waren, als dass schützende Rollläden nötig gewesen wären.

Die vier Kettenhemden in der Mitte der Kammer schienen nun plötzlich durchaus einen Sinn zu haben.

»Meint ihr, die Dinger hier sind für uns?«, überlegte Robin. »Vielleicht hat Orin ja irgendwie geahnt, dass wir sie noch brauchen würden.«

»Ehrlich gesagt will ich das gar nicht wissen«, antwortete Alfie, während er sich in eine der engen Nischen schob. Von dort aus ließ sich etwa die Hälfte des Burghofs überblicken.

»Was treiben die Kerle?«, fragte Robin, der gerade lautlos mit Madeleine um den Platz an der anderen Schießscharte kämpfte. »Kannst du Ashford sehen?«

Mehrere Elfen schritten den Hof ab und untersuchten die Rollläden vor den Fenstern, wobei sie sorgfältig darauf achteten, das Eisen nicht zu berühren. Ein paar weitere waren auf den unteren Wehrgang geklettert und hielten Ausschau nach einem anderen Weg in die Burg. Die übrigen hockten im Kreis um ein inzwischen entfachtes Lagerfeuer, wo sie gewissenhaft ihre Bogen und die Befiederung ihrer Pfeile prüften. Der hochgewachsene Anführer marschierte kreuz und quer zwischen ihnen hindurch und bellte ab und zu einen Befehl, der unverzüglich befolgt wurde.

»Sie schnüffeln überall rum, aber es sieht nicht so aus, als hätten sie's wahnsinnig eilig, hier reinzukommen«, berichtete Alfie. »Ob sie auf irgendwas warten?«

Ashford war auf den Rasen des Hofgartens geschleppt worden, wo er zusammengesackt an einer der Steinbänke lehnte. Das blaue Licht des Portals mischte sich mit dem flackernden Feuerschein, was dem Ganzen eine gespenstische Atmosphäre verlieh.

Plötzlich blickten sämtliche Elfen hinauf zu dem wabernden Nebel über ihren Köpfen.

»Was sehen die Typen da oben, Alfie?«, fragte Madeleine. »Von hier aus kann ich grad nichts erkennen.«

Alfie brauchte den Schatten am Himmel kaum anzuschauen, um zu wissen, was dort herumflog. »Mach schon, Artan«, murmelte er leise, während die dunkle Gestalt zweimal in den Nebel hinein- und kurz darauf wieder herausschoss. »Verschwinde von hier!«

»Wieso fliegt er im Kreis, Al?«, fragte Amy. Sie hatte ihren

Kopf unmittelbar neben Alfies gezwängt, um gemeinsam mit ihm durch den waagerechten Schlitz zu spähen. »Hast du ihn drum gebeten, dass er das tun soll?«

»Natürlich nicht«, erwiderte Alfie und beobachtete, wie Artan nun schon zum dritten Mal anscheinend zielstrebig im Nebel verschwand. »Was hat er bloß vor?«

Die Elfen waren allesamt aufgesprungen, einige hatten ihre Bogen mit Pfeilen bestückt. Der Anführer hielt seinen Arm sekundenlang in die Höhe, dann riss er ihn jäh nach unten, als der Bär seltsam benommen erneut aus dem Nebel auftauchte.

»Artan!«, kreischte Madeleine im selben Moment, in dem die Elfen die Pfeile abschossen. Sofort richtete der Anführer seinen Blick auf die Schießscharte, hinter der sie kauerte, und ein Pfeilhagel prasselte gegen das Mauerwerk. Eins der Geschosse sauste geradewegs durch den Spalt und bohrte sich mit einem dumpfen Laut in die Holzbalkendecke.

»Weg von den Nischen!«, schrie Alfie. Eng an die kreisrunde Wand gepresst, schoben die vier sich hektisch in Richtung Tür.

»Haben die ihn getroffen?«, flüsterte Madeleine, kaum dass sie neben Alfie gehuscht war. Doch der zuckte nur ratlos die Schultern.

»Ich wünschte, ich wüsste es. Er ist wieder zu seinem Turm geflogen. Wir müssen rüberlaufen und nachsehen, ob er –«

Eine eisige Stimme schrie plötzlich vom Burghof herauf und schnitt Alfie das Wort ab.

»Ich bin Merioch, der Leutnant der Königin. Wir haben euren Diener, und ihr habt etwas, das uns gehört. Die Lösung ist offensichtlich.«

»Alfie, bleib hier!«, zischte Robin, als Alfie zur Nische zurückstürmte und sich erneut vor die schmale Öffnung kauerte. Er konnte Ashford neben der großen Gestalt knien sehen, die ihn an seinem fleckigen Hemd gepackt hielt. Der Butler schien kaum bei Bewusstsein zu sein.

»Lasst ihn in Ruhe!«, brüllte Alfie.

»Übergebt uns die Linse, und er gehört euch«, rief der Elf. »Oder seid ihr grausam genug, ihn bei uns zu lassen, wenn ihr ihn doch so leicht befreien könntet?«

»Wir haben die Linse nicht«, antwortete Alfie. »Ihr Spion hat sie uns gestohlen, als er das Portal geöffnet hat.«

Unvermittelt ließ Merioch Ashford los, der kraftlos zu Boden sackte. »Lügen«, fauchte er. »Der Schoßhund der Königin mag ein Gauner sein, doch er ist ihr zweifellos treu ergeben.« Er stellte den Fuß auf Ashfords verletzte Schulter und verlagerte sein Gewicht darauf. Der Butler stieß einen heiseren Schmerzensschrei aus.

»STOPP!«, kreischte Madeleine, wand sich aus Robins Griff und hetzte zu Alfie hinüber. »Das wird euch noch verdammt leidtun, was ihr Typen da grade gemacht habt!«

Merioch beachtete ihre Worte nicht weiter und zeigte mit ausgestrecktem Arm zu Alfie hinauf. »Die Königin wird morgen hier eintreffen. Sollte die Linse bis dahin nicht in unserm Besitz sein, werden wir uns diese Burg nehmen, samt allem, was sich darin befindet.«

Fieberhaft suchte Alfie nach einer Drohung, mit der er die Elfen dazu bringen könnte, Ashford freizulassen, doch Amy ergriff seinen Arm und zog ihn aus dem Raum, hinter einer wild um sich schlagenden Madeleine her, die von Robin nach draußen gezerrt wurde.

»Wir müssen ihm irgendwie helfen«, sagte Alfie, als sein Cousin den Eingang zum Turm schloss.

»Schon klar«, nickte Amy. »Das werden wir auch. Aber zuerst müssen wir dringend nach Artan sehen.«

Während sie keuchend die lange Wendeltreppe hinaufstiegen, konnte Alfie ein Stöhnen und seltsame Flattergeräusche hören, die aus Artans Zimmer drangen. Als er schließlich den Raum betrat, packte ihn eiskalte Furcht. Artan schleppte sich kreuz und quer über den Boden und versuchte vergeblich, mit seinem Maul nach einem Pfeil zu schnappen, der ungefähr in der Mitte seines Rückens steckte. Ein zweiter Pfeil lag bereits neben ihm, in Stücke gebissen von seinen riesigen Kiefern.

»Artan!«, schrie Alfie, stürzte zu dem Bären hinüber und brach den verbliebenen Pfeil in zwei Teile, um ihn ohne weiteren Schaden herausziehen zu können. »Bist du okay? Tut's sehr weh?«

Der Bär hob kraftlos den Kopf. »Ich fühle mich wie ein Boot, das dem Untergang nah ist«, krächzte er matt.

»Was soll das heißen?«, rief Madeleine und klammerte sich an eine der Tatzen. »Du hast doch gesagt, du bist nicht am Leben, wie kannst du denn dann jetzt sterben? Verlass uns nicht, bitte!«

»Wenn ich mal raten darf«, sagte Amy, während Artan ein langes, dramatisches Röcheln ausstieß. Sie schob ihren Finger durch eines der Löcher. »Du fühlst dich löchrig, stimmt's?«

Im nächsten Moment hatte Artan sich offenbar plötzlich

erholt und schwang sich hinauf in die Luft, sodass das Licht einer der lodernden Wandfackeln durch die zwei Löcher in seinem Fell fiel. »Ganz genau!«, lachte er dröhnend.

»Ist das dein Ernst?«, schimpfte Alfie. »Ein Wortspiel? Echt klasse Zeitpunkt, ehrlich. Du kannst einfach nicht anders, oder? Was ist denn da draußen mit dir passiert? Es hat ausgesehen, als hättest du nicht gewusst, was du da oben überhaupt machst.«

Der Bär schwebte ein wenig verlegen zu ihnen herunter.

»Hab ich auch nicht. Na ja, jedenfalls nicht die ganze Zeit. Ich hab gewusst, ich soll Hilfe holen, aber kaum bin ich in den Nebel geflogen, hab ich auf einmal vergessen, weshalb und wohin ich unterwegs bin. Ich hab einfach kehrtgemacht, und erst über der Burg ist mir dann wieder eingefallen, dass ich ja eigentlich Hilfe holen soll. Das Ganze ist jedes Mal passiert, wenn ich versucht hab, hier wegzufliegen.«

Madeleine zog das Bärenfell auf ihren Schoß und betastete vorsichtig eines der Löcher. »Tut das weh?«

»Nicht die Spur. Aber auf unsern Rundflügen wird es ab jetzt wohl ein bisschen zugig!«

»Ich glaube, da kann ich helfen«, sagte Madeleine. »Ich hab Nähzeug unten in meiner Tasche. Damit flick ich dich einfach wieder zusammen.«

»*Du* hast *Nähzeug* dabei?«, fragte Alfie so entgeistert, als hätte sie ihm gerade erzählt, der Himmel sei grün. »Und du weißt sogar, wie man's benutzt?«

»Mum hat gedroht, sie würde mir auf keinen Fall einen neuen Köcher kaufen, wenn ich weiter ständig meine

Klamotten kaputt mache, also stopfe ich schon seit Monaten Löcher.« Sie tätschelte Artans Fell. »Ich werd dafür sorgen, dass du ruckzuck wieder so hübsch bist wie vorher.«

»Der Nebel«, murmelte Robin. »Es gibt also keinen Weg hindurch.«

Alfie spähte durch Artans Fenster. Die wabernden Schwaden hüllten die Burg ringsherum vollständig ein, ungefähr zwanzig Meter jenseits der äußeren Mauern. Es fühlte sich an, als hockten sie unter einer weißgrauen Kuppel. Je länger er dort hinausstarrte, desto schwerer fiel es ihm zu glauben, dass die Welt hinter der undurchdringlichen Nebelwand noch existierte.

»Wir müssen doch irgendwas tun können«, sagte Madeleine und sprang jäh auf die Beine. »Könnte Orins Zauber nicht ein Loch durch die Dunstglocke schießen, so wie er Murkle und Snitch abgeschossen hat?«

»Er hat sie nicht abgeschossen«, erwiderte Alfie. »Sondern sich von ihrem Verwandlungszauber genährt.«

»Dann soll er sich jetzt eben von diesem Nebel nähren!«

»So funktioniert das nicht.«

»Woher willst du das wissen? Du hast es doch noch gar nicht probiert.«

»Reg dich ab, Maddie«, zischte Robin ungeduldig.

»Sag mir nicht, ich soll mich abregen!«, schrie sie. »Ich geb mir wenigstens Mühe, irgendeinen Ausweg zu finden!«

»Maddie, es wird nicht klappen, weil der Zauber sich von Energie oder Leben nährt«, sagte Alfie beschwichtigend. »Und dieser Nebel da draußen wirkt irgendwie … tot.«

»Er hat recht«, nickte Amy.

»Dann sollen wir hier also einfach bloß rumsitzen, bis uns irgendwer rettet? Wie … wie 'n Haufen Märchenprinzessinnen?« Madeleine ließ sich in einen Sessel plumpsen, zerrte wütend an den bestickten Armlehnen herum und riss versehentlich einen kleinen Kolibri ab.

»Dazu dürften wir aber 'ne Menge Glück brauchen«, erwiderte Amy leise. »Wenn keiner hier rauskommt, dann würde ich wetten, dass auch keiner hier reinkommt.«

»Also gibt's niemanden, der uns helfen könnte?«, murmelte Madeleine.

Alfie hatte ebenfalls schon darüber nachgedacht, und er war zu derselben schrecklichen Schlussfolgerung gelangt: Sie waren auf sich allein gestellt.

KAPITEL 9
Eine wagemutige Rettung

Alfie und Robin entledigten sich in Alfies Zimmer ihrer Beltane-Tuniken und schlüpften in frische Alltagsklamotten. Nach der jähen Erkenntnis, dass sie ohne Aussicht auf Rettung in der Falle saßen, waren sie alle in ein grimmiges Schweigen gefallen.

Nach dem Umziehen gingen sie in das Zimmer von Amy, die gerade dabei war, die Ränder eines der Löcher in Artans Rücken zusammenzuschieben. Madeleine vernähte das Ganze gekonnt, wobei sie jedes Mal vor Anstrengung eine Grimasse schnitt, wenn sie die lange Nadel durch die ledrige, dicke Bärenhaut zog.

»Fertig«, verkündete sie schließlich, kappte den Nylonfaden und richtete mit den Fingern das Fell, während Artan sich fast den Hals verrenkte, um ihr Werk zu bewundern. Alfie konnte nun nicht einmal mehr erkennen, wo das Loch gewesen war.

»Bist 'ne feine Chirurgin, Kleines«, bemerkte Artan. Madeleine brachte kaum mehr als ein winziges Lächeln zustande.

»Ich hab mir was überlegt«, sagte Alfie. »Da uns nun offenbar niemand retten kommt, sollten wir unbedingt Ashford aus der Hand dieser Kerle befreien, und zwar so schnell wie möglich.«

»Bin dabei«, brummte Artan sofort. »Ich kann im Sturzflug nach unten preschen und ihn mir schnappen.«

»Die Elfen sind überall in seiner Nähe«, wandte Robin ein. »Du hättest nicht genug Zeit, um es hin und wieder zurück zu schaffen.«

»Wir könnten es mit 'nem Ablenkungsmanöver versuchen«, sagte Amy. »Es müsste allerdings ein echt großes sein.«

»Wie wär's, wenn wir uns aufteilen und von den Wehrgängen und den Türmen aus irgendwelche Sachen auf die Typen werfen?«, schlug Madeleine vor.

»Zu riskant«, erwiderte Alfie. »Du hast doch gesehen, wie flink die mit ihren Bogen sind.« Er dachte angestrengt nach. Auf welche Weise konnte man die Elfen lange genug ablenken, damit Artan ausreichend Zeit hatte, Ashford zu retten, und niemand dabei in Gefahr geriet?

»Robin. Diese Pfeile, die du auf den Kobold geschossen hast. Gibt's davon noch welche?«

Sein Cousin zog zwei Exemplare aus seinem Köcher. »In der Werkstatt von deinem Dad liegen noch mehr.«

Alfie griff nach einem der Pfeile. Er war ziemlich schwer, und sein vorderes Ende bestand aus einer grob gegossenen, kleinen Metallknolle. Alfie schüttelte sie. In ihrem Innern befand sich etwas, das sich wie Sand anhörte. Ihm fiel wieder ein, wie der Kobold reagiert hatte, als die Spitze des Pfeils über ihm zerborsten war, und auf einmal begriff er, was sein Cousin getan hatte.

»Du hast die Dinger mit Eisenspänen gefüllt?«, staunte er lachend.

Robin grinste.

»Du bist echt ein Genie! Also *daran* haben du und Dad die ganze Zeit in der Werkstatt gearbeitet. Okay – Maddie, Robin, ihr zwei sorgt nachher für die Ablenkung, indem ihr von den Nischen in der Rüstkammer aus den Burghof unter Beschuss nehmt. Die Dinger hier werden den Elfen bestimmt nicht gefallen!«

»Ich weiß aber nicht, wie treffsicher ich mit denen bin.« Madeleine wiegte den anderen Pfeil prüfend in ihrer Hand. »Die Teile sind ziemlich schlecht ausbalanciert!«

»Du hast es gestern doch auch ganz gut hingekriegt, diesen wattierten Feuerpfeil auf den Korbmann zu schießen«, erwiderte Robin. »Und allzu zielgenau müssen wir eh nicht sein.« Er spannte einen Pfeil in den Bogen, den Alfie ihm geschenkt hatte. »Du brauchst bloß irgendwas Hartes in deren Nähe zu treffen. Wenn die Knolle an der Pfeilspitze erst mal zerbrochen ist, erledigt das Eisen die Arbeit von ganz allein. Also los, kommt mit und helft mir, den Rest zu holen.«

In der Werkstatt gab es außer den Pfeilen noch einen schmalen Holzkasten randvoll mit kleinen Metallkugeln. Sie waren kaum größer als Tischtennisbälle und jeweils mit einem winzigen Korken verschlossen. Als Alfie eine der Kugeln schüttelte, hörte er das gleiche rasselnde Geräusch wie bei den Pfeilen.

»Vorsicht. Die sind ziemlich zerbrechlich«, warnte Robin und verstaute die Kugeln behutsam in seinem Rucksack, während Madeleine die Köcher der beiden mit den restlichen Pfeilen bestückte.

»Haltet euch fürs Erste noch von den Nischen fern«, sagte Alfie auf dem Weg zurück in die Rüstkammer. »Okay, hier ist der Plan. Wenn Maddie und Robin mit ihren Pfeilen das Ablenkungsmanöver starten, lauere ich schon geduckt auf dem oberen Wehrgang und warte auf den richtigen Augenblick, um Artan loszuschicken. Artan, du musst von deinem Zimmer aus abfliegen, damit die Elfen dich nicht zu früh kommen sehen. Zwischen der äußeren Burgmauer und dem Nebel gibt's eine Lücke. Dort entlang fliegst du nach unten und hältst dich anschließend hinter der Mauer zum Hof in der Schwebe. Ich blase einmal kräftig in deine Bärenpfeife, wenn es Zeit für dich ist hineinzufliegen. Dann schnappst du dir Ashford und bringst ihn auf direktem Weg zurück in deinen Turm.«

Der Bär nickte und salutierte zackig.

»Und was ist mit mir?«, fragte Amy.

»Du musst mit Artan rauf in den Turm fliegen und in seinem Zimmer warten, um Ashford sofort zu helfen, wenn er dort ankommt.«

Amy war davon ganz offensichtlich wenig begeistert, denn auf diese Weise würde sie die ganze Action verpassen, aber sie widersprach nicht.

»Sei da draußen bloß vorsichtig, Al«, sagte sie, als sie auf Artans Rücken hüpfte.

»Nehmt die hier mit.« Robin griff in seinen Rucksack und

reichte Alfie und Amy jeweils ein Funkgerät. »Es gibt drei von den Dingern. Sie funktionieren noch – ich glaube, weil sie sich alle im Innern der Nebelglocke befinden.«

»Gib uns Bescheid, wenn Artan so weit ist«, sagte Alfie. »Und wenn er Ashford zurückgebracht hat.«

»Gebongt.« Amy klemmte das Walkie-Talkie an ihren Gürtel.

»Alles bereit, die Dame?«, fragte Artan.

»Japp, kann losgehen.«

Kaum war der Bär den Korridor entlang Richtung Südturm davongesaust, hörten sie Amy in der Ferne hinzufügen: »Und wehe, du sagst noch mal Dame zu mir!«

Alfie schluckte, als er den Blick hob und in der Holzbalkendecke den Pfeil stecken sah, den einer von Meriochs Männern durch die schmale Wandöffnung geschossen hatte. Er griff nach dem Kettenhemd auf der vordersten der vier hölzernen Kleiderpuppen. »Die hier sollten wir überziehen«, sagte er. »Diese Schießscharten sind zwar winzig, aber die Elfen sind *echt* gute Schützen.«

»Pfff. Das sind wir auch!«, knurrte Madeleine. Sie schnallte sich gerade eine lederne Armschutzplatte an, die sie bei den Rüstungen entdeckt hatte.

Als die drei schließlich in ihre Kettenhemden geschlüpft waren, meldete sich knisternd das Funkgerät.

Alfie hatte gerade danach gegriffen, da hörten sie schon Amys Stimme. »Bereit, wenn ihr's seid.«

»Bleib auf Empfang«, antwortete Alfie und wandte sich an die Zwillinge. »Bereit?« Die beiden streckten ihm die erhobenen Daumen entgegen, worauf er lautlos die Tür entriegelte, die nach draußen führte.

»Hier, für dich, Alfie.« Robin reichte ihm seinen Rucksack, in dem sich die kleinen Metallkugeln befanden. »Eisenbomben. Für den Notfall.«

Alfie schob sich den Rucksack über die Schulter, dann schlich er tief geduckt hinaus auf den Wehrgang. Als er ungefähr dessen Mitte erreicht hatte, hob er den Kopf, um durch eine der Lücken zwischen den Zinnen zu spähen. Die Elfen hatten sich wieder ums Feuer geschart und schienen seit der Verkündung ihres Ultimatums in keinerlei hektische Betriebsamkeit verfallen zu sein. Ob sie schlicht davon ausgingen, dass Alfie nachgeben würde? Er konnte es kaum erwarten, ihnen das Gegenteil zu beweisen.

Ashford saß gegen einen der Obstbäume im Hofgarten gelehnt. Er wirkte, als sei er zu schwach, um sich auch nur zu rühren. Die Aufmerksamkeit der beiden Elfen, die ihn bewachten, galt weniger ihrem Gefangenen als einem Spiel, bei dem es um etwas ging, das wie kleine gebleichte Tierknochen aussah.

Alfie blickte zurück zur Rüstkammer, wo er Madeleine auf ihrem Posten hinter der Schießscharte erkennen konnte. Er zeigte ihr mit den Fingern das Okay-Zeichen. Sie nickte und schoss sofort ihren ersten Pfeil ab.

Ein Schrei hallte schrill aus dem Burghof herauf, dann Wutgebrüll und hektisches Scharren. Tief auf den steinernen Boden gekauert, bemerkte Alfie das Loch eines Wasserablaufs im Mauerwerk. Er legte sich flach auf den Bauch und linste hindurch. Die Elfen stolperten regelrecht übereinander, während sie panisch zu ihren Bogen und Pfeilen hechteten. Einige sprangen wie wild herum und versuchten, sich die winzigen Späne von der Haut und aus den Haaren zu wischen. Drei von ihnen zielten mit ihren Bogen auf die Stellen, von denen aus Madeleine und Robin sie unter Beschuss genommen hatten, doch sie waren zu langsam. Zwei weitere Pfeile landeten knallend an der Wand neben ihnen, und die Spitzen zerbarsten in einem Regen aus grauschwarzem Staub. Die Elfen ließen die Bogen fallen und klopften fieberhaft an sich herum, als hätten sie Feuer gefangen.

Alfie lächelte grimmig, als er die kleine Armee in völlige Unordnung geraten sah, während die Zwillinge Pfeil um Pfeil in den Hof schickten.

Geschieht euch ganz recht dafür, dass ihr in meine Burg eindringt, schoss es ihm durch den Kopf.

Kurz darauf verließen endlich auch Ashfords Bewacher ihren Gefangenen und eilten der restlichen Truppe zu Hilfe. Alfie hob das silberne Pfeifchen an die Lippen und blies kräftig und tonlos hinein. Nur einen Wimpernschlag später sauste ein Schatten über die Hofmauer gegenüber hinweg und hinab zu der Stelle im Garten, wo Ashford lag.

Mit angehaltenem Atem verfolgte Alfie, wie Artan den offenbar fast bewusstlosen Butler auffordernd mit der Nase anstupste.

»Na los, Ashford«, wisperte Alfie und wünschte mit aller Kraft, dass er sich rühren würde, ehe Robin und Madeleine die Pfeile ausgingen. Schließlich raffte der Butler sich weit genug auf, um auf das Fell des Bären zu kriechen. Artan versuchte zu starten, doch Ashford rutschte gleich wieder von seinem

Rücken, weil er sich mit gefesselten Händen nicht festhalten konnte. Alfie schlug das Herz bis zum Hals, als Artan sich daranmachte, den Strick der Handfessel durchzunagen.

Die Elfen hatten sich hinter Bäumen, Pflanzkübeln und Steinbänken in Deckung gebracht und immer noch nicht bemerkt, dass gerade jemand dabei war, ihren Gefangenen zu befreien. Offenbar wollte keiner von ihnen riskieren, von einem Schauer aus Eisenspänen erwischt zu werden. Ihr Anführer Merioch war nirgends zu sehen, und ohne ihn schienen die anderen vollkommen unfähig, die Lage unter Kontrolle zu bringen.

Die Fessel löste sich endlich. Kaum hatte Ashford sich schwerfällig wieder auf Artans Rücken gehievt, erhellte ein grellblauer Lichtblitz die Eiche. Merioch trat aus dem Portal in den Hof, und sein eiskalter Blick erfasste sofort, was vor sich ging. Mit einem Satz sprang er hinter den Baum, nur einen Wimpernschlag bevor ein Pfeil genau an der Stelle einschlug, wo er soeben gestanden hatte.

»Ihr Narren! Achtet gefälligst auf euren Gefangenen!«, brüllte er, als Artan bereits vorsichtig abhob. Ashford klammerte sich in sein Fell, so gut er es mit seinem unverletzten Arm vermochte.

»Los, schießt ihn ab!« Die Elfen stürmten aus ihrer Deckung. Den Zorn ihres Kommandeurs fürchteten sie anscheinend mehr als den sengenden Eisenregen.

Artan flog so schnell, wie er konnte, doch es war nicht schnell genug. Er musste verhindern, dass Ashford erneut herunterfiel. Alfie schaute zu Madeleine hinüber. Sie deutete auf ihren leeren Köcher. »Keine Pfeile mehr«, rief sie stumm.

In Windeseile legten die Elfen auf Artan an. Alfie kam urplötzlich eine Idee, als er sah, dass sie alle mit dem Rücken zum Feuer standen. Er griff in Robins Rucksack, zog eine Handvoll der kleinen Eisenbomben heraus und schleuderte sie in den Burghof hinunter. Zwei verfehlten das Ziel, doch die vier übrigen landeten genau im Feuer, wo sie spektakulär explodierten. Die Flammen loderten meterhoch auf wie bei einer riesigen Wunderkerze und spuckten Massen von winzigen glühenden Spänen auf die kreischenden Elfen.

Alfie traute kaum seinen Augen, welches Chaos er ausgelöst hatte. Froh und erleichtert beobachtete er, wie Artan sich über die Dächer der Burg hinaufschwang und mit Ashford an Bord davonschoss.

Unbeeindruckt von den Flammenfontänen und sprühenden Funken war Merioch weg von dem Lagerfeuer gehechtet und hatte sich seinen Bogen geschnappt. Mit einem Mal wurde Alfie bewusst, dass sein Kopf gerade gut zu sehen war. Er ließ sich sofort auf den Bauch fallen, und im nächsten Moment zischte auch schon ein Pfeil durch die Zinnen. In rasender Folge ließ der Elf ein Geschoss nach dem anderen losschwirren. Die Pfeile knallten gegen das Mauerwerk und prasselten kreuz und quer im Wehrgang zu Boden, während Alfie hektisch zurück in den Turm robbte. Madeleine und Robin hatten ihre Posten an den Nischen inzwischen aufgegeben. Sie kamen herübergerannt, warfen hastig die Tür ins Schloss und schoben den Riegel vor. Mit dumpfen Schlägen bohrten sich Pfeile von der anderen Seite in das dicke Holz.

Das Funkgerät knisterte wieder.

»Wir haben ihn!«, brüllte Amy dermaßen laut, dass Alfie das Walkie-Talkie beinahe fallen ließ. Die Zwillinge stießen kurz einen Jubelschrei aus, dann hechteten sie auf den Boden, als ein Pfeil durch eine der Schießscharten flog, zwischen ihnen hindurchzischte und dabei Madeleines Kettenhemd streifte.

»Lasst uns besser von hier verschwinden!«, keuchte Alfie, denn weitere Pfeile prasselten gegen die Mauersteine unmittelbar neben den Nischen.

Sie liefen gerade auf das Ende des Korridors zu, der zum Südturm führte, da wurde der Wandteppich zurückgeschlagen, der die Geheimtür zur Treppe verbarg. Amy hielt ihn beiseite, während Artan vorsichtig durch die Öffnung schwebte. Auf seinem Rücken lag Ashford, den Kopf auf den mächtigen Bärenschädel gebettet wie auf ein Kissen. Er hatte die Augen geöffnet und lächelte schwach, kaum dass er Alfie und die Zwillinge neben sich sah.

»Ashford, Sie sind es wirklich!«, rief Alfie. Er griff nach dem gesunden Arm und versuchte, sich den Schreck über das abgezehrte Aussehen des Butlers nicht anmerken zu lassen. Ashfords sonst so strahlendes Gesicht war eingefallen und mit Prellungen übersät, seine blutunterlaufenen Augen lagen tief in den Höhlen. »Artan, bring ihn in mein Zimmer. Er kann mein Bett haben.«

Ashford stöhnte, als Artan behutsam mit ihm auf Alfies riesigem Himmelbett landete. So sanft es eben ging, zogen Alfie und Amy ihn von dem Bärenfell und betteten ihn auf die Kissen.

»Schön, wieder zu Hause zu sein«, krächzte er angestrengt

fröhlich, während Amy und die Zwillinge geschäftig um ihn herumwuselten.

»Sind Sie sehr schwer verletzt?«, fragte Alfie. Sein Blick wanderte zu dem schmutzigen Stoffverband unter dem zerrissenen Hemd.

»Ich werd's überleben«, antwortete Ashford und zuckte zusammen, als Amy und Robin ihm dabei halfen, das Hemd auszuziehen, und sich ans Abwickeln der alten Bandagen machten. »Allerdings stand mein Wohlergehen nicht gerade sehr weit oben auf ihrer Liste. Sie – aaah!« Er schrie auf, kaum dass das letzte Stück des Verbands sich klebrig von seiner Schulter löste. Mühsam unterdrückte Alfie den Drang, sich beim Anblick der schwärzlichen, übel riechenden Wunde abzuwenden.

»Das sieht echt nicht gut aus«, murmelte Amy zu Alfie gewandt. Ashford hatte die Augen geschlossen und war starr vor Schmerz. »Er braucht einen Arzt.«

Hilflos schaute Alfie sich um und entdeckte im nächsten Moment einen kleinen Tiegel auf seinem Nachttisch. Er griff danach. »Ich hab hier noch einen Rest von der Salbe, mit dem die Heilerinnen bei Muninn und Bone uns behandelt haben. Ob das Zeug auch für Fleischwunden gut ist?«

»Wir müssen zuerst seine Schulter säubern«, übernahm Madeleine das Kommando. »Gibt es hier irgendwo einen Erste-Hilfe-Kasten? Und eine Flasche Jod? Das pinselt Oma immer auf meine Schnittwunden. Es brennt ziemlich, aber ich hab noch nie 'ne Entzündung gekriegt.«

»Weiß nicht genau«, antwortete Alfie. »Vielleicht in der Küche?«

»Ich seh mal schnell nach«, sagte Amy und stürmte davon, als wäre sie froh, nicht länger untätig dort herumsitzen zu müssen.

»Und ich besorg heißes Wasser und frisches Verbandszeug«, rief Robin und lief ihr hinterher.

Alfie spürte kurz die Verlockung, den beiden zu folgen, um dem Anblick der übel zugerichteten Schulter zu entgehen, doch im nächsten Moment schlug der Butler erneut die Augen auf.

»Alfie«, sagte er kraftlos. »Es tut mir so leid.«

»Was denn?« Alfie konzentrierte sich auf Ashfords ausgemergeltes Gesicht und versuchte, seine Augen nicht auf die Wunde zu richten, die Madeleine jetzt ohne die leiseste Spur von Ekel zu untersuchen begann. Es verblüffte ihn, wie wenig es ihr offenbar ausmachte, Blut zu sehen – selbst Amy war sofort aus dem Zimmer gerannt, als sich eine Gelegenheit dazu bot.

»Es ist meine Schuld, dass sie hier sind.« Die Stimme des Butlers klang brüchig. »Ich habe das Portal benutzt, zwei Mal. Ich war überaus vorsichtig, doch es entging ihnen nicht, dass ich hindurchgeschlüpft war, und beim zweiten Mal spürten sie mich auf und folgten mir. Ich bin ein Narr gewesen.«

»Aber Sie sind doch derjenige, der verletzt worden ist«, erwiderte Alfie. »Uns geht's gut. Die Elfen können hier nicht rein, und diesen Nebel können sie auch nicht für alle Ewigkeit da draußen rumschwirren lassen, oder? Irgendwann wird uns jemand zu Hilfe kommen.«

»Du hast noch nicht recht verstanden, was ich getan habe.« Ashford ergriff Alfies Arm. »Sie wussten nicht, dass die Linse hier ist. Bei meiner Entführung sagte ich ihnen, sie befände sich im Tresorraum von Muninn und Bone, wo sie niemals an sie herankommen könnten.«

»Und warum sind sie dann hier?«, fragte Madeleine und unterbrach ihre Untersuchung.

»Es war keine Absicht«, ächzte der Butler und verstärkte den Griff um Alfies Arm. »Das muss dir klar sein.«

Alfie starrte in Ashfords schmerzerfüllte Augen. »Sie haben es denen verraten?«

»Ja.« Seine Stimme brach. »Sie flößten mir Drogen ein, und ihre Kobolde nahmen vertraute Gestalten an, sodass ich kaum mehr wusste, mit wem ich redete: mit dir, mit Caspian, mit Emily. Als ich irgendwann wieder zur Besinnung kam, hatten sie alles über den Talisman erfahren, auch dass er sich hier auf der Burg befindet. Ich hatte es ihnen verraten. Sie hatten einen Kobold auf dieser Seite zurückgelassen, in Gestalt einer Maus, um noch mehr auszukundschaften, falls sich eine Gelegenheit dazu bot, doch zunächst waren sie fest davon überzeugt, die Linse wäre bei Caspian. Bis ich ihnen schließlich die Wahrheit sagte. Danach hielten sie sich bereit für den Zeitpunkt, zu dem der Kobold an Beltane erneut das Portal öffnen sollte. Und das alles ist meine Schuld.«

Ashford hatte den Blick abgewandt, unfähig, Alfie weiterhin in die Augen zu sehen.

»Auch wenn Sie nichts verraten hätten«, begann Alfie nach einer Weile, »die hätten es sowieso rausgefunden. Der Kobold, der auf dieser Seite geblieben war, hat sich als Sie getarnt. Er hat den Talisman um meinen Hals baumeln sehen und ihn gestohlen, um das Portal zu öffnen. Und er wäre damit entkommen, wenn Maddie ihm den Anhänger nicht in letzter Sekunde weggeschnappt hätte.«

»Sehen Sie?«, rief Madeleine. »Es spielt gar keine Rolle, dass Sie's denen verraten haben!«

»Aber ich hab sie doch überhaupt erst hierhergeführt!«, explodierte Ashford. »Ihr kennt Merioch nicht. Er wartet geduldig auf den Moment, in dem die Königin eintrifft, und dann gibt es nichts mehr, was sie noch davon abhalten könnte, die Burg einzunehmen.«

»Schluss jetzt!«, schimpfte Madeleine und klang dabei ziemlich genau wie Oma Merryweather. »Fürs Erste sind wir hier in Sicherheit. Verschwenden wir nicht unsre Zeit mit nutzlosen Grübeleien, wer woran schuld ist und was *möglicherweise* passiert.«

»Sie hat recht«, nickte Alfie. »Na los, wir flicken Sie wieder zusammen, und dann finden wir alle gemeinsam einen Ausweg aus diesem Schlamassel.«

Kurz darauf kamen Amy und Robin zurück mit einem sehr großen Erste-Hilfe-Kasten und einer randvollen Schüssel mit heißem Wasser, das nach Desinfektionsmittel roch. Ashford ließ sich wieder in Alfies Kissen sinken, und eine Mischung aus Schuld und Erleichterung lag auf seinem Gesicht, als Madeleine sich daranmachte, seine Wunde zu säubern.

KAPITEL 10
Unter der Kuppel

Der Blick auf die Uhr sagte Alfie, dass es lange nach Mitternacht war. Das Gefühl der Machtlosigkeit angesichts der Lage, in die sein Talisman sie alle gebracht hatte, verstärkte sich noch, als er dabei zuschaute, wie die Zwillinge Ashford verarzteten. Der Butler sah aus, als hätte er tagelang nichts gegessen. Damit er nicht weiter nur unnütz herumsaß, stieg Alfie gemeinsam mit Amy in den Vorratskeller hinunter, um etwas Essbares aufzutreiben. Galileo folgte ihnen auf dem Fuß und begann sofort eine gründliche Überprüfung, ob sich dort unten womöglich irgendwelche Mäuse verkrochen hatten.

»Ash sieht wirklich nicht gut aus«, sagte Amy beim Durchstöbern der Vorratsregale. In der Speisekammer herrschte heilloses Chaos, seit der falsche Ashford dort offenbar fieberhaft nach der Linse gesucht hatte.

»Ich weiß«, erwiderte Alfie, während er verschiedene Käse, ein Gläschen Chutney und eine Pastete aus den wild durcheinandergeworfenen Haufen fischte. Er hatte bereits dasselbe gedacht. Ashfords Wunde war dermaßen lange ohne

Behandlung geblieben, dass sie sich infiziert haben musste. Madeleine tat ihr Bestes und benutzte die Salbe, die Emily ihnen mitgegeben hatte, aber der Butler brauchte definitiv einen Arzt. »Wir müssen unbedingt einen Weg finden, wie wir hier rauskommen.«

»Es würde 'ne Weile dauern, aber wie wär's, wenn wir uns unter der Kuppel durchgraben?«, überlegte Amy. »Artan könnte uns zwischen der Burgmauer und dem Nebel nach unten fliegen. Die Elfen würden uns nicht sehen, und solange wir leise sind, kommen die niemals auf die Idee, dass wir uns 'nen Weg nach draußen buddeln.«

Alfie starrte sie an. »Du hast recht. Ich hab zwar keine Ahnung, wie weit dieser Nebel reicht, aber wenn wir alle zusammenarbeiten, schaffen wir's irgendwann garantiert nach draußen. Wir haben sogar genug Schaufeln für uns vier im …« Er hielt abrupt inne.

»Die Dinger sind im Schuppen, stimmt's?«, fragte Amy. »Und der ist im Burghof.«

Alfie seufzte. »Tja, da hatten wir wohl fast einen Plan.« Er drückte ihr einen Laib Brot in die Hand, dann schnappte er sich die übrigen gefundenen Sachen.

»Komm schon, Leo«, wandte er sich an den Kater, der an der Tür zum weitläufigen Hauptteil des Kellers herumkratzte. »Da unten gibt's nichts für dich.« Gehorsam sprang Galileo die Treppe zur Küche hinauf, offenbar voller Vorfreude, in Kürze gefüttert zu werden. Alfie wollte ihm gerade folgen, da kam ihm schlagartig ein Gedanke. Vielleicht gab es ja doch einen anderen Weg unter dem Nebel hindurch. Er schob die gesammelten Vorräte zurück ins Regal und schloss die Tür auf, an der Galileo gekratzt hatte.

»Wo gehen wir hin?«, fragte Amy.

»Raus.«

Alfie nahm eine der lodernden Fackeln von der Wand und marschierte voran durch den breiten Korridor. Nur einmal hielt er kurz an, um ein aufgerolltes sehr langes Seil aus einem der vielen Räume zu holen, die zu beiden Seiten vom Hauptflur abgingen. Amy hetzte ihm hinterher, als er am Ende des Gangs eine massige eisenbeschlagene Tür aufschloss und eine lange Treppe hinabstieg, die in den unteren Keller führte.

Ihre Schritte hallten durch das düstere Labyrinth, während Alfie zielstrebig auf die zentrale Hauptkammer und das seltsame kreisrunde Wasserloch zusteuerte, das in deren Mitte lag. Vor einigen Monaten war er dort hineingesprungen, um Robin zu retten, und eine starke Strömung hatte sie beide nach unten gerissen und hinaus in den Archelon-See gespült. In jener Nacht wären sie fast ertrunken.

»Hilf mir mal mit dem Ding«, sagte er, als sie vor dem Wasserloch standen. Sein Dad hatte es mit einem riesigen Deckel aus Holz abgedeckt, um weitere Unfälle zu verhindern. Mit vereinten Kräften schoben die beiden ihn beiseite.

»Wir gehen raus heißt also: da durch?«, fragte Amy. Auf dem pechschwarzen Wasser spiegelten sich die zuckenden Flammen der Fackel.

»Irgendwas müssen wir ja versuchen«, erwiderte Alfie. Er band ein Ende des Seils an einen metallenen Ring an der Wand. »Es gibt einen heftigen Sog nach unten, also werde ich das hier brauchen, um mich wieder nach oben zu ziehen, sobald du draußen bist.«

»Warte mal, du willst, dass ich gehe – und euch alle einfach so hierlasse?«

»Einer von uns muss zurück und den andern Bescheid sagen, und du kannst tausendmal besser schwimmen als ich. Wenn's irgendwer schafft, unter dem Nebel nach draußen zu kommen, dann du.«

»Du erwartest im Ernst, dass ich mich aus dem Staub mache, während ihr anderen weiter hier in der Falle hockt?« Amys Stimme klang scharf. »Glaubst du echt, so was würde ich tun?«

Alfie seufzte. »Es geht nicht darum, mutig genug zum Hierbleiben zu sein. Du musst für uns Dad und Caspian Bescheid geben, was hier in der Burg passiert. Mag sein, dass wir vier unter dem Nebel durchschwimmen können, aber wir werden auf jeden Fall Hilfe brauchen, um Ashford auf diese Art nach draußen zu bringen.«

Seine Worte schienen Amy ein wenig besänftigt zu haben, doch Alfie wusste, dass seine beste Freundin den Gedanken, sie alle zurückzulassen, nahezu unerträglich fand.

»Na schön. Bringen wir's hinter uns.« Sie streifte Schuhe und Socken ab und begann, sich ausziehen. »Die Jeans lass ich an«, sagte sie entschieden, als sie schließlich wartend im T-Shirt dastand.

»Ich auch«, erwiderte Alfie erleichtert, weil er so nicht länger mühsam versuchen musste, sich daran zu erinnern, welche Unterhose er gerade trug. Er schlüpfte aus seinem Kettenhemd, zog das Walkie-Talkie vom Gürtel, fädelte das andere Ende des Seils durch die Schlaufen an seiner Jeans und verknotete es sorgfältig.

Ihm stockte der Atem, als sie sich vorsichtig in das eiskalte Wasser hinunterließen. Die heftige Strömung des Flusses unter der Burg zerrte an seinen Füßen.

»Halt dich dicht an der Seitenwand«, warnte er zähneklappernd. »Wenn wir gleich loslassen, werden wir erst nach unten und dann in einen anderen Tunnel gezogen. An dessen Ende gibt's ein Metallgitter mit einem großen Loch. Quetsch dich durch und schwimm raus in den See. Wir treffen uns an der Oberfläche. Okay, fertig?«

Sie holten tief Luft und nahmen die Hände vom Rand, worauf die Strömung sie sofort erfasste und mit sich nach unten riss. Bei seinem ersten und letzten Tauchgang in diesem Wasserloch war Alfie in blinder Panik gewesen und Robin einfach bloß hinterhergesprungen. Dieses Mal schaffte er es, einigermaßen ruhig zu bleiben, trotz der Eiseskälte, die ihm bis ins Mark drang. Amy schwamm voraus, als gehörten derlei Herausforderungen zu ihrem täglichen Actionprogramm, und als er das Gitter erreichte, war sie bereits elegant durch die Öffnung geschlüpft. Vorsichtig zwängte er sich zwischen den scharfen Kanten hindurch, dann katapultierte er sich mit kräftigen Beinschlägen hinauf Richtung Oberfläche. Er durchbrach sie nur wenige Meter von Amy entfernt, die in den Nebelschleier vor ihnen starrte.

»Ich hab mir das Ganze nicht gut genug überlegt«, keuchte Alfie zitternd, während er sich neben sie treiben ließ. »Unter

Wasser ist es stockfinster. Wir können überhaupt nicht erkennen, ob der Nebel bis auf den Grund des Sees reicht.«

»Ja, ist mir beim Auftauchen auch aufgefallen«, antwortete Amy. »Es wär ziemlich riskant, zu weit nach unten zu schwimmen, aber vielleicht können wir rausfinden, ob er bis unter die Oberfläche dringt. Na los, sehen wir uns das mal aus der Nähe an.«

Alfie schwamm hinter Amy her und war froh, dass er daran gedacht hatte, sich das Seil umzubinden. Ohne diese Sicherung wären sie auf keinen Fall in der Lage gewesen, in der Tintenschwärze des Sees den Rückweg zum Gitter wiederzufinden.

Unmittelbar vor der Nebelwand hielten sie an und dümpelten dort eine Weile lang auf der Stelle.

»Klingt irgendwie komisch, oder?«, fragte Alfie.

»Was meinst du? Ich hör überhaupt nichts.«

»Genau. So als würde das Zeug alle andern Geräusche einfach verschlucken und abschirmen. Als würden wir Ohrstöpsel tragen.« Sogar während er sprach, hatte Alfie das Gefühl, dass der Nebel die Worte zum Verstummen zu bringen versuchte, sobald sie ihm über die Lippen kamen.

»Okay, ich geh runter.« Amy holte ein paarmal tief Luft, dann verschwand sie unter der Wasseroberfläche. Im Stillen zählte Alfie die Sekunden, während er darauf wartete, dass sie wieder auftauchte. Fernes Gelächter perlte aus dem Burghof hoch oben zu ihm herunter, gefolgt von Trommelschlägen und den ersten Zeilen eines Liedes auf Elfisch. Immer wieder unterbrach das unangenehme Lachen die Strophen, und Alfie war froh, dass er nicht verstand, wovon die Elfen da sangen.

Seine Zählung war inzwischen bei fünfundachtzig Sekunden angelangt. Gerade als er begann, sich Sorgen zu machen, kam Amy wieder an die Oberfläche. Sie wackelte sich mit dem Finger das Wasser aus einem Ohr und schüttelte den Kopf. »Es hat keinen Zweck. Ich kann bloß ein paar Meter weit gucken, aber wie's aussieht, geht diese Nebelwand bis ganz nach unten und einmal komplett um uns rum.«

Alfies Mut schwand. Er war sich so sicher gewesen, dass er einen Weg gefunden hatte, um die Elfen auszutricksen. Die Kälte des Sees ließ ihn jetzt heftig frösteln, und er bereute sein überhastetes Handeln. Robin hätte die Fehler des Plans bestimmt schon bemerkt, bevor sie auch nur einen Zeh ins Wasser gesteckt hätten. Wieder gellte Gelächter zu ihnen herunter, und mit einem Mal fühlte Alfie einen unbändigen Zorn über ihre Hilflosigkeit. Er musste unbedingt etwas tun. Er schwamm ein paar Züge auf den Nebel zu, aber das Seil um seine Hüfte straffte sich plötzlich. Sofort machte er sich daran, den Knoten zu lösen.

»Warte!«, rief Amy. »Was machst du da?«

»Hier, nimm das«, erwiderte Alfie und drückte ihr das Seilende in die Hand. »Ich schwimm jetzt da durch.«

Amy packte ihn am Arm und hielt ihn zurück. »Bist du irre? Du hast doch gesehen, was mit Artan passiert ist, als er's probiert hat. Diese Nebelsuppe hat ihn komplett vergessen lassen, wohin er wollte.«

»Ich weiß. Aber Artan ist ein Bär. Klar, ein echt cleverer Bär, aber vielleicht verwirrt dieses Zeug einen Menschen nicht so wie ihn.«

»Alfie, nicht!«, zischte Amy, als er sich losriss, außer Reichweite schwamm und sie mit der Verbindung zur Burg in der Hand zurückließ. »Sei kein Idiot!«

»Ich *muss* es einfach versuchen. Ich werd bloß ein paar Meter hineinschwimmen, um zu sehen, was passiert.« Damit verschwand er im Nebel, ohne dass Amy noch etwas erwidern konnte.

Es war, als hätte urplötzlich jemand die Welt auf stumm geschaltet. Vollkommen eingehüllt von dem weißgrauen Dunst hatte Alfie das unheimliche Gefühl, sich in einer Art Schwebezustand zu befinden. Er begann zu schwimmen. Der Hauch eines Flüsterns streifte sein linkes Ohr. Er hielt inne und drehte sich um, doch da war niemand. Ein weiteres Flüstern, diesmal von rechts. Er paddelte einmal im Kreis herum, doch außer seinem Geplätscher war in der Stille nicht das Geringste zu hören. Er war allein.

Konzentrier dich, Alfie, sagte er sich. Aber was war es, auf das er sich konzentrieren musste? Hatte er nicht irgendwohin schwimmen sollen? Es war so angenehm in diesem Nebel, und eigentlich wäre er sehr gern geblieben. Aber er *durfte* nicht. Er musste jemanden finden – bloß wen?

»Alfie!« Eine Stimme rief seinen Namen. Eine ferne, gedämpfte Stimme, ganz und gar anders als das Flüstern zuvor. »Alfie!« Es war Amy. Gut möglich, dass sie es war, die er zu finden versuchte. Er machte Anstalten, auf die Stimme zuzuschwimmen, doch er vermochte nicht recht zu entscheiden, woher sie kam. »ALFIE!« Vielleicht kam sie von irgendwo unter ihm. Er hörte auf zu paddeln und ließ sich mit dem Gesicht nach unten im Wasser treiben, mit offenen Augen, um Ausschau nach Amy zu halten. Es sah schön aus dort in der Tiefe. Dunkel. Friedlich. Immer noch nichts zu sehen von Amy. Er beschloss, sich hinuntersinken zu lassen, um nach ihr zu suchen. Er fing an, Luftblasen auszuatmen, und genoss das leichte Kitzeln, als sie an seiner Wange vorüberstrichen. Die Luft strömte nach und nach aus seiner Lunge, und er spürte, wie er sachte zu sinken begann.

Plötzlich war da ein jäher Schmerz an seinem Hinterkopf, und er sank nicht weiter. Jemand hatte ihn bei den Haaren gepackt und riss seinen Kopf über die Wasseroberfläche. »Nein, nicht, ich muss Amy finden!«, kreischte er prustend.

»Halt die Klappe, du Vollidiot!«, knurrte eine Stimme dicht an seinem Ohr. *Amy?* Sekunden später war er hinaus aus dem Nebel und trieb wieder in klarem Wasser, ziemlich genau an der Stelle, an der sie vorhin das erste Mal aufgetaucht waren. Die trübe Benommenheit verzog sich allmählich aus seinem Kopf, und dann sah er plötzlich alles in greller Klarheit. Er hatte versagt.

»Komm mit«, fauchte Amy und steuerte auf den senkrechten mächtigen Felsen zu, der unmittelbar hinter der Burg zum See hin steil abfiel. Alfie schwamm ihr nach und folgte ihr um die Klippe herum, bis sie außer Sichtweite der Mauern zum Burghof waren.

»Bin ich weit gekommen?«, fragte Alfie zwischen klappernden Zähnen hindurch.

»Weit? Nach nicht mal zwei Metern hast du angefangen, im Kreis rumzupaddeln und auszuprobieren, wie du dich am besten ertränken kannst. Zum Glück hab ich's grad noch geschafft, dich vom Rand aus zu erwischen, als du nah genug warst, aber selbst da hab ich schon die Wirkung von diesem Zeug gespürt.«

»Dann gibt's also wirklich für niemanden einen Weg rein oder raus«, murmelte Alfie entmutigt, und sein Magen verkrampfte sich, während er zu der milchigen Kuppel hinüberstarrte. All das hier geschah nur wegen seines Erbes. Die Last dieser Tatsache fühlte sich plötzlich an wie ein Amboss, der an seinem Fuß hing und ihn in die Tiefe zog. »Wir sind komplett auf uns allein gestellt.«

Er machte kehrt und paddelte los in Richtung des unter Wasser gelegenen Eingangs. »Komm schon, schwimmen wir zurück in die Burg. Vielleicht hat Ashford 'ne bessere Idee.«

Im nächsten Moment fasste Amy nach seinem Arm.

»Alfie, wir können nicht zurück.« Ihr Gesicht schimmerte fahl im Mondlicht, als sie die leeren Hände hob. Alfie starrte sie an, und schließlich begriff er, was sie ihm sagen wollte. Das Seil. Es war fort.

»Es war nicht lang genug. Ich musste es loslassen, um zu dir rüberzuschwimmen und dich zu holen. Es ist untergegangen.«

Alfies Blick wurde leer. Amy traf keinerlei Schuld. Hätte sie ihn nicht aus dem Nebel geholt, wäre er garantiert ertrunken. Aber wenn sie beide es nicht mehr in die Burg zurückschafften, würden die anderen denken, die Elfen hätten sie geschnappt – und sich womöglich sogar ergeben. Amy und er mussten unbedingt wieder zurück, doch ohne das Seil bestand für sie nicht die geringste Chance, das Gitter zu finden und gegen die heftige Abwärtsströmung unter der Burg anzuschwimmen.

Er spähte hinauf zu den Mauern hoch oben am Rand der Klippe. Schemenhaft war im Mondlicht das Fenster zu Artans Turmzimmer auszumachen.

»Wir könnten versuchen, da hochzuklettern«, sagte Amy, die seinem Blick gefolgt war.

Als er noch in der Stadt gewohnt hatte, war Alfie viele Male gemeinsam mit Amy in einer Kletterhalle gewesen. Die Felswand war schroff und zerklüftet und würde nicht allzu schwer zu bewältigen sein, doch bei den wesentlich glatteren Burgmauern sah das schon anders aus.

»Keine Chance.« Er zitterte. Seine Hände und Arme fühlten sich allmählich taub an.

»Dann sollen wir also einfach hier unten bleiben und abwarten?«

»Es sei denn, du möchtest den Hügelweg raufmarschieren und über die Mauer brüllen, damit die Elfen die Zugbrücke runterlassen und –«

Ohne Vorwarnung drückte Amy ihm eine Hand auf den Mund. »Weg hier«, flüsterte sie energisch, ehe sie flink auf die Klippe zuschwamm. Alfie folgte ihr. Sie hievten sich auf die Felsbrocken neben einem der beiden Wasserfälle, die vom Burggraben her in die Tiefe stürzten, dann krochen sie eilig in eine dahinter gelegene Höhlung.

Amy deutete hinaus auf den See, während Alfie sich neben sie in den engen Spalt zwängte. Angestrengt spähte er in die angegebene Richtung, um herauszufinden, was sie so plötzlich aufgeschreckt hatte. Irgendwas Dunkles glitt dort über die Wasseroberfläche.

»Was ist das?«, fragte Amy beinahe unhörbar.

In der Finsternis war die Gestalt durch die schmale Lücke neben dem herabrauschenden Wasser kaum zu erkennen. Was immer es war, es schien im Zickzack dicht über den See zu fliegen und nach etwas zu suchen.

»Glaubst du, die haben das Ding hergeschickt? Wissen die, dass wir hier sind?«

»Schon möglich«, wisperte Alfie. Doch als die Gestalt einen kleinen Salto flog, bevor sie mit ihrer Suche fortfuhr, machte sein Herz einen Satz. Sofort stieß er ein leises Pfeifen aus.

»Was tust du da?«, zischte Amy und presste ihm erneut eine Hand auf den Mund. Doch sie war nicht schnell genug – die Gestalt hatte sich bereits umgedreht und schoss nun auf sie zu. Alfie spürte, wie ihr Griff um sein Handgelenk lockerer wurde, als sie das Wesen vor ihnen schließlich erkannte.

»Artan!«, rief sie erleichtert, kaum dass der Bär schnurstracks den Wasservorhang durchstoßen hatte und unmittelbar vor der kleinen Höhlung gelandet war.

»Lustiger Zeitpunkt, um 'ne Runde schwimmen zu gehen«, grollte er dröhnend und schüttelte sich, dass es nur so spritzte.

»Was haltet ihr davon, wenn wir ab sofort alle zusammenbleiben und keiner von uns sich auf eine gewagte Mission begibt, ohne zuvor mit den andern gesprochen zu haben?«, fragte Ashford.

»Einverstanden«, nickte Alfie. Er saß neben Amy vor einem lodernden Feuer, das Robin im Kamin des großen Saals entfacht hatte. Obwohl sie inzwischen in trockene Sachen geschlüpft waren, zitterten die beiden noch immer.

Ashford saß ziemlich steif in einem der Lehnsessel. An seiner Seite hockte Madeleine im Schneidersitz auf dem Boden und hielt ein wachsames Auge auf ihn, während sie den Kater streichelte, der sich vor dem Kaminfeuer ausgestreckt hatte, als gäbe es nichts auf der Welt, um das er sich sorgen müsste.

»Ihr hattet echt Glück, dass wir Galileo jaulend in der Speisekammer gefunden haben«, sagte Robin. »Er hat wie wild an der Tür zum großen Keller gekratzt. Als wir kapiert hatten, dass ihr da durchmarschiert sein musstet, haben wir uns schließlich zusammengereimt, was ihr vorhattet. Eine Weile lang hab ich am Wasserloch auf euch gewartet, aber als ihr nicht wiedergekommen seid, haben wir Artan losgeschickt, um nach euch zu suchen.«

»Danke, Rob«, sagte Alfie. Er tätschelte den mächtigen Kopf des Bären, der sich auf der Bank neben ihm niedergelassen hatte.

»Wenn du das nächste Mal irgendwas Dämliches machst, nimm gefälligst meine Pfeife mit!«, brummte Artan.

»Schätze, ihr habt keinen Weg nach draußen gefunden, stimmt's?«, fragte Madeleine.

»Wir haben es nicht durch den Nebel geschafft«, antwortete Alfie. »Sobald man drin ist, vernebelt das Zeug einem buchstäblich das Gehirn. Und es bewirkt, dass man sich Dinge einbildet.«

»Der Nebel des Vergessens«, sagte Ashford. »Über den ich euch *hätte* aufklären können, *hättet* ihr mit mir gesprochen, ehe ihr euch allein auf den Weg gemacht habt. Er umgibt die Grenze des elfischen Reiches. Die Elfen können ihn sich zunutze machen, bis zu einem gewissen Grad. Du hattest großes Glück, dass du es nicht weit hineingeschafft hast. Selbst wenn es dir gelungen wäre, ihn vollständig zu durchqueren – was nahezu unmöglich ist –, hättest du dich auf der anderen Seite nicht einmal mehr an deinen Namen erinnern können.«

Alfie lief es kalt den Rücken hinunter, trotz der behaglichen Wärme des Feuers.

Robin hatte inzwischen die zusammengesuchten Vorräte nach oben gebracht, die Alfie und Amy in der Speisekammer zurückgelassen hatten, und breitete nun alles auf dem riesigen Eichentisch aus. Ashford blieb, wo er war, als die andern hinübergingen, um etwas zu essen.

»Sind Sie sicher, dass Sie nicht doch irgendwas wollen?«, fragte Amy und füllte die Gläser mit Apfelsaft. Der Butler gab keine Antwort. Er war bereits eingeschlafen, den Kopf an die Seite des Ohrensessels gelehnt.

»Kommt er wieder in Ordnung?«, erkundigte Alfie sich leise bei Madeleine, während er lustlos die Cracker auf seinem Teller zerkrümelte.

»Ich hab die Wunde so gut versorgt, wie ich konnte«, berichtete sie. »Die Salbe scheint einigermaßen zu helfen, aber …« Sie sah kurz über die Schulter, um sicherzugehen, dass Ashford immer noch schlief. »Es ist wirklich übel. Er hat überall blaue Flecken. Ich glaube, dass ein paar Rippen gebrochen sind, und vielleicht hat er auch eine Blutvergiftung. Er braucht Hilfe. Dringend.«

Sie aßen in beinahe völligem Schweigen und wechselten jedes Mal einen besorgten Blick, sobald Ashford im Schlaf das geringste Geräusch machte.

Als der Stundenzeiger der Uhr schließlich die vier überschritt, war keinem von ihnen ein auch nur ansatzweise brauchbarer Fluchtplan eingefallen. Alfie hatte sichtlich zu kämpfen, die Augen offen zu halten, und Madeleines Gähnen war ansteckend.

»Vielleicht sollten wir alle ein paar Stündchen schlafen«, schlug Robin vor.

»Schätze, uns bleibt im Moment nicht viel anderes übrig«, seufzte Alfie.

Sie schnappten sich einige Kissen aus dem Abernathy-Zimmer und richteten sich auf den Teppichen vor dem Kamin ein notdürftiges Nachtlager ein. Keiner von ihnen mochte allein sein.

Alfie lag noch einige Zeit wach, nachdem Amy und die Zwillinge Ashford längst in den Schlaf gefolgt waren. Er konnte einfach nicht aufhören, an die Elfen draußen im Burghof zu denken. Sie waren in sein Zuhause eingedrungen, hatten seine Freunde verletzt und ihn von seiner Familie abgeschnitten. Als die Müdigkeit endlich doch stärker wurde als seine Sorge, versprach er sich eines: Sie würden damit nicht davonkommen.

KAPITEL 11

Die Belagerung von Burg Hexbridge

Ein greller Trompetenstoß hallte selbst durch die verbarrikadierten Fenster und riss Alfie aus düsteren Träumen. Die Freunde hatten bis weit in den Nachmittag hinein geschlafen.

»Das ist *sie*!« Ashford stemmte sich auf die Beine, ächzend vor Schmerz. »Sie werden nicht länger warten, nicht nachdem sie nun hier ist. Schnell, zieht euch die Ringpanzer wieder an.«

»Aber die Elfen können hier doch gar nicht rein. Also sind wir noch immer in Sicherheit – oder nicht?«, fragte Robin und streifte sich sein Kettenhemd über, das er wie die anderen vor dem Schlafengehen abgelegt hatte. Ashfords Miene war Antwort genug.

»Wir müssen dringend beobachten, was sie tut«, stieß er hastig hervor. »Alfie, bist du je auf etwas gestoßen, das wie ein schwarzer Spiegel aussieht?«

»Ja. Vor ein paar Tagen erst, woher wissen Sie –«

»Bitte hol ihn für mich.«

Während Alfie durch die Eingangshalle und dann die Treppe hinauf Richtung Bibliothek hetzte, hörte er lautstarke

Sprechchöre durch die Burgmauern dringen, mit denen die Elfen ihre Königin willkommen hießen.

Das Spähglas lag immer noch dort, wo er es verstaut hatte – in einem verborgenen Fach seines Himmelbetts. Er presste es sich an die Brust und lief wieder nach unten, doch plötzlich fragte er sich, wie Ashford überhaupt von der Existenz des Spiegels wissen konnte. Er hielt abrupt inne, als ihm ein schrecklicher Gedanke kam. Was, wenn Ashford *tatsächlich* nichts davon wusste? Waren sie womöglich zum zweiten Mal auf denselben Trick hereingefallen? Er schob den Spiegel unter den Saum eines Wandteppichs, ehe er in den großen Saal zurückkehrte.

»Hast du ihn?«, fragte Ashford erwartungsvoll, als Alfie durch die Tür trat und sich ihm gegenüber an den Tisch setzte.

»Woher wissen Sie von dem Spiegel?«, erwiderte er. Ein sonderbarer Ausdruck huschte flüchtig über die Züge des Butlers.

»Das ist im Augenblick völlig unwichtig«, sagte er rasch. »Wir müssen herausfinden, was dort draußen passiert. Ich brauche diesen Spiegel.«

»Und den Talisman wollen Sie wahrscheinlich auch gleich, zur sicheren Aufbewahrung oder so was, ja?«

»Was spukt dir denn jetzt schon wieder im Kopf rum, Alfie?«, fragte Madeleine. »Ich hab die Wunde an seiner Schulter versorgt. Sie ist absolut echt.«

»Was aber nicht automatisch bedeutet, dass er da auf jeden Fall Ashford ist.« Aufmerksam musterte Alfie den Butler und suchte nach dem kleinsten Hinweis, der ihn als Betrüger entlarven würde. »Womöglich ist er bloß der nächste Kobold, der sich diesmal noch besser aufs Imitieren versteht.«

»Ach komm, hör schon auf, Alfie!«, rief Madeleine, während die Elfen im Burghof erneut zu trommeln begannen. »Wir müssen dringend wissen, was da draußen vor sich geht.«

»Ist schon in Ordnung, Maddie. Sein Misstrauen ist durchaus berechtigt«, sagte Ashford und berührte sacht ihren Arm, ehe er seinen Blick wieder auf Alfie richtete. »Allerdings würde es jetzt zu lange dauern, dir zu erklären, woher ich von diesem Spiegel weiß, also stell mir stattdessen lieber einige Fragen. Über Dinge, von denen kein anderer etwas wissen kann.«

Alfie dachte kurz nach. »Was ist letztes Jahr während der Weihnachtsaufführung im unteren Keller passiert?«

»Murkle und Snitch, deine Schulleiterinnen, versuchten, das Siegel aufzubrennen, mit dem Orin vor Jahrhunderten den Zugang zum Schlafplatz der Drachen verschlossen hat«, antwortete Ashford, ohne auch nur einen Moment zu zögern. »Ich hinderte dich daran, geradewegs auf die beiden zuzustürmen, doch sie hörten dich. Ich verhielt mich leichtsinnig und wurde bewusstlos geschlagen. Du musstest allein mit ihnen fertig werden.«

Bei seinem letzten Satz senkte Ashford den Blick. Entweder er fühlte sich schuldig, oder er war ein sehr guter Schauspieler.

»Okay, er hat bewiesen, dass er der Echte ist. Könntest du dann jetzt bitte *endlich* den Spiegel holen?«, drängte Madeleine.

»Eine Frage noch«, erwiderte Alfie. Seine Cousine stieß einen wütenden Schrei aus. »Emily Fortune. Was bedeutet sie Ihnen?« Der Butler sah ihm erneut in die Augen.

»Alles.« Auf seinem Gesicht lag derselbe Ausdruck, der Alfie schon damals bei Emily aufgefallen war, als sie über Ashford gesprochen hatte – einen solchen Blick konnte niemand vortäuschen. Er sprintete los und holte den Spiegel aus seinem Versteck.

»Burghof«, sagte Alfie mit fester Stimme. Dann legte er Orins Spähglas auf den Tisch, und sie alle versammelten sich darum. Die schwarze Oberfläche erwachte flackernd zum Leben und zeigte ihnen die Respekt einflößende Frau, die sie bei Muninn und Bone gesehen hatten und die nun auf eine der Steinbänke im Hofgarten gestiegen war. Merioch stand zu ihrer Rechten, und sie sprach zu den etwa vierzig Gefolgsmännern, die vor ihr knieten.

»Was glaubt ihr, was die denen gesagt hat?«, fragte Amy, kaum dass die Elfen aufgesprungen waren und sich auf die Brust klopften, die Bogen hoch in die Luft gereckt. Das Jubelgeschrei war selbst durch die mächtige Eingangstür gut zu hören.

»Keine Ahnung«, murmelte Alfie und beobachtete, wie die Untertanen für ihre Königin ein Spalier bildeten, während sie auf das Hauptgebäude zuschritt. »Aber ich würde sagen, sie hat ihnen nicht befohlen, nach Hause zu gehen.« Er nahm den Spiegel vom Tisch, dann hasteten sie alle gemeinsam in die Eingangshalle und horchten auf ein energisches Poltern an der Tür.

»Was macht sie denn?«, flüsterte Madeleine, als das Geräusch, das sie alle erwartet hatten, nicht kam. Sie zerrte an Alfies Handgelenk, um einen besseren Blick auf das Spähglas zu haben.

»Lass los, Maddie. Ich seh überhaupt nichts.«

»Wenn du den Spiegel neigst, kannst du dich damit umschauen, so ähnlich wie mit einem Auge«, erklärte Ashford.

Alfie kippte das Spähglas versuchsweise in verschiedene Richtungen, bis er schließlich die Königin vor der Tür stehen sah, umringt von Elfen, die soeben ihre Bogen mit Pfeilen bestückten. Sie streckte die Arme aus und presste die Handflächen auf die beiden gewaltigen Türflügel.

»Hat sie etwa vor, die Tür einfach aufzudrücken?«

»Moment, was passiert denn da grade rund um ihre Finger?«, keuchte Robin.

Alfie starrte angestrengt auf die kleine Gestalt im Spiegel. Tatsächlich, irgendetwas geschah dort, wo ihre Hände das Holz berührten. Im nächsten Moment fingen die Türflügel an zu ächzen und knarrten in ihrem Rahmen. Frische Triebe und hellgrünes Laub sprossen jäh aus dem uralten toten Holz hervor. Ein Blatt schälte sich aus dem Schlüsselloch, und zahllose weitere schossen aus sämtlichen Spalten, als das Holz in Sekundenschnelle zu neuem Leben erwachte.

»Sie kommt hier rein!«, zischte Ashford. »Wir müssen uns verstecken. Sofort!«

»Und wo?«, rief Madeleine und blickte sich fieberhaft in der Halle um. »Im Keller?«

»Dort finden sie uns«, erwiderte Ashford. Kräftige Wurzeln schlängelten sich aus dem unteren Teil der Tür und gruben sich knirschend in den Fußboden aus Mosaikfliesen.

»Orins Studierzimmer!«, verkündete Alfie. Er griff nach dem Talisman um seinen Hals. »Da sind wir garantiert sicher. Ohne das hier kommen sie dort nicht rein.«

»Gehen wir«, nickte Ashford. Inzwischen bröckelten schon erste Mörtelstücke aus dem spitz gemauerten Türsturz.

»Wir haben unsere Bogen in deinem Zimmer gelassen«, sagte Madeleine. »Ich geh sie schnell holen.« Sie rannte voraus, und die Eingangstür erzitterte plötzlich, als ein mächtiger Ast in die Höhe spross und dabei einen der hölzernen Türflügel auf beinahe ganzer Höhe spaltete.

»Alfie, Robin, kommt her und helft mir!«, schrie Amy. Der Butler war auf der Treppe ins Straucheln geraten. Amy mühte sich nach Kräften, ihn wieder auf die Beine zu ziehen, und Alfie bemerkte, dass sein Gesicht aschgrau war.

»Lauft ihr schon mal vor«, sagte Robin, nachdem sie Ashford gemeinsam auf Artans Rücken gehievt hatten. »Ich besorg uns noch kurz die restlichen Eisenbomben!«

Alfie blieb keine Zeit zum Widerspruch, denn Robin war bereits wie der Blitz unterwegs zur Werkstatt.

»Beeil dich!«, brüllte er ihm hinterher, doch seine Worte gingen in einem ohrenbetäubenden Getöse unter, als zwei riesige Steinblöcke auf den Boden donnerten. Die Türflügel verformten sich jetzt immer stärker und drängten durchs Mauerwerk in die Höhe – das Holz schien sich an seine ursprüngliche Baumgestalt zu erinnern, streckte seine wuchtigen Äste aus und ließ dabei Steine und Mörtel bersten. Alfie konnte bereits ganze Hände erkennen, die sich durch die Lücke schoben, dort wo die beiden Bäume sich langsam zu trennen begannen.

»Also los, Bewegung!«, brummte Artan. Alfie und Amy hetzten neben ihm her, während er mit dem Butler eilig die Treppe hinauf- und durch den Korridor zur Bibliothek schwebte. Von der Eingangshalle gellte das Rufen und Jubeln der Elfen umso lauter herüber, je breiter der Spalt wurde.

»Wo ist Robin?«, japste Madeleine, als sie mit hüpfenden Bogen und Köchern über der Schulter zu ihnen in die Bibliothek gestürmt kam.

»Er holt noch welche von diesen Eisenbomben«, antwortete Alfie und hetzte zu der holzgetäfelten Wand hinüber, dann öffnete er die Geheimtür zu Orins Studierzimmer mit seinem Talisman.

Artan segelte als Erster hindurch, dicht gefolgt von Galileo, der ihnen im Höchsttempo hinterhergejagt war, nachdem der Lärm und die Verwüstungen in der Halle ihn aufgeschreckt hatten.

»Komm schon, Maddie«, sagte Amy und zog an ihrem Arm. Madeleine war anzusehen, dass sie kurz davor war, zurück nach unten zu rennen und Robin zu suchen. Das Geschrei aus der Halle klang immer aufgeregter. »Die sind schon fast in der Burg – jetzt beweg dich und komm hier rein.«

Alfie half Ashford dabei, sich vom Rücken des Bären auf Orins Lehnstuhl gleiten zu lassen, dann wickelte er den Butler in eine Decke, die über dem Rückenteil gehangen hatte. Madeleine stand immer noch in der Bibliothek und hielt fieberhaft Ausschau nach ihrem Bruder.

Abermals ergriff Alfie das Spähglas. »Eingangshalle«, sagte er. Sein Magen verkrampfte sich, als er den von Trümmern übersäten Boden sah. Aus den uralten Türflügeln waren inzwischen zwei mächtige Bäume geworden, deren Äste einen formvollendeten Torbogen bildeten – einen Torbogen, den die

Königin nun triumphierend durchschritt, gefolgt von ihrer kleinen Armee.

»Maddie, wir müssen die Tür schließen!«, rief Ashford kraftlos.

»Nicht ohne Robin. Er wird jeden Augenblick hier sein.«

»Wird er nicht, Maddie«, erwiderte Alfie und hielt ihr den Spiegel hin, um ihr einen winzigen Robin zu zeigen, der sich hektisch in einem Raum voller Werkzeuge umblickte. »Da, er ist immer noch in der Werkstatt. Und er schafft es nicht mehr durch die Halle, ohne dass die ihn sehen. Wir müssen den Eingang verschließen.« Er hasste es, das zu sagen – aber Robin würde niemals zulassen, dass sie seinetwegen irgendein Risiko eingingen, da war er ganz sicher.

Er fasste seine Cousine am Arm und versuchte, sie in den Durchgang zu ziehen, doch Madeleine stemmte sich dagegen. »Wir können ihn doch nicht einfach da unten lassen!«, schrie sie.

»Maddie, uns bleibt keine andere Wahl …« Alfie hielt plötzlich inne, als lautstark das Walkie-Talkie piepte, das er sich wieder an den Gürtel geklemmt hatte – offenbar hatte sein Cousin ebenfalls eines dabei.

»Robin?«, fragte er vorsichtig in das Mikrofon.

»Alfie, ich steck hier fest«, flüsterte Robins Stimme. »Wartet nicht auf mich.«

»Robin!«, rief Madeleine und riss Alfie das Funkgerät aus der Hand. »Wir werden den Durchgang auf keinen Fall schließen, solange du noch nicht hier bist.«

»Das müsst ihr aber, Maddie«, antwortete Robin. »Keine Angst, mir wird nichts passieren. Ich hab die Tür sorgfältig abgesperrt, und sollten die doch hier reinkommen, weiß ich schon ein gutes Versteck. Guck in das Spähglas, wenn du mir nicht glaubst.«

Alfie streckte seiner Cousine den schwarzen Spiegel hin. Robin winkte, weil er sich wohl nicht ganz sicher war, von wo aus sie ihn beobachteten.

»Siehst du?«, sagte er und klappte die Sitzfläche der breiten Fensterbank hoch, unter der sich ein geräumiges Staufach befand. »Ich komm schon klar.«

Madeleine stieß ein ersticktes Schluchzen aus. »Bleib einfach in deinem Versteck, Robin. Wir finden einen Weg, um dich da rauszuholen. Versprochen!«

Dann ließ sie sich endlich von Alfie in das Studierzimmer ziehen. Das Holzpaneel schwang wieder an seinen Platz, während das Getöse der durchs Erdgeschoss tobenden Elfen immer näher kam. Alfie nickte Amy kurz zu, und sie schloss mit einer raschen Bewegung die innere Tür. In dem geheimen Raum waren sie fürs Erste in Sicherheit.

Die folgende Stunde verbrachten sie damit, dicht aneinandergedrängt auf dem Teppich zu Ashfords Füßen zu hocken und in das Spähglas zu starren. Alfie zuckte bei jedem lauten Geräusch zusammen, während die Elfen lärmend durch die Flure zogen und auf ihrer Suche nach dem Talisman und den Bewohnern der Burg einen Raum nach dem anderen auf den Kopf stellten. Es machte ihn wütend, untätig zusehen zu müssen, wie sie in seinen Sachen herumwühlten. Wie sie sein Zuhause mit ihrer Anwesenheit vergifteten.

Die Batterie von Robins Funkgerät ging allmählich zur Neige, weshalb sie beschlossen hatten, erst wieder miteinander zu sprechen, wenn es unbedingt notwendig war. Galileo hatte sich auf dem höchsten von Orins Regalen zusammengerollt und blinzelte argwöhnisch immer wieder zu Artan hinunter, dessen Schultern und Kopf hinter Ashford auf dem hohen Rückenteil des Lehnstuhls ruhten. Nach vielen Monaten schien der Kater zwar endlich begriffen zu haben, dass der Bär ihn nicht fressen würde, aber so nah wie im Moment war er diesem verdächtig hundeähnlichen Tierfell noch nie gekommen, und er wollte sicherheitshalber nichts riskieren.

Als Alfie es schließlich satthatte, die Elfen zu beobachten, überließ er Madeleine das Spähglas, die sich damit an Orins Schreibtisch setzte, um vornübergebeugt über Robin zu wachen.

Alfie zupfte behutsam die Decke um Ashford zurecht. Der Butler schien kaum bei Bewusstsein zu sein. Die Haut war von kaltem Schweiß bedeckt, das Gesicht fast steingrau. Alfie machte sich ernsthaft Sorgen um ihn. Er entfachte ein Feuer in dem kleinen Kamin und brachte die Flammen mit einem alten Blasebalg zum Lodern.

Amy zog sich ihren sternengemusterten Schal vom Hals und tränkte ihn mit etwas Wasser aus einer Flasche, die sie sich geistesgegenwärtig geschnappt hatte, als sie alle aus dem großen Saal gehetzt waren. Dann tupfte sie mit dem feuchten Tuch sacht über Ashfords Stirn. Alfie unterdrückte den Drang, ihr zu sagen, sie solle kein Wasser verschwenden, als ihm durch den Kopf schoss, wie lange sie mit dieser kleinen Flasche wohl würden auskommen müssen.

Im nächsten Moment ließ ein Krachen aus der Bibliothek die drei aufschrecken – sogar Ashford richtete sich ein wenig auf.

»Alles in Ordnung«, flüsterte er. »Hier drin werden sie uns nicht finden.«

Lautlos kämpfte Alfie mit Madeleine um den Spiegel. Sie war gerade dabei gewesen, einige Elfen zu beobachten, die das Erdgeschoss durchsuchten und sich unaufhaltsam dem Raum näherten, in dem sich Robin versteckt hielt.

»Bibliothek«, wisperte Alfie.

Madeleine und Amy schauten ihm über die Schultern, während das Spähglas ihnen eine Fischaugenansicht des Nachbarraums zeigte. Fünf Elfen schlichen dort an den Bücherregalen entlang, die Pfeile bereits in die Bogen gespannt. Alfie hielt den Atem an, als sie das Wandpaneel mit der Geheimtür erreichten, nur wenige Meter von der Stelle entfernt, wo die Freunde in Orins Studierzimmer saßen. Er legte die Hände um Artans Schnauze, um den Bären vom Knurren abzuhalten, doch die Elfen interessierten sich offenbar mehr für den Kamin und spähten prüfend den breiten Rauchfang hinauf, ob sich dort oben womöglich jemand versteckte.

Nachdem sie zufrieden waren, marschierten vier von ihnen wieder hinaus auf den Korridor, während der Fünfte zurückblieb, um Wache zu halten. Er streckte sich kurz, dann machte er es sich auf einem der Polsterstühle vor dem Kamin bequem und nahm ab und zu einen Schluck aus einer flachen silbernen Flasche, die an seiner Hüfte hing.

»Was ist mit *ihr*?«, fragte Ashford schwach. Alfie probierte es als Erstes mit dem großen Saal. Ein mit prächtigen Schnitzereien verzierter Lehnsessel, der am Kopfende des Esstischs gestanden hatte, war in die Raummitte geschoben worden. Hoheitsvoll saß die Königin auf ihrem neuen Thron und dirigierte von dort aus die Suche der Elfen. Sie trug eine zarte Silberkrone, die mit mehreren großen Juwelen besetzt war.

»Lass gefälligst deine Finger davon«, murmelte Alfie im Stillen und verfolgte, wie einer der Elfen den mechanischen Spatz entdeckte und ihn sogleich seiner Königin reichte. Sie zog den kleinen Vogel auf, dann klatschte sie verzückt in die Hände, als er eine Runde durch den Saal flog und wieder zu ihr zurückkehrte. Sie tippte ihm kurz auf sein Köpfchen, woraufhin er an ihrem Arm hinaufhüpfte, sich auf ihrer Schulter niederließ und damit begann, seine Flügel zu putzen.

»Wie hat sie das gemacht?«, staunte Amy.

»Auf dieselbe Weise, wie sie durch die Eingangstür gekommen ist«, ächzte Ashford.

»Wollen Sie damit sagen, sie hat den Vogel zum Leben erweckt?«, fragte Alfie entgeistert.

»Nicht ganz. Aber ich bezweifle, dass man ihn je wieder aufziehen muss.« Der Butler sackte ermattet nach vorn, als wäre für ihn inzwischen selbst sprechen zu anstrengend.

Alfie drückte ihn sanft in den Lehnstuhl zurück und tastete nach seinem Puls. Er war sich nicht sicher, wie das Pochen sich anfühlen sollte, aber es schien ihm bedenklich schwach. Amy goss etwas Wasser in einen kleinen Becher und führte ihn an die Lippen des Butlers, der erschöpft daran nippte.

»Können wir irgendwas für Sie tun?«, erkundigte sie sich leise.

»Es gibt nur eine Person, die mir helfen kann«, antwortete Ashford und wischte die Tropfen fort, die ihm über das Kinn geronnen waren. »Der Druide.«

»Sie meinen Orin?«, fragte Alfie. »Caspian hat uns erzählt, dass Sie auch die Fähigkeit haben zeitzuschlüpfen. Können Sie nicht in die Vergangenheit reisen und sich bei Orin Hilfe holen?«

Ashford schüttelte niedergeschlagen den Kopf. »Der Schmerz lenkt mich zu sehr ab. Ich habe nicht genug Kraft, um mich zu konzentrieren.«

»Dann bringen Sie's *mir* bei!«, zischte Alfie. »Ich werde Orin um etwas bitten, das Ihnen hilft. Und vielleicht hat er sogar eine Idee, wie er uns allen helfen kann.«

»Aber deine bisherigen Zeitschlupfe waren unbeabsichtigt«, erwiderte Ashford. »Es hat mich monatelange Übung gekostet, die Fähigkeit zu beherrschen, und bei dir funktioniert sie anders als bei mir. Was ist, wenn irgendwas schiefgeht?«

»Dann hab ich glücklicherweise Sie, um mir den richtigen Weg zu zeigen«, sagte Alfie und blickte dem Butler dabei fest in die Augen.

Ashford lächelte matt. »Ich vermute, es hat keinen Sinn, mit dir zu streiten, oder?«

Alfie schüttelte den Kopf.

»Dann werd ich's versuchen. Aber zuerst möchte ich dir eine Botschaft für Orin mitgeben. Bring mir bitte etwas zu schreiben.«

Sofort nahm Alfie ein leeres Notizbuch von Orins Schreibtisch, an dem Madeleine sich immer noch tief über das Spähglas beugte.

»Möchten Sie mir nicht lieber diktieren?«

Mit einer kurzen Geste lehnte Ashford ab. »Es ist sicherer, wenn du nicht weißt, worum ich ihn bitten werde.« Er krümmte sich vor Schmerz, als er zu schreiben begann.

»Die Typen sind auf dem Weg in die Werkstatt!«, keuchte Madeleine plötzlich. »Sie werden Robin finden!« In der Schwärze der Spiegelfläche waren drei Elfen zu erkennen, die sich gegen die verriegelte Tür warfen. Madeleine wechselte zur Innenansicht der Werkstatt. Ihr Bruder kletterte gerade in den Stauraum unter der Fensterbank. Er streckte kurz noch den Arm aus und machte mit den Fingern das Okay-Zeichen, als Signal für alle, die ihn womöglich beobachteten. Dann schloss er den Deckel.

Madeleine stieß einen erstickten Schrei aus, als im nächsten Moment die Werkstatttür aufflog und die Elfen in den Raum stürmten. Mit angehaltenem Atem sah Alfie zu, wie sie vorsichtig um die eisernen Werkzeuge herumschlichen und hier und da eines der tickenden und rotierenden Geräte anstupsten, an denen sein Dad gearbeitet hatte. Zwei von ihnen nahmen den in einer großen Nische stehenden Schmiedeofen unter die Lupe, während der Dritte vor Robins Versteck auf und ab ging.

»Die werden ihn finden!«, japste Madeleine verzweifelt und packte Alfie dabei so heftig am Arm, dass er auf die Zähne beißen musste, um nicht laut aufzuschreien.

Die beiden Elfen, die den Schmiedeofen untersucht hatten,

kamen zurück und nickten dem Dritten zu, der sich widerwillig auf die breite Fensterbank hockte und ihnen nachsah, als sie durch die Tür verschwanden.

»Die haben den Kerl als Wachposten dagelassen«, knurrte Amy. »Und Robin kommt jetzt nicht mehr raus.«

»Aber er muss!«, wimmerte Madeleine. »Er kriegt doch da drin keine Luft!«

»Ein paar Stunden kann er auf jeden Fall überstehen«, beschwichtigte Ashford. »Solange er ruhig bleibt. Und darin ist Robin gut, wie wir wissen.«

»Vielleicht wird die Wache ja bald wieder abgezogen«, fügte Alfie hinzu. »Ich bin sicher, dass ihm nichts passiert.« Doch schon beim bloßen Gedanken daran, wie Robin dort eingepfercht in dem stickigen Kasten hockte und einer der Elfen den Deckel blockierte, bekam er selbst Atemnot.

»Beeilen Sie sich, Ashford. Wir sollten wirklich nicht länger warten.«

Der Butler riss die inzwischen beschriebene Seite heraus, faltete sie zusammen und reichte sie Alfie.

»Wenn es dir gelingt, diese Zeilen zu Orin zu bringen, ist damit womöglich uns allen geholfen. Und gib ihm auch das hier.« Er angelte etwas aus seiner Tasche. Alfie nahm ihm den kleinen, abgenutzten Beutel aus der Hand. Einen ähnlichen hatte er irgendwo schon einmal gesehen, da war er ganz sicher.

»Was ist das?«

»Etwas, das Orin für mich reparieren muss. Also, bist du bereit?«

Alfie nickte.

»In Ordnung. Schließ deine Augen«, sagte Ashford sanft. »Lass all deine Wahrnehmungen verschwinden, hör nur auf meine Stimme. Stell dir dieses Zimmer vor, aber mit Orin darin. Stell dir vor, wie du zurück in die Vergangenheit gezogen wirst.«

Alfie versuchte zu tun, was Ashford ihm sagte, doch immer wieder huschten ihm Bilder durch den Kopf, wie die Elfen in seinem Zuhause herumschlichen. Er verscheuchte sie und probierte es erneut.

»Konzentrier dich, Alfie. Du gehörst ebenso sehr in Orins Zeit wie in diese, und um dorthin zurückzureisen, brauchst du dich meiner Ansicht nach nur zu entspannen und dir zu erlauben, durch die Zeit zu schlüpfen, so als würdest du nichts weiter tun, als nach Hause zurückzukehren.«

Ashford hatte leicht reden, aber sosehr Alfie sich auch bemühte, sich zu entspannen, es schlichen sich doch immer wieder ungeordnete Gedanken und Ängste in seinen Kopf, der bereits zu schmerzen begann. Wie sollte er einfach so durch die Zeit schlüpfen können? Es schien ihm völlig unmöglich zu sein.

»Versuchen wir etwas anderes«, sagte Ashford schließlich. »Öffne die Augen. Erinnerst du dich noch an die beiden Male, als du zeitgeschlüpft bist?«

Wie hätte Alfie das vergessen können. Beim ersten Mal war er beinahe von einem Auto überfahren worden. Beim zweiten Mal hatte er das Bewusstsein verloren, als Murkle und Snitch ihn durch ein finsteres Höhlenlabyrinth gejagt hatten.

»Welches Gefühl hattest du in diesen beiden Momenten?«

»Ich hatte Angst. Ich wusste, ich musste so schnell wie möglich dort weg.«

»Ich meine mehr als das. Was hast du tief in deinem Innern gespürt?«

Alfie dachte angestrengt nach, versetzte sich wieder an die beiden Orte zurück. »Ich erinnere mich daran, wie ich meinen Herzschlag in meinem Kopf gehört habe. Die Zeit schien sich irgendwie auszudehnen.«

»Gut. Was noch?«

»Es hat sich angefühlt wie meine letzten Sekunden. Mehr als alles andere auf der Welt wollte ich irgendwo anders sein. Dann kam mit einem Mal dieses Gefühl. Sie wissen schon, wie wenn man grade einschläft und es sich anfühlt, als würde man fallen, und man schreckt plötzlich auf und ist hellwach. So ähnlich.«

Ashford lächelte. »Dann ist es genau dieses Gefühl, das du jetzt erneut heraufbeschwören musst. Schließ wieder deine Augen.«

Alfie tat wie geheißen und hoffte inständig, dass Ashford wusste, wovon er redete.

»Nun, richte deine Aufmerksamkeit auf deinen Magen. Erinnerst du dich, wie er sich wie vor Kälte verkrampfte, als du durch die Höhlen ranntest, als der Wagen auf dich zugeschossen kam?« Alfie ließ die Empfindung durch seinen Körper strömen. »Und auf dein Herz: Spüre, wie es in deiner Brust immer schneller schlägt. Höre das Rauschen des Blutes in deinen Ohren. Fühle das alles wahrhaftig – die Furcht, die Hilflosigkeit, den mit quietschenden Reifen auf dich zuschießenden Wagen.«

Alfie gab wirklich sein Bestes. Er spürte, wie sein Herz schneller schlug, spürte die Eiseskälte in seinem Bauch. Er rief sich Murkle und Snitch ins Gedächtnis, wie sie auf der Jagd nach ihm kreischend und johlend durch die Höhlengänge stürmten, doch eine leise Stimme in seinem Kopf flüsterte wieder und wieder, dass dies nicht die Wirklichkeit war – dass er sich nicht in Gefahr befand. Er versuchte, sie auszublenden, indem er sich in die Mitte der kleinen Straße zurückversetzte, wo er starr vor Angst in das schreckverzerrte Gesicht des Fahrers blickte, dessen Auto mit einem schrillen Geräusch auf ihn zuraste. Er erinnerte sich an seine Gedanken. Das Auto würde nicht anhalten. Es würde ihn überfahren – er würde sterben. Im selben Moment traf ihn ein Schlag gegen die Brust, so heftig, dass er nach hinten geschleudert wurde.

Er landete rücklings auf dem Boden und fragte sich verwirrt, was passiert war, während er Mühe hatte, seine Füße zwischen den Beinen des umgekippten Schemels hervorzuziehen. Hatte Ashford ihm etwa einen Tritt versetzt? Er konnte es einfach nicht glauben. »Was zum Geier sollte das denn?«, rief er und rappelte sich benommen auf. Dann erstarrte er. Es war nicht mehr Ashford, der da vor ihm im Lehnstuhl saß. Es war jemand anders. Ein groß gewachsener Mann in einem grünen Gewand, mit freundlichen Augen und einem langen, geflochtenen Bart.

Orin Hopcraft.

KAPITEL 12
Ein Trip durch die Zeit

Freudestrahlend legte Orin Buch und Federkiel beiseite, wischte sich die tintenfleckigen Finger an seiner Tunika ab und half Alfie auf die Beine.

»Ich hatte schon gehofft, es möge nicht allzu lange dauern, bis du mir einen Besuch abstattest.« Mit einem Lächeln richtete er den umgestoßenen Schemel wieder auf. »Und dies war nun wahrlich ein bemerkenswerter Auftritt.«

Alfie wurde knallrot. Ashfords Plan hatte ganz offenbar funktioniert, aber statt sich darüber zu freuen, war es ihm vielmehr furchtbar peinlich, dass er sich vor dem Großen Druiden dermaßen danebenbenommen hatte.

»Entschuldigen Sie bitte. Ich störe Sie doch hoffentlich nicht?«

»Es bedarf keiner Entschuldigung«, antwortete Orin, erhob sich und griff nach einem Gefäß mit der Aufschrift *Beifuß*. »Und du störst mich nicht im Geringsten. Nimm Platz, ich werde uns rasch einen Tee brauen. Ich habe so ein Gefühl, dass du schlechte Nachrichten bringst.«

Er zog noch einige weitere Tiegel mit getrockneten Blättern und Blüten aus seinen Regalen, maß jeweils eine Portion davon ab und ließ sie in einen Kessel fallen, der über dem Feuer hing. Ein süßlicher Kräuterduft erfüllte das Zimmer, während Orin immer wieder behutsam den Inhalt des Kessels umrührte und schließlich eine dampfende, grünlich gelbe Flüssigkeit in zwei Becher füllte. Alfie schnupperte kurz an dem Tee, dann trank er einen Schluck und spürte sofort, wie jeder Muskel in seinem Körper sich zu entspannen begann.

»Nun denn, was führt dich zu mir?«, fragte Orin und lehnte sich in seinem Stuhl zurück, die sanften grauen Augen auf seinen Besucher gerichtet.

Alfie erzählte ausführlich von allem, was sich in den letzten paar Tagen ereignet hatte. Die Worte überschlugen sich regelrecht, so eilig hatten sie es, ihm über die Lippen zu kommen, während er vom Einbruch in die Burg berichtete, von Ashfords Entführung, von dem Kobold, der dessen Platz eingenommen hatte, von den Elfen, die jetzt durch die Flure der Burg streiften, von Robin, der im Staufach unter der Fensterbank zu ersticken drohte, und von dem Verwandlungszauber, der von Murkle und Snitch auf ihn übergegangen war.

Orin strich sich gedankenverloren über einen seiner Bartzöpfe, nachdem Alfie den Bericht beendet hatte und nun hoffnungsvoll darauf wartete, dass der Große Druide auf all das Antworten parat hatte.

»Unser Wort für Eiche ist *daur* – Tür«, sagte Orin schließlich. »Denn diese Bäume sind Übergänge in andere Welten, so wie in jene des Elfenreiches. Ich selbst bin ebenfalls schon durch das Portal gereist, an Samhain und Beltane, wenn die Grenzen zwischen den Welten durchlässig sind. Es hätte niemals von jemandem geöffnet werden dürfen, der weder über das Wissen noch den Weitblick verfügt, es angemessen wieder zu schließen – besonders da diese Person die Herrscherin jenes Reiches schon einmal erzürnt hat. Ashford ist ein schier unglaublicher Narr gewesen.«

»Sie kennen Ashford?«, fragte Alfie.

Orin schüttelte den Kopf. »Ganz so weit vermag er nicht in der Zeit zurückzureisen, doch ich bin überzeugt, dass ich ihm irgendwann einmal begegnen werde. Ich weiß von ihm – und von seinen Taten – durch Caspian.«

»Können Sie uns denn helfen? Vielleicht bringt es was, wenn Sie Ashford eine Warnung hinterlassen, dass er auf keinen Fall durch das Portal gehen soll.«

»Ich fürchte, ich kann mich nicht einmischen, indem ich diese Geschehnisse zu verhindern versuche«, erwiderte Orin mit ernster Miene. »Welche Nachricht auch immer ich für einen von euch in der Zukunft hinterließe, sie könnte allenfalls dazu führen, dass die Ereignisse auf andere Art und Weise eintreten. Die Moiren haben mich davor gewarnt. Manche Abläufe in der Geschichte lassen sich nicht verändern.« Schlagartig verließ Alfie der Mut. Er hatte gehofft, Orin wüsste genau, was zu tun war, und würde trotz des Zeitunterschieds von sechshundert Jahren alles auf der Stelle in Ordnung bringen.

»Ashford. Wie schwer ist seine Verletzung?«

»Sehr schwer. Ich glaube, die Wunde ist infiziert. Und sie lässt ihn immer schwächer werden.« Alfie reichte Orin den

Brief und den Beutel, die der Butler ihm mitgegeben hatte. Dann saß er schweigend da, musterte das Gesicht des Druiden beim Lesen der Botschaft und fragte sich, was wohl auf diesem Blatt stehen mochte.

Schließlich ließ Orin den Brief sinken, legte ihn und den Beutel auf seinen Schreibtisch und winkte Alfie zu einem Tisch am Fenster hinüber. Er schnitt einige frische Triebe von verschiedenen Kräuterpflanzen, die in Töpfen auf dem Fensterbrett wuchsen, und warf sie in einen steinernen Mörser, den Alfie schon einmal benutzt hatte, um gemeinsam mit Ashford einen Zaubertrank zusammenzumischen, mit dessen Hilfe er seine bösartigen Schulleiterinnen als zweiköpfigen Drachen entlarvt hatte.

»Du weißt, was du zu tun hast?«, fragte Orin und hielt ihm den Stößel hin. Alfie griff nickend danach und begann, die Kräuter zu einer Paste zu stampfen. Der Druide entkorkte derweil eine Reihe von Glasfläschchen und träufelte nach und nach einige stark riechende Öle in die Mixtur. Während Alfie das Ganze weiter mit der noch groben Paste vermengte, angelte Orin ein Gefäß nach dem anderen aus seinen zum Bersten gefüllten Regalen und ließ sorgfältig kleine Mengen verschiedener Kräuter in den Eisenkessel über dem Feuer rieseln. Das Studierzimmer war schon bald von einem berauschenden Duft erfüllt, der in Alfie das Gefühl auslöste, womöglich würde nun doch noch alles in Ordnung kommen.

Sobald Kräuter und Öl im Mörser zu einer glatten Paste zerstampft waren, füllte Orin die Mixtur in ein Glasgefäß und stimmte dann eine Art Sprechgesang an, indem er einige melodisch klingende Worte murmelte. Das trübe Gemisch schien sich plötzlich zu klären und nahm die gleiche schwach leuchtende grüne Farbe an wie die Salbe, die bei Muninn und Bone Alfies Prellungen geheilt hatte.

»Das Zeug kenn ich!«, staunte Alfie. »Ein bisschen davon haben wir schon auf Ashfords Wunde getan. Dann ist das also Ihr Rezept?«

Der Druide lächelte. »Ich habe es an ein paar wenige weitergegeben, doch nur wenn ich selbst es zubereite, ist seine Heilkraft am stärksten. Vertrau mir, das hier wird wirken.« Bevor er das Glas mit dem Deckel verschloss, ließ Orin eine Löffelspitze der Salbe in das Gebräu im Kessel fallen und rührte das Ganze anschließend kräftig um, neunmal im und neunmal entgegen dem Uhrzeigersinn. Dann hob er den Kessel behutsam mit einem Tuch vom Feuer und goss die dampfende grüne Flüssigkeit in einen großen Tonkrug.

»Verabreicht ihm zuerst einen Schluck von diesem Trank. Er wird dafür sorgen, dass er einige Stunden schläft. Dann säubert ihr die Wunde, bestreicht sie mit der Paste und legt einen Wickel an, indem ihr das Ganze mit mehreren Tüchern bedeckt.«

»Und danach geht es ihm besser? Ist er dann wieder gesund?«

»Dazu kann ich nichts sagen, ohne ihn mit eigenen Augen gesehen zu haben. Aber es sollte das Gift aus seinem Körper ziehen. Wenn er aufwacht, wird er sich wesentlich kräftiger fühlen.«

»Vielen Dank, Orin«, sagte Alfie, während er das Glas in seine Tasche schob und neben dem Krug auch einen kleinen

Sack in Empfang nahm, in den der Druide einen Laib Brot, ein paar Stücke Käse und eine bauchige Flasche mit Wasser gepackt hatte.

»Weißt du noch, was ich dich bei deinem letzten Besuch gelehrt habe? Darüber, wie du dich wieder zurück nach Hause ziehen lässt?«

Nickend setzte Alfie sich auf den Schemel und presste den Krug und das Säckchen fest an sich, um sicherzugehen, dass sie mit ihm reisten. Doch bevor er die Augen schloss, drängte sich plötzlich eine Frage in sein Bewusstsein, die nun schon seit einer ganzen Weile in seinem Hinterkopf rumorte. »Der Verwandlungszauber. Ich will ihn nicht haben. Emily meinte, Sie könnten mir helfen, ihn loszuwerden. Werden Sie's tun?«

»Der Schöpfungszauber, den ich kurz nach deiner Geburt in dir verborgen habe, könnte ihn ganz und gar aufzehren, um etwas Gegenständliches zu erschaffen«, erwiderte Orin. »Auf diese Weise habe ich diese Burg erbaut. Doch für jemanden, der in magischen Dingen ungeübt ist, wäre es nicht ratsam, etwas Derartiges zu versuchen. Einen solchen Zauber lässt man am besten ruhen. Je öfter du ihn benutzt, desto gieriger wird er werden.«

Alfie fiel das unangenehme Gefühl wieder ein, das in ihm aufgestiegen war, als er sich in seinen Dad hatte verwandeln wollen. »Beim Herumprobieren mit dem Verwandlungszauber hab ich irgendwie gespürt, dass er mich beobachtet. Ich glaube, er will sich unbedingt von ihm nähren.«

»Da bin ich sicher. Noch ein Grund mehr, ihm nicht seinen Willen zu lassen und sich dieses Verwandlungszaubers nicht weiter zu bedienen. Du bist zu jung und zu unerfahren. Wenn deine druidische Ausbildung begonnen hat, kann ich vielleicht –«

»Aber Emily hat gesagt, ich soll damit üben …«

»Ihr Rat war nicht weise.«

»Dann hab ich jetzt also zwei Zauber am Hals, die ich nicht will und die ich noch nicht mal benutzen darf?«, fauchte Alfie aufgebracht und ballte die Fäuste. »Das ist einfach nicht fair. Um nichts von alldem hab ich gebeten! Menschen werden verletzt, und zwar meinetwegen, wegen dem Zauber, den *Sie* mir gegeben haben!«

Orin seufzte. »Verzeih mir. Ich habe dir wahrlich eine noch größere Last auferlegt, als mir beim Verbergen des Zaubers in dir bewusst war. Doch es war überlebenswichtig, dass er aus dieser Zeit in die deine verschwand. Ihn zu benutzen – besonders als in allem Magischen Ungeübter – birgt große Gefahren.« Er hielt inne und zupfte nachdenklich an seinen Bartzöpfen, als wüsste er nicht so recht, ob er Alfie von etwas erzählen sollte. »Behandelt Ashford genau so, wie ich es dir beschrieben habe«, fuhr er schließlich fort. »Solltest du dich des Verwandlungszaubers tatsächlich entledigen wollen, ist er womöglich die einzige Person, die dir dabei helfen kann.«

Alfie musterte aufmerksam Orins Gesicht, doch der Druide ging nicht näher auf diesen Punkt ein.

»Richte Ashford aus, ich werde tun, worum er gebeten hat. Er wird den Gegenstand an der gewünschten Stelle finden. Und nun geh. Zurück in deine eigene Zeit.«

Die Rückreise durch die Jahrhunderte bereitete Alfie dieses

Mal keinerlei Schwierigkeiten. Es war, als bräuchte er seinen Körper bloß durch die Zeit ziehen zu lassen, an genau jenen Platz, den er in der Zukunft einnehmen sollte. Er fragte sich, ob er sich das Ganze bei seinem nächsten Trip in die Vergangenheit nicht auch auf diese Art vorstellen sollte – so als hüpfte er einfach nur von einer seiner beiden Lebzeiten in die andere.

Ein spitzer Schrei ertönte, als Alfie wie aus dem Nichts auf dem Schemel erschien und beinahe auf Amys Schoß landete. Sie sprang hektisch auf und gab sich dann alle Mühe, wie jemand auszusehen, dem nicht gerade vor lauter Schreck ein Kreischen herausgerutscht war.

»Gut gemacht, Alfie!«, sagte Ashford. »Und verzeih mir bitte den Tritt. Ich dachte mir, es würde dir bei der Vorstellung helfen, dich in echter Gefahr zu befinden.« Alfie konnte ihm schwerlich böse sein – immerhin hatte es funktioniert.

»Wie geht's Robin?«, erkundigte er sich, während er den dampfenden Krug abstellte und Amy den Verpflegungssack reichte.

»Bis jetzt ganz okay«, antwortete Madeleine. »Dieser Elf hockt immer noch auf dem Deckel, aber uns ist eingefallen, dass wir den Spiegel benutzen können, um in den Kasten zu gucken.« Sie hielt ihm das Spähglas hin.

Alfie beobachtete, wie sein Cousin sich im Innern des großen Staufachs behutsam in eine bequemere Position drehte. Es war darin sicher stockdunkel, doch der Spiegel verfügte über eine Art Nachtsichtfunktion, sodass Robin deutlich zu sehen war. Und noch deutlicher war ein schmaler Lichtstreifen zu erkennen, der durch eine kleine Lüftungsöffnung am Boden des

Kastens drang. Alfie war ziemlich sicher, dass sie sich vorher noch nicht dort befunden hatte.

»Nicht schlecht, Orin«, grinste er.

»Die andern haben vor ein paar Minuten mit der Sucherei aufgehört. Sie essen jetzt«, berichtete Madeleine und zeigte Alfie den großen Saal. Sämtliche Elfen, die nicht in Räumen und Fluren Wache hielten, hatten sich um den gewaltigen Esstisch geschart und verspeisten allem Anschein nach gerade die kompletten Vorräte aus Ashfords Speisekammer. Die Königin saß auf ihrem Thron und streichelte den Schnabel des silbernen Spatzen auf ihrer Schulter, während sie Blüten und Beeren aus einer kleinen Schüssel aß. »Sieht aus, als wollten die einfach abwarten, bis wir das Handtuch werfen.«

»Alfie, hast du Orin den Brief gegeben?«, fragte Ashford und zog die Decke enger um seine Schultern, als ihn ein kurzes Schaudern durchzuckte.

»Hab ich. Er lässt Ihnen ausrichten, dass er tun wird, worum Sie gebeten haben. Er wird den Gegenstand an die gewünschte Stelle legen.«

»Also, Ash, verraten Sie uns jetzt langsam mal, worum es sich dabei dreht?«, meldete sich Amy zu Wort. »Das dürfte Alfie sich doch wohl redlich verdient haben.«

»Ich kann nicht«, erwiderte der Butler. »Doch all das hier wird sich schlagartig lösen, sobald ich es ihr überbringe.« Mühsam stemmte er sich aus dem Stuhl und machte sich schwankend auf den Weg quer durch das Zimmer. Alfie sprang sofort auf die Beine und streckte den Arm aus, um ihm den Weg zu versperren.

»Hey, nicht so schnell! Sie wollen doch jetzt wohl nicht ernsthaft da rausmarschieren.«

»Ich muss. Ich kann sie dazu bringen, dass sie verschwinden.«

Doch Alfie blieb standhaft, als Ashford sich an ihm vorbeidrängen wollte, und im nächsten Moment halfen Amy und Madeleine ihm dabei, den protestierenden Butler zurück zu seinem Stuhl zu führen.

»Sehen Sie, wie geschwächt Sie sind?«, schimpfte Alfie, während Ashford einen vergeblichen Anlauf unternahm, wieder aufzustehen. »Wenn Sie nicht mal richtig stehen können, wie wollen Sie dann diesen Typen entgegentreten?«

»Aber ich kann all das hier beenden!«, rief Ashford und krallte die Finger in Alfies T-Shirt.

»Dann sagen Sie *mir*, wo das Ding ist. Wenn es die Elfen tatsächlich dazu bringt zu verschwinden, kann *ich* es doch bei denen abliefern.«

»Nein, du wirst es nicht verstehen. *Ich* muss es tun.«

Alfie begriff, dass im Augenblick nichts und niemand Ashford beruhigen konnte, also änderte er seine Taktik.

»Na schön. Sie können es denen bringen. Aber trinken Sie zuerst einen Schluck hiervon.« Er goss etwas von dem Gebräu des Druiden in einen Becher. »Orin meinte, das würde Sie kräftigen. Wenn Sie denen gegenübertreten, werden Sie's brauchen.« Er hob den Becher an Ashfords Lippen.

»Und danach lässt du mich zu ihnen gehen?«, flehte der Butler.

»Versprochen«, antwortete Alfie. »Und jetzt trinken Sie.«

Kaum hatte Ashford den Becher geleert, sank er in seinen Stuhl zurück und begann, leise zu schnarchen.

Amy lupfte vorsichtig eins seiner Augenlider. »Er ist komplett weggetreten. Was hast du mit ihm gemacht, Al?«

»Es ist alles in Ordnung mit ihm«, antwortete Alfie mit schlechtem Gewissen, weil er Ashford getäuscht hatte. »Laut Orin setzt der Tee ihn für ein paar Stunden außer Gefecht und vertreibt währenddessen das Gift aus seinem Körper.« Ashford würde garantiert ziemlich wütend auf ihn sein, wenn er wieder aufwachte, aber Alfie konnte ihn nun mal unter gar keinen Umständen schnurstracks zurück in die Fänge der Elfen spazieren lassen.

Er öffnete das Glasgefäß, das der Druide ihm mitgegeben hatte, und schob vorsichtig Ashfords Hemd zurück. Dann löste er den Verband um die Schulter des Butlers und starrte auf die freigelegte Wunde. Madeleine hatte wirklich großartige Arbeit geleistet. Sie hatte die Schussverletzung nicht nur gereinigt, sondern anschließend sogar kleine Pflasterstreifen angebracht, um die Haut an den Rändern zusammenzuhalten – und trotzdem wurde ihm bei dem Anblick ganz mulmig. Er begann, mit den Fingerspitzen winzige Kleckse von der Salbe aufzutragen, und zuckte jedes Mal zurück, wenn er sich dabei der Wunde näherte.

»Gib her«, sagte Madeleine und schnappte ihm das Glas aus der Hand. Sie fischte eine ordentliche Portion von der Salbe heraus und verteilte sie sorgfältig auf der verletzten Stelle. Als sie zufrieden war, machte sie sich daran, einen frischen Verband anzulegen.

»Du bist echt ziemlich spitzenmäßig, weißt du das, Maddie?«, sagte Amy.

»Ich weiß«, antwortete Madeleine wie beiläufig. Doch ihre Wangen liefen rot an, und Alfie wusste genau, dass sie sich im Stillen mächtig über das Kompliment freute.

Galileo streckte sich auf seinem Regal und miaute schläfrig, als wollte er ihr damit kundtun, dass er sie ebenfalls ziemlich spitzenmäßig fand.

Alfie hatte das Walkie-Talkie inzwischen fast völlig vergessen und wäre vor Schreck beinahe an die Decke gesprungen, als er von Orins Schreibtisch her urplötzlich Robins Stimme flüstern hörte. Er sauste hinüber und schnappte sich das Funkgerät.

»Robin? Was ist los?«

»Ist was passiert? Geht's ihm gut?«, rief Madeleine und steckte hastig die letzte Bandage fest.

»Habt ihr diesen Raum grade auf dem Schirm?«, wisperte Robin. »Der Typ ist weg, oder?«

Sofort ließ sich Amy im Spähglas die Werkstatt anzeigen. Von dem Elfen, der den Raum bewacht hatte, war keine Spur mehr zu sehen.

»Ja, er ist weg«, bestätigte Alfie.

»Okay, dann probier ich jetzt, zu euch raufzukommen.« Robin streckte den Kopf aus dem Staufach. Das Haar klebte ihm an der Stirn, so verschwitzt war er.

»Mach jetzt bloß nicht irgendwas Dämliches, Robin«, erwiderte Alfie. »Die Elfen sind überall. Es hockt sogar einer hier oben in der Bibliothek – du würdest es gar nicht erst bis zu uns schaffen.«

»Na ja, vielleicht doch«, sagte Amy und zeigte Alfie die Bibliothek im Spiegel. Sie war leer. »Die sind alle unten im großen Saal.«

Kurz darauf beobachtete Alfie mit wütendem Blick, wie die Gestalten im Spähglas sich die Vorräte aus seinem Keller einverleibten, wie sie sich krügeweise an aus den Gewölben heraufgeschleppten Weinfässern bedienten und wie sie lauthals über den Kobold lachten, der sich als Ashford ausgegeben hatte und der nun zur Unterhaltung seiner Königin durch den riesigen Raum tollte.

»Der schwierige Teil dürfte sein, ihn an dem offenen Durchgang zum großen Saal vorbeizulotsen.«

Alfie sah zu, wie Amy die komplette Route von der Werkstatt bis zur Bibliothek überprüfte. Sämtliche Wachen hatten ihre Posten in den Räumen und Fluren der Burg aufgegeben und sich dem Festgelage angeschlossen. Falls es Robin gelang, unbemerkt an dem Saal vorbeizukommen, konnte er ziemlich gefahrlos die Bibliothek erreichen. Es sei denn …

»Ich seh nirgendwo den mit dem fiesen Gesicht, Merioch. Wo steckt der Kerl?«

»Er ist draußen im Hof gewesen, während du Orin besucht hast«, antwortete Madeleine. »Um ein paar von den Elfen zurückzuschicken, die was von den Eisenspänen abgekriegt hatten. Sie sahen ziemlich verbrannt aus. Danach hab ich ihn nicht mehr gesehen. Ich glaube, er ist mit denen durchs Portal gegangen.«

»Robin«, zischte Alfie ins Mikro. »Die Luft ist rein, aber du musst sofort los. Wenn du in der Eingangshalle bist, warte dort.

Wir geben dir Bescheid, sobald du sicher am großen Saal vorbeikannst.«

»Roger«, knisterte Robins Stimme. »Ich dreh die Lautstärke runter und halt mir die Funkkiste direkt ans Ohr, damit die euch nicht hören können. Okay, hab ich freie Bahn bis zur Halle?«

»Hast du«, bestätigte Alfie mit einem Blick auf die flackernden Bilder im Spähglas, als Madeleine erneut Robins Route checkte.

»Ab jetzt werd ich kein Wort mehr sagen, um die nicht auf mich aufmerksam zu machen. Behaltet mich mit dem Spähglas im Auge und sagt einfach *Los*, wenn der Weg am großen Saal vorbei sicher ist.« Er schwang sich seinen Rucksack über die Schultern, der ziemlich schwer aussah. Offenbar hatte Robin ihn mit den kleinen Eisenbomben gefüllt, von denen er auch ein paar in der Hand hielt. »Wünscht mir Glück«, flüsterte er.

»Viel Glück!«, rief Madeleine, und die Freunde verfolgten gemeinsam, wie Robin tief geduckt und mit schnellen Schritten aus der Werkstatt schlich.

»Er ist im Korridor. Jetzt geht er die Stufen rauf …«, kommentierte Madeleine unnötigerweise, während sie den Spiegel so fest umklammert hielt, dass ihre Knöchel weiß wurden. Als Robin die Eingangshalle erreicht hatte, hob er den Blick und presste das Funkgerät an sein Ohr.

»Warte«, wies Alfie ihn an. Madeleine ließ sich den großen Saal anzeigen und neigte den Spiegel in verschiedene Richtungen, um sich in dem Raum umzusehen. Die meisten der Elfen saßen am Tisch, doch eine Handvoll von ihnen tummelte sich nicht allzu weit von der Tür. Alfie beobachtete sie mit erhobenem Walkie-Talkie und hielt sich bereit, das Kommando zu geben. Amy stand auf und öffnete die innere Tür, dann postierte sie sich vor dem beweglichen Holzpaneel, um Robin im passenden Augenblick hereinzulassen.

Der Großteil der kleinen Belagerungsarmee sah untätig dem Kobold zu, der gerade dabei war, alles Greifbare als wackligen Turm auf einen Elfen zu stapeln, der quer über einem leeren Weinfass lag und fest schlief. Schließlich brachte ein randvoller Wasserkrug auf einem schwankenden Teller das ganze Gebilde zum Einsturz. Dermaßen rüde geweckt, sprang der nun triefnasse Elf jäh auf die Beine und rutschte und schlitterte über Obststücke und zerbrochenes Geschirr. Die Königin lächelte träge, während er den Kobold kreuz und quer durch den Saal jagte, angefeuert von den johlenden Zuschauern.

»Jetzt, Robin. Los!«, rief Alfie, um das Chaos sofort auszunutzen. Sie wechselten rasch zur Ansicht der Eingangshalle und verfolgten gebannt, wie Robin unbemerkt an der großen Tür vorbeihuschte. Kaum war er auf der Treppe, stieß Madeleine einen spitzen Jubelschrei aus, sodass Ashford im Schlaf kurz aufschnaubte.

»Er schafft es!«, rief sie, während ihr Bruder die Stufen im Doppelpack hochsprang. Doch im selben Moment nahm Alfie eine Bewegung wahr, dicht vor der Wand am Kopf der Treppe. Er sah genauer hin. Dort stand ein Elf, dessen Haut und Kleidung wie eine Art Tarnkappe exakt den Farbton des Mauerwerks hatten, an das er sich schmiegte.

»Robin, stopp!«, brüllte Alfie ins Funkgerät. Ruckartig blieb sein Cousin stehen. Der Elf begriff, dass er entdeckt worden war, und kam auf ihn zu. Robin täuschte ein Ausweichmanöver nach rechts an, und kaum fiel sein Angreifer darauf herein, schleuderte er die Kugeln in seiner Hand gegen die Steinmauer, wo sie in einem Regen aus Eisenspänen zerplatzten. Madeleine stieß triumphierend die Faust in die Luft, als Robin wie der Blitz in den Korridor zur Bibliothek sprintete und den Elfen hinter sich zurückließ, der jetzt wild herumsprang, um sich das Eisen von seiner versengten Haut zu schütteln.

Alfie musterte währenddessen die Schattenstellen des Flurs, und sein Magen verkrampfte sich. Der nächste getarnte Elf wartete nur wenige Meter von der Bibliothek entfernt.

»Da ist noch einer, geradeaus vor dir!«, schrie er. Sofort machte Robin kehrt und rannte in die entgegengesetzte Richtung, auf Alfies Zimmer zu.

»Robin«, rief Alfie, während sein Cousin den Flur entlanghetzte. »Lauf in mein Zimmer und versteck dich in dem geheimen Bad, hinter der Vertäfelung rechts vom Kleiderschrank. Drück auf das dunkle Astloch im Holz, dann springt die Tür auf, weißt du noch?«

Robin nickte in vollem Lauf. Der Elf hatte inzwischen seinen Tarnkappenzauber abgestreift und sich an die Verfolgung gemacht. Er war pfeilschnell. Nur Sekunden später ergriff seine Hand Robins Rucksack. Da er jede Berührung mit dem Kettenhemd vermeiden wollte, versuchte er, Robin an dessen Tasche zur Treppe zu zerren. Alfie stockte der Atem, als sein Cousin sich mit aller Kraft dagegen wehrte und dabei das Funkgerät fallen ließ.

Die Nähte des Rucksacks hielten der Belastung nicht lange stand und rissen. Gut ein Dutzend Metallkugeln purzelten aus dem Loch und zerbarsten auf dem steinernen Boden. Der Elf machte fluchtartig einen Satz rückwärts und prallte mit voller Wucht gegen seinen Kumpan, der gerade zu ihnen herübergestürmt kam und sich immer noch hektisch die Eisenspäne von seiner Haut wischte. Robin sprintete schon davon, kaum dass die beiden hoffnungslos ineinander verkeilt zusammengesackt waren.

»Autsch«, knurrte Amy. »Und ich dachte immer, Elfen gelten als anmutig.«

Madeleine wechselte zur Ansicht von Alfies Zimmer. Kurz darauf stürmte Robin durch die Tür und raste hinüber zu der vertäfelten Wand, wo er zielsicher auf das Astloch im Holzpaneel drückte. Augenblicklich öffnete sich der verborgene Durchgang zum Bad.

»Pass auf!«, brüllte Alfie, der nahe bei seinem Bett eine Bewegung bemerkt hatte. Doch die Warnung blieb ungehört, nachdem es nun keine Möglichkeit mehr für ihn gab, mit seinem Cousin in Verbindung zu treten. Ein Pfeil bohrte sich durch Robins Ärmel und nagelte sein T-Shirt ans Holzpaneel. Noch während er sich losriss, schälte sich eine dunkle Gestalt aus den Schatten des Bettvorhangs. Merioch. Drohend hob er seinen Bogen. Robin schien es sich zweimal zu überlegen, ob er versuchen sollte, durch die Geheimtür zu schlüpfen.

Alfie konnte nicht hören, was der Elf sagte, aber die Botschaft der Worte wurde schon kurz darauf offensichtlich, als sein Cousin sich langsam das Kettenhemd abstreifte.

Der Ringpanzer war kaum auf dem Boden gelandet, da packte Merioch Robin auch schon am Handgelenk und schleifte ihn aus dem Zimmer.

»Nein!«, kreischte Madeleine und sackte auf die Knie. Geistesgegenwärtig fing Alfie das Spähglas auf, als es ihr aus den Händen glitt.

Merioch starrte missbilligend auf die beiden Elfen, die noch immer dabei waren, sich benommen aufzurappeln. Sie folgten ihm kleinlaut, während er seinen Gefangenen die Treppe hinunter und in den großen Saal zerrte. Robin machte erst gar keine Anstalten, ihm einen Kampf zu liefern. Angesichts der Art, wie der Elf Ashford behandelt hatte, hielt Alfie es für eine weise Entscheidung von seinem Cousin, sich nicht zu wehren.

Hilflos verfolgte er das Geschehen im Spiegel. Amy schloss die Tür des Studierzimmers, kam herübergelaufen und schlang ihre Arme um Madeleine, die mit zuckenden Schultern dasaß, während ihr stumme Tränen aufs T-Shirt tropften. Alfie unterdrückte den Drang, sich selbst eine Ohrfeige zu verpassen. Warum hatte er bloß in Robins Plan eingewilligt? Er hätte ihm einfach sagen sollen, sich nicht von der Stelle zu rühren.

»Ashford hat gemeint, er könnte all das hier beenden«, schluchzte Madeleine. »Wir hätten warten müssen, bis er wieder aufwacht.« Es brach Alfie fast das Herz, als er sah, wie seine Cousine sich Augen und Nase an ihrem Ärmel abwischte. Sie befreite sich aus Amys Umarmung und rüttelte an der unverletzten Schulter des Butlers.

»Aufwachen! *Bitte*, Ashford, wachen Sie auf! Wir brauchen Sie!«

Alfie erkannte sofort, dass es zwecklos war – nicht mal ein Erdbeben würde Ashford aufwecken, bevor nicht der Trank seine Wirkung getan hatte. Er löste sanft Madeleines verzweifelten Griff, dann schob er sie behutsam auf den kleinen Schemel. Sofort schwebte Artan zu ihr hinüber und wickelte sich wie eine Decke um sie herum.

Alfie schnappte sich wieder den Spiegel. »Großer Saal.« Seine Stimme zitterte, als er sich einen Moment lang ausmalte, was sie dort wohl zu sehen bekommen würden. Die Elfen standen im Halbkreis um Robin herum, den man gezwungen hatte, vor der Königin niederzuknien. Sie hielt etwas in der Hand und schien ihm eine Frage zu stellen. Robin antwortete, woraufhin die Königin lächelte und den Gegenstand an ihren Mund hob.

»Ich habe hier einen der Euren.« Um ein Haar hätte Alfie das Walkie-Talkie fallen lassen, so unvermittelt drang die kühle Frauenstimme aus dem Gerät. Amy und Madeleine starrten ihn an, sprachlos vor Entsetzen.

»Euer Freund weigert sich hartnäckig, uns zu verraten, wo ihr seid, also gebe ich euch hiermit noch eine allerletzte Gelegenheit, das Richtige zu tun. Händigt mir aus, was mir gehört, und ihr erhaltet den Knaben von mir zurück, wie ihr euch an ihn erinnert. Andernfalls werde ich ihn Merioch überlassen.«

»Du lässt ihn gefälligst sofort gehen!«, schrie Madeleine und riss Alfie das Funkgerät aus der Hand. »Hast du mich verstanden? Gib ihn zurück, oder *du* bist diejenige, der bald mächtig was leidtut!« Artan auf ihrer Schulter brüllte bekräftigend auf.

Ein grausames Lachen drang aus dem Walkie-Talkie, in das die restlichen Elfen sofort mit einstimmten.

»Bringt mir die Linse. Und zwar binnen einer Stunde.« Ihr Tonfall war schneidend wie eine Rasierklinge. »Oder euch wird kein einziges Wort entgehen, wenn Merioch seine Verhörkünste an eurem Freund demonstriert. Ob auf die eine oder die andere Weise, ihr *werdet* mir bringen, was ich verlange.«

Die Verbindung brach ab. Alfie schnappte Madeleine hastig das Funkgerät aus der Hand, bevor sie es vor lauter Wut quer durch den Raum schleudern konnte.

»Lasst mich raus!«, donnerte Artan und segelte los Richtung Tür. »Lasst mich da runterfliegen. Ich hol Robin von denen zurück! Und wenn die versuchen zu kämpfen, schnapp ich sie mir und schmeiße sie in den See!«

»Hey, ganz locker bleiben!«, rief Amy und bugsierte Artan auf die andere Seite des Zimmers, damit er sich beruhigte, während Alfie seine Cousine tröstete.

»Und was machen wir jetzt?«, fragte Madeleine schließlich. Ihr Blick zuckte zu dem dünnen Riemen um Alfies Hals.

»Maddie, dir ist doch klar, dass wir denen den Talisman nicht einfach so geben dürfen, oder?«, erwiderte er sanft. »Du hast gesehen, was die mit Ashford angestellt haben. Wir können denen nicht trauen, dass sie auch nur einen von uns gehen lassen, und wer weiß, wozu sie diese Krone benutzen wollen, wenn sie die Linse erst mal haben.«

»Okay, schon gut, ist mir klar«, seufzte Madeleine. »Aber *irgendwas* müssen wir einfach tun.«

»Was ist denn in diesem Beutel gewesen, den Ashford den

Elfen bringen wollte?«, fragte Amy. »Vielleicht finden wir das Ding ja. Hat sich angehört, als wär da was drin, das sie als Ersatz akzeptieren würden.«

»Keine Ahnung«, antwortete Madeleine. »Das Teil war in 'nem kleinen Safe versteckt, unter einer Steinplatte in seinem Zimmer. Er hat Robin nach unten geschickt, um es zu holen, als ihr zwei euren Schwimmausflug gemacht habt, aber ich weiß nicht, was es war. Meint ihr, dass er Orin darum gebeten hat, es an dieselbe Stelle zurückzulegen?«

Alfie überlegte kurz. »Nein. Wenn Orin es wieder dort versteckt hätte, wo Robin es gefunden hat, würde das Ganze wahrscheinlich zu so 'ner Art Zeitschleife führen. Wir sind hier drin gefangen, also muss der Platz, den Ashford ausgesucht hat, irgendwo in diesem Zimmer sein.« Seufzend ließ Alfie den Blick über die unzähligen Schränke und Regale schweifen, in denen es von Büchern, Tiegeln, Kisten und seltsamen Gegenständen nur so wimmelte. Die Suche konnte leicht ein paar Tage kosten, und zu den meisten der kleinen Schubladen und Schrankfächer war ihm bisher noch nicht mal ein passender Schlüssel untergekommen.

»Aber das Teil zu finden dauert 'ne Ewigkeit, wenn wir nicht den leisesten Schimmer haben, wonach wir überhaupt suchen!«, stöhnte Amy.

Madeleine machte sich dennoch sofort an die Arbeit, indem sie sich der Reihe nach die kleineren Sachen auf den Regalen vornahm und sich dann jedes Mal erkundigte, ob es sich dabei wohl um den Gegenstand handeln könnte, den Ashford der Königin überbringen wollte.

»Nein. Ich glaub nicht. Auf keinen Fall«, antwortete Alfie geduldig, als sie nacheinander einen Haifischzahn, einen türkisfarbenen Stein mit Loch, ein spiralförmiges Fossil und einen winzigen, mit Juwelen besetzten Flakon hochhielt.

Schließlich überließ er es Amy, seiner Cousine zu antworten, und unternahm einen neuen Versuch, Ashford zu wecken. Doch der Butler rührte sich nicht. Er war jetzt weniger blass und schwitzte und zitterte nicht mehr, aber er war noch immer bewusstlos. Orins Heiltrank tat seine Wirkung. Alfie wünschte, er könnte selbst einen Schluck davon trinken, um irgendwann aufzuwachen und festzustellen, dass nichts von alldem passiert war.

Er griff wieder nach dem Spähglas. Fürs Erste schien mit Robin alles in Ordnung zu sein. Er hockte auf einem Kissen zu Füßen der Königin und beobachtete, wie sie den silbernen Spatz von ihrer einen Hand auf die andere flitzen und dann an den Obststücken auf ihrem Teller picken ließ, als würde er fressen. Alfie suchte den Rest der Burg ab. Die Wachen hatten inzwischen erneut ihre Posten bezogen, allerdings ohne den eigenartigen Tarnkappenzauber. Die Königin rechnete offenbar felsenfest mit dem Erfolg ihres Ultimatums.

Der Elf, der die Bibliothek bewacht hatte, fläzte sich nun wieder in einem Lehnstuhl vor dem Kamin und war kurz davor einzunicken. Alfie sah zu, wie dem Kerl das Kinn auf die Brust sackte, und dabei kam ihm langsam, aber sicher eine Idee. Das Ganze war beileibe kein wohlüberlegter Plan, und die Umsetzung würde unglaublich schwierig werden, doch in der Eile wollte ihm einfach nichts Besseres einfallen. Er musste Robin unbedingt retten, und dazu schien es nur einen Weg zu geben.

Er rief Madeleine und Amy zu sich herüber, um ihnen seine Idee zu erklären.

»Bist du dir sicher?«, fragte Amy und behielt mit dem Spähglas den Elfen im Auge, als Alfie die Schuhe auszog und leise die Innentür zur Bibliothek öffnete. »Wenn wir mit der Nummer anfangen, gibt's kein Zurück mehr.«

»Ich bin mir sicher«, antwortete Alfie trotz aller Gegenargumente, die ihm durch den Kopf spukten. Er schlich in den kurzen Durchgang zwischen Bibliothek und Studierzimmer. Madeleine folgte ihm mit ihrem Bogen, den sie bereits mit einem Pfeil bestückt hatte. Kurz darauf standen sie alle drei auf Socken unmittelbar vor der verborgenen Tür.

Artan schwebte hinter ihnen im Zimmer umher und beobachtete sie mit finsterer Miene. Er hatte sie angefleht, ihnen helfen zu dürfen, doch Alfie hatte schlicht die Befürchtung, dass der Bär seine Aufregung nicht im Zaum halten könnte. Falls der Elf zu früh aufwachte und die Chance bekam, seine Kumpane zu alarmieren, konnten sie den Talisman ebenso gut gleich bei der Königin abliefern.

Alfie griff mit der einen Hand nach dem Holzpaneel und machte sich bereit, die Geheimtür zu öffnen. Mit der anderen umklammerte er eine zu einem Knäuel gewickelte grobe Schnur, die er auf einem von Orins Regalen gefunden hatte. Er konnte nur hoffen, dass sie stabil genug sein würde. Madeleine wartete neben ihm, den Bogen erhoben und halb gespannt. Amy legte den Spiegel ab, schnappte sich ihren Schal, mit dem sie Ashford die Stirn abgetupft hatte, und packte jeweils ein Ende mit einer Hand.

»Was ist, wenn er nicht auf unsern Bluff reinfällt, ihn zu erschießen, falls er nicht spurt?«, wisperte sie.

Alfie warf einen kurzen Blick auf Madeleines grimmig verbissene Kieferpartie und das Feuer, das in ihren Augen loderte.

»Er wird uns abnehmen, dass wir's ernst meinen«, flüsterte er zurück. »Alle bereit?« Madeleine und Amy nickten. Alfie stieß die Tür auf. Sie schwang lautlos nach außen, und die drei schlüpften hindurch. Madeleine spannte die Bogensehne und legte sofort auf den Elfen an, dann näherten sie sich auf Zehenspitzen der schlafenden Gestalt.

KAPITEL 13
Täuschungsmanöver

Alfies Herz klopfte so laut, dass er schon glaubte, es würde sie verraten, doch der Elf schlummerte ungestört weiter, während sie auf ihn zuschlichen. Madeleine blieb gut anderthalb Armlängen vor dem Schlafenden stehen und zielte auf seine Stirn. Alfie kniete sich unmittelbar neben den Lehnstuhl. In der einen Hand hielt er noch immer die Schnur, und mit der andern griff er behutsam nach dem Bogen, der quer auf dem Schoß des Kerls lag. Amy huschte lautlos hinter den Stuhl und streckte die Arme über die Lehne, ihren Schal straff gespannt. Vorsichtig senkte sie ihn auf Mundhöhe vor das Gesicht des Elfen, dann schaute sie kurz zu Alfie hinüber. Er nickte.

Der Elf schreckte auf, kaum dass Amy ihm den Schal zwischen die offenen Lippen gezerrt und seinen Kopf damit an der Rückenlehne fixiert hatte. Seine Hände tasteten nach seinem Bogen. Aber Alfie hatte die Waffe schon außer Reichweite quer durch den Raum geschleudert und bekam jetzt einen der Arme des Elfen zu fassen, dessen andere Hand sich jedoch bereits um das Heft eines Dolchs an seiner Hüfte schloss.

Madeleine pfiff.

Der Elf schaute auf, begegnete ihrem Blick und erstarrte, als er den Ausdruck darin erkannte. Sie schüttelte langsam den Kopf. Vorsichtig lies der Elf den Dolch los und streckte die Hand Alfie entgegen, der sich sofort daranmachte, ihm mit der Schnur die Handgelenke zu fesseln. Nachdem der Kerl nun endgültig überwältigt war, band Amy die Enden ihres Schals in seinem Nacken zusammen, damit der Knebel sich nicht mehr lösen konnte. Währenddessen ließ ihr Gefangener Madeleine nicht aus den Augen.

»Stehen Sie auf!«, befahl Alfie ihm schließlich. Der Elf warf ihm einen frostigen Blick zu und blieb stocksteif sitzen.

»Vielleicht spricht er unsere Sprache nicht«, meinte Amy.

»Aufstehen!« Alfie machte eine Aufwärtsgeste mit seinen Händen. Die Miene des Elfen verfinsterte sich, aber Madeleine deutete eine leichte Bewegung an, als würde sie jeden Moment den Pfeil losschwirren lassen. Sofort sprang er auf die Füße.

»Hier lang.« Alfie zog kurz an der Schnur. Der Elf setzte sich widerstrebend in Gang, blieb dann jedoch ruckartig stehen, als ein ohrenbetäubendes Jaulen durch den Raum gellte. Ein zischendes, fauchendes Knäuel aus Krallen und Fell schoss durch die Luft und stieß im Flug gegen Madeleines Zugarm. Die Bogensehne rutschte ihr über die Fingerkuppen, und der Pfeil schwirrte los – um sich Sekundenbruchteile später mit einem dumpfen Laut in ein Bücherregal zu bohren.

»Leo!«, brüllte Alfie, während Amy blitzartig die Arme hochriss und den heransegelnden Kater auffing, dessen Krallen nur wenige Zentimeter vor dem Gesicht des Elfen durch die

Luft wischten. Noch ehe Madeleine einen neuen Pfeil einlegen konnte, stürmte der Gefangene los Richtung Bibliothekstür. Alfie schrie vor Schmerz auf, als ihm die grobe Schnur durch die Hände glitt und einen roten Striemen in seine Haut brannte.

»Artan, fass!«, rief er. Die Worte waren ihm kaum über die Lippen gekommen, da rauschte der Bär auch schon in einem Wirbel aus losen Papieren aus dem Studierzimmer und quer durch den Raum. Der Elf streckte gerade die gefesselten Hände nach dem Türknauf aus, als Artan sich mit voller Wucht auf ihn stürzte und sich um ihn herumschlang, sodass von ihm am einen Ende nur noch Kopf und Schultern und am andern die Füße zu sehen waren.

»Schnell, bring ihn rein«, sagte Alfie. »Vielleicht haben die uns gehört.« Artan bugsierte sein sorgfältig eingewickeltes Paket durch die Luft und schwebte im Gefolge von Madeleine und Amy zurück ins Studierzimmer. Alfie schnappte sich den Bogen des Elfen, flitzte nach Galileo durch die Geheimtür und zog sie leise ins Schloss. Dann überprüfte er mit dem Spähglas fieberhaft sämtliche Flure und stieß einen erleichterten Seufzer aus, als er sah, dass anscheinend keiner der anderen Elfen etwas von dem kurzen Tumult in der Bibliothek bemerkt hatte.

»Gut gemacht, Artan.« Er tätschelte dem grinsenden Bären den Kopf, während Amy und Madeleine sich über dem Gefangenen abklatschten. »Halt den Typen gut fest, wir brauchen seine Klamotten.« Alfie zog dem zappligen Elfen Stiefel und Hose aus, dann machte er sich daran, ihm mit der Schnur stramm die Knöchel zusammenzubinden. Galileo saß derweil kaum zwei

Schritte entfernt und putzte sich hinter dem Ohr. »Und du!«, zischte Alfie und zeigte mit dem Finger auf ihn. »Wenn dieser ganze Schlamassel vorbei ist, gibt's ein Jahr lang keinen Thunfisch!« Der Kater streckte sich träge, dann schlich er davon, um sich seelenruhig vor dem Kaminfeuer niederzulassen.

»Ich bin fertig hier unten«, sagte Alfie schließlich, als er mit seinen Knoten zufrieden war. »Setz ihn auf den Stuhl am Schreibtisch.«

Artan lud den gefesselten Elfen dort ab, und Alfie reichte die restliche Schnur an Madeleine weiter, die augenblicklich damit begann, ihn auf dem Stuhl festzubinden, und zwar nicht mit allzu viel Feingefühl. Alfie löste unterdessen den ledernen Brustharnisch ihres Gefangenen. Um an die Tunika darunter heranzukommen, musste er ihm die Handfesseln abnehmen, doch Amy und Madeleine packten ihn fest an den Unterarmen, während Artan dicht vor ihm in der Luft schwebte und dabei dermaßen bedrohlich knurrte, dass der Elf kaum mit der Wimper zu zucken wagte.

Kurz darauf saß er sorgsam gefesselt in seiner langen Unterwäsche auf dem Stuhl. Alfie schlüpfte im Aborterker in die fremden Kleidungsstücke. Ihm war nicht ganz wohl dabei, das Kettenhemd auszuziehen und damit den Schutz zu verlieren, den es gegen die Elfen bot, aber wenn sein Plan funktionieren sollte, durfte er unter keinen Umständen damit erwischt werden.

»Bist du sicher, du schaffst das, Al?«, fragte Amy, kaum dass Alfie zurück ins Zimmer geschlurft kam und sich in den viel zu großen Kleidern und Stiefeln offenbar reichlich albern fühlte.

»Ja«, antwortete er entschlossen. Wenn er sein Zuhause und

seine Familie beschützen wollte, musste er den Verwandlungszauber benutzen. »Wie viel Zeit bleibt uns noch?«

»Neunzehn Minuten«, sagte Madeleine. »Vorausgesetzt, sie hält sich an die Frist von einer Stunde.«

Alfie schob einen Stuhl direkt vor den Gefangenen, wählte den Abstand so, dass er gerade so eben dessen ganze Gestalt sehen konnte, und setzte sich. Der Elf starrte ihn an, als hoffte er, ihn mit seinem Blick bei lebendigem Leib verbrennen zu können.

Alfie atmete ein paarmal tief durch, um sich zu beruhigen, dann musterte er sorgfältig sämtliche äußeren Merkmale seines Gegenübers. Orin wäre sicher nicht sonderlich glücklich darüber, was er hier gerade tat, aber er sah einfach keinen anderen Weg. Und außerdem war es ja nicht so, als hätte der Große Druide ihm eine andere Lösung vorgeschlagen.

Es fiel ihm schwer, sich unter dem hasserfüllten bohrenden Blick des Elfen zu konzentrieren, doch schließlich gelang es ihm, den tief in seinem Inneren schlummernden Verwandlungszauber zu wecken. Behutsam ließ er die Magie durch seinen Körper strömen, bis seine Haut zu kribbeln anfing, so als erwartete sie seine Anweisungen.

Er erinnerte sich an die Übungseinheit mit Emily. Statt mit aller Kraft seine Verwandlung herbeizuzwingen, malte er sich einfach aus, er wäre ein Spiegel, in dem sich die vor ihm sitzende Gestalt abbildete. Dass er bereits die Kleider des Elfen trug, machte das Ganze um einiges leichter. So brauchte er nur den Kopf, die Hände, die Körpergröße und die Statur richtig hinzubekommen.

Er wusste, dass die Magie zu wirken begann, als er ein heftiger werdendes Kribbeln an seinen Ohren bemerkte. Er spürte, wie sich ihre Form veränderte, wie sie ein wenig größer und spitz wurden und dabei Amys und Madeleines aufgeregtes, verblüfftes Geflüster verstärkten. Alfie blendete es aus und bündelte seine Aufmerksamkeit immer weiter. Die Kleider, die er trug, fühlten sich allmählich passender an, während er Zentimeter um Zentimeter wuchs und breiter wurde. Seine Füße wirkten schon nicht mehr ganz so verloren in den weichen Lederstiefeln. Ein Kitzeln lief ihm über die Kopfhaut, als seine Haare zu wachsen begannen und ihm kurz darauf in blassblonden Locken auf die Schultern fielen. Er betrachtete aufmerksam das Gesicht des Elfen und spürte, wie seine eigenen Züge mit jeder Sekunde kantiger wurden. Schließlich richtete er all seine Konzentration darauf, seine Augenfarbe in ein helles Gold zu verwandeln. Falls überhaupt möglich, wurde die Miene des Elfen noch finsterer, während Madeleine und Amy in lautstarken Beifall ausbrachen. Da wusste Alfie, dass seine Tarnung komplett war.

»Wie seh ich aus?«, fragte er, und seine Stimme klang seltsam verzerrt in dem neuen, größeren Körper.

»Perfekt.« Amy versetzte ihm einen Klaps auf den Rücken. »Abgesehen vom Gesichtsausdruck. Stell dir am besten vor, wir wären irgendwas Ekliges, in das du grade versehentlich reingetreten bist.« Alfie funkelte angewidert an seiner spitzen Nase entlang auf sie herunter. »Genau so! Jetzt hast du's!«

»Fehlt bloß noch eine Sache, Alfie«, sagte Madeleine hinter ihm.

»Nämlich?«, fragte Alfie, drehte sich zu ihr um und sah im nächsten Moment ihre Faust auf sein neues Gesicht zufliegen. Sie landete mit einem satten *Tschuck* an seinem Unterkiefer, sodass ihm schmerzhaft die Zähne gegeneinanderschlugen. »AU! Was zum Geier sollte das denn?«

»'tschuldigung«, erwiderte Madeleine und holte bereits zu einem zweiten Schlag aus. »Hab mir gedacht, es wär leichter, wenn ich dich nicht vorwarne. Du kannst kein Elfisch, also sollte es einen triftigen Grund geben, wieso du nicht sprechen kannst. Halt still, wir sind noch lange nicht fertig. Du brauchst 'ne richtig heftige Schwellung, wenn dir das jemand abkaufen soll.«

Alfie fing Madeleines heransausende Faust ab. »Maddie, du Trottel!«, fauchte er und rieb sich den Kiefer. »Du hast mir doch grade zugeguckt, wie ich mich in einen Elf verwandle. Schon mal darüber nachgedacht, dass ich auf dieselbe Art eventuell auch eine poplige Schwellung zustande bringe?«

Madeleines Kinnlade klappte nach unten. »Oh! Tut mir schrecklich leid, Alfie.«

»Eigentlich war die Idee echt gut«, grinste Amy. »Aber das nächste Mal solltest du uns vielleicht vorher einweihen.«

Alfie schüttelte verärgert den Kopf, dann postierte er sich vor einem Wandspiegel, ließ seine Wange und seine Kinnpartie anschwellen und verpasste dem Ganzen einen spektakulären Violettton.

»Schick!«, meinte Amy, als er fertig war. »Mit dem Gesicht kann echt keiner von dir erwarten, dass du auch nur einen Mucks von dir gibst. Also dann, wer von uns beiden kommt als deine Gefangene mit?«

»Ich!«, rief Madeleine entschieden.

»Wovon redet ihr da?«, fragte Alfie, während er sich den Köcher des Elfen samt Bogen über die Schulter schwang.

»Augenblick mal ... Du hast doch nicht etwa vorgehabt, ganz allein da runterzustiefeln und zu versuchen, Robin aus einem Saal voller Elfen zu befreien, oder?«, erwiderte Amy verdattert.

Alfie zuckte die Schultern. Viel weiter als bis zu diesem Punkt war er mit dem Pläneschmieden nicht gekommen. »Ich hab mir gedacht, Artan könnte bis vor das Fenster hinter dem Stuhl der Königin fliegen. Ich spaziere dort in der Nähe ein bisschen herum und warte auf eine Gelegenheit, um mir Robin zu schnappen und mit ihm durch das Fenster auf Artan zu springen. Er kann uns dann rauf in den Ostturm fliegen. Den Eingang haben die Typen bisher nicht entdeckt, also dürften wir da oben in Sicherheit sein, bis Ashford aufwacht und tut, was auch immer er vorhat, um die Sache ein für alle Mal zu beenden.«

Artan schlug klatschend die Tatzen zusammen. »Ausgezeichneter Plan, Jungchen. Wir sind auf und davon, ehe die auch nur spitzkriegen, wie ihnen geschieht.«

»Das glaube ich eher nicht«, widersprach Madeleine. Sie zeigte Alfie den großen Saal in Orins Spähglas. »Wen siehst du da neben der Königin?«

Schlagartig verließ Alfie der Mut. »Merioch.«

»Eben«, sagte Amy. »Und es sieht schwer danach aus, als würde niemand auch nur halbwegs dicht an sie rankommen, mit Ausnahme ihrer rechten Hand. Du wirst also überhaupt keine Chance haben, in Robins Nähe herumzulungern, ohne dich sofort verdächtig zu machen. Aber wenn du eine Gefangene dabeihättest, in deren Socke ein Taschenmesser steckt«, sie grinste, »dann würden sie die garantiert neben Robin setzen, wo sie erst ihre eigenen und anschließend auch noch seine Fesseln durchschneiden könnte.«

»Genau, und dann startest du irgendein Ablenkungsmanöver, damit ich Robin rüber zu Artan bringen kann«, ergänzte Madeleine.

»Wie kommst du denn auf die Idee, dass du die Gefangene bist?«, fragte Amy.

»Er ist mein Bruder.«

»Aber ich kann schneller rennen.«

»Nein, kannst du nicht!«

Verblüfft sah Alfie zu, wie die beiden sich allen Ernstes darum stritten, bei der Ausführung eines Plans dabei zu sein, der ihm schon jetzt das Blut in den Adern gefrieren ließ. Er musste zugeben, dass ihre Idee besser als seine war, vorausgesetzt, er würde sich nach der erfolgreichen Rettung unbemerkt davonstehlen können.

»Wir haben echt keine Zeit für so was«, verkündete er schließlich. »Amy, du kommst mit mir.«

»Nein!«, brüllte Madeleine wütend, während Amy grinste.

»Nicht weil sie in irgendwas besser wäre als du«, fuhr er hastig fort, denn seine Cousine sah aus, als wollte sie ihm jeden Moment einen weiteren Kinnhaken verpassen. »Maddie, du musst unsern Gefangenen hier im Auge behalten, und sollte sich Ashfords Zustand wieder verschlechtern, kannst du ihm besser helfen als jeder andere von uns. Sobald er aufwacht, musst du ihm sagen, was grade passiert. Falls diese Sache schiefgeht, ist er unsere letzte Hoffnung.«

Zähneknirschend akzeptierte Madeleine die Wichtigkeit ihrer Rolle und fesselte Amy locker die Hände hinter dem Rücken.

Alfie schob ein schmales Klappmesser in Amys Socke, dann nahm er den Talisman ab und übergab ihn Madeleine. »Pass gut darauf auf«, sagte er, bevor er ihr anschließend das Funkgerät in die Hand drückte. »Und das Ding hier wirst du auch brauchen.«

Ebenso eiskalt und selbstbewusst zu wirken wie der Elf erwies sich als unerwartet schwierig, als Alfie in einem Körper, der sich ganz und gar falsch anfühlte, aus der Bibliothekstür marschierte und Amy den Korridor entlang vor sich hertrieb. Glücklicherweise war der Weg bis zur Treppe und hinunter in den ersten Stock komplett frei.

Als sie den Treppenabsatz erreicht hatten, blickte er sich rasch um, zog Amys Walkie-Talkie von ihrem Gürtel, klappte das Helmvisier einer Ritterrüstung nach oben und warf das kleine Gerät hinein. Er wusste, dass Madeleine ihn gerade beobachtete, und hoffte, sich darauf verlassen zu können, dass sie zur richtigen Zeit ihren Part spielen würde.

»Fertig, Amy?«, flüsterte er. Dann machte er sich daran, sie die restlichen Stufen hinunterzuzerren, während sie sich mit aller Kraft wehrte und nach ihm trat.

»Lass mich *los*! Nimm deine *Finger* weg!«, brüllte sie wie am Spieß.

Auf der Suche nach dem Grund des Geschreis kamen gleich mehrere Elfen in die Eingangshalle gelaufen und brachen sofort in schallendes Gelächter aus, als sie das dick angeschwollene Gesicht eines der Ihren sahen, der mit einem widerspenstigen kleinen Mädchen kämpfte. Um nicht aus seiner Rolle zu fallen, warf Alfie ihnen einen wutentbrannten Blick zu und schleifte Amy dann hinter sich her in den großen Saal.

Merioch erhob sich, und die Königin klatschte verzückt in die Hände, als Alfie mit Amy im Schlepptau vor sie trat. Zum Zeichen, dass er sie entwaffnet hätte, reichte er dem Leutnant ein Messer, das er aus Orins Studierzimmer mitgenommen hatte.

»Amy!«, schrie Robin und versuchte verzweifelt, sich aufzurappeln. Entsetzen spiegelte sich auf seinem Gesicht, als er sah, dass die Elfen auch Amy geschnappt hatten. Merioch stieß ihn zurück auf den Boden und schlenderte dann bedächtig um Alfie und seine Gefangene herum. Es war schwer zu sagen, ob er Verdacht geschöpft hatte oder sie nur einschüchtern wollte. Er bellte einige Worte auf Elfisch. Alfie schüttelte den Kopf und deutete auf seinen geschwollenen Kiefer, doch Merioch gab sich damit nicht zufrieden. Er sagte abermals etwas, worauf Alfie ein paar unverständliche Laute nuschelte. Das schien den Leutnant allerdings nur noch wütender zu machen.

»Er kann Ihnen keine Antwort geben!« Trotzig blickte Amy zu dem Elfen hinauf. »Sie könnten auch nicht sprechen, wenn Sie 'nen Eisenhandschuh ins Gesicht gekriegt hätten.«

Merioch verzog einen Mundwinkel zu einem humorlosen Grinsen, während er Alfie musterte.

»Ich bin schon immer der Meinung gewesen, dass Lot zu behäbig ist, um eine Schnecke zu fangen«, höhnte er und bedeutete seinem Untergebenen, sich zu entfernen.

Alfie setzte sich an das nächstgelegene Ende des Tischs und versuchte, das hämische Gelächter der Elfen um ihn herum auszublenden, während er angestrengt darauf lauschte, was weiter gesprochen wurde. Entweder war dieser Lot nicht besonders beliebt, oder seine Kumpane wollten sich bloß bei ihrem Leutnant einschmeicheln. Alfie vermutete, dass es eine Mischung aus beidem war. Er blickte sie zornfunkelnd an und war froh, dass seine Tarnung bei ihnen offenbar keinerlei Verdacht erregt hatte.

»Die Zeit ist abgelaufen«, sagte die Königin. »Hast du die Linse bei dir, im Austausch gegen deinen Freund?«

»Nein«, erwiderte Amy, als Merioch Anstalten machte, sie zu durchsuchen. »*Der da* hat mich schon abgeklopft.« Sie deutete mit dem Kinn auf Alfie, der den Kopf schüttelte, um damit zu sagen, dass er den geschliffenen Edelstein nicht gefunden hatte. »Aber sie wird schon bald hier sein«, fügte sie eilig hinzu, als die Miene der Königin sich zu verdüstern begann. »Alfie muss sie erst noch aus ihrem Versteck holen. Er hat mich geschickt, um Ihnen zu sagen, dass er sie Ihnen so schnell wie möglich bringt.« Sie ließ ihre Unterlippe zittern. »Bitte tun Sie uns nichts.«

Alfie fand, dass Amy es ziemlich gut hinbekam, verängstigt zu klingen. Andererseits stand dieser Merioch auch sehr bedrohlich vor ihr, sodass der größte Teil ihrer Angst vermutlich echt war.

Die Miene der Königin hellte sich wieder auf, und sie lächelte huldvoll. »Das hoffe ich sehr, meine Kleine. Es wäre quälend für mich, Merioch dabei zusehen zu müssen, wie er euch beiden wehtut. Und nun lass dich bei mir nieder. Wir werden in Kürze feststellen, ob dein Freund wahrhaftig auf dem Weg ist.«

Merioch zerrte Amy zu Robin hinüber, damit sie sich neben ihn setzte, während die Königin abermals nach Robins Walkie-Talkie griff. Alfie musste sich davon abhalten, vor lauter Schreck aufzuspringen, als ihm klar wurde, dass sein Plan ruiniert war, sobald ihre Stimme aus dem in der Rüstung versteckten Funkgerät drang. Aber wie hätte er sie daran hindern sollen, das Ding zu benutzen, ohne sich verdächtig zu machen? Er klammerte sich so heftig an die Tischplatte, dass seine Fingerknöchel weiß wurden, während die Königin in das kleine Gerät sprach. Doch schon im nächsten Moment seufzte er auf, denn plötzlich schüttelte sie das Walkie-Talkie und warf es anschließend auf den Steinboden, wo es in mehrere Teile zersprang. Die Batterie war leer – sein Plan konnte immer noch funktionieren.

Robin hatte Alfies Reaktion bemerkt und flüsterte Amy etwas ins Ohr. Sie flüsterte zurück, und Robin riss vor Staunen die Augen auf. Sofort wandte er den Blick ab, um keinen Verdacht zu erregen.

»Hier wird nicht gewispert«, sagte die Königin missbilligend und versetzte Amy einen leichten Stups auf die Nase. »Euer seltsamer Sprechapparat hat den Geist aufgegeben, doch die Uhr tickt.« Sie lächelte und ahmte kurz mit dem Finger einen tickenden Zeiger nach, dann begann sie wieder, mit dem kleinen silbernen Spatz zu spielen. Erleichtert sah Alfie, wie

Merioch aus dem Saal marschierte – wahrscheinlich um denjenigen aufzuspüren, der die Linse ausliefern würde, sodass er sie vorher an sich bringen und das Verdienst ganz für sich beanspruchen konnte.

Amy lehnte sich ein Stückchen nach hinten. Alfie hoffte inständig, dass es ihr gelang, das Messer aus ihrer Socke zu fischen. Sie rückte vorsichtig näher an Robin heran. Es würde sie mindestens zwei Minuten kosten, um Robins Fesseln durchzuschneiden, schätzte Alfie. Wenn alles nach Plan lief, beobachtete Madeleine sie gerade im Spähglas und hielt sich bereit. Die Sache mit dem Walkie-Talkie war wirklich knapp gewesen.

Ein schwärzlicher Schatten huschte am Fenster vorbei. Alfie erstarrte, doch keiner der übrigen Elfen hatte gesehen, wie Artan heruntergesaust war, um nun unmittelbar unter dem Sims zu schweben. Alfie schaute zu Amy hinüber, und sie nickte ihm kaum merklich zu, um ihn wissen zu lassen, dass sie inzwischen die Fesseln durchschnitten hatte und gemeinsam mit Robin bereit zum Aufbruch war. Er stand auf und streckte sich, als wären ihm Arme und Rücken steif geworden – in der Hoffnung, dass Madeleine das Zeichen verstehen würde. Und das tat sie.

Beinahe augenblicklich schwebte ein seltsames Stöhnen aus dem ersten Stock herab. Die Elfen krakeelten und johlten zu laut über den riesigen Tisch hinweg, um es zu bemerken, also stieß Alfie einen unverständlichen Schrei aus und legte muschelförmig die Hand an sein Ohr. Die Tischgesellschaft verstummte, während die unheimlichen Laute immer gellender durch die Burg hallten, als wanderte ein zorniges Gespenst durch die Korridore. Die Elfen bewaffneten sich mit ihren Bogen und hasteten in die Eingangshalle. Merioch stand auf der untersten Stufe der Treppe und starrte hinauf zu der Ritterrüstung, in der das Walkie-Talkie von Amy versteckt war.

Alfie war kurz vor der Tür zum großen Saal stehen geblieben, um auf Amy und Robin achten zu können. Er war ziemlich sicher, dass Madeleine jetzt alle Kraft, die sie besaß, in das schrille Geheul und Gebrüll legte, das aus dem eisernen Harnisch drang. Keiner der Elfen schien sich auch nur in die Nähe zu trauen. Vermutlich hatte sich die Geschichte der lebendigen Rüstungen bei Muninn und Bone inzwischen herumgesprochen. Nach einer Weile beschloss die Königin, dass diese unerquickliche Störung ihre Aufmerksamkeit verdiene, und sie verließ ihren Thron, um sich selbst einen Eindruck von der Lage zu verschaffen.

Augenblicklich sprang Amy auf und rannte zum Fenster. Robin humpelte ihr langsam und mit schmerzverzerrtem Gesicht hinterher, als wären ihm vom langen Knien die Beine eingeschlafen.

Alfie hielt den Atem an, während er versuchte, mit dem einen Auge die Elfen und mit dem anderen Amy und Robin im Blick zu behalten. Amy kämpfte mit dem verklemmten Eisenriegel an einem der Flügel des riesigen Bleiglasfensters. Je heftiger Alfie sein Herz in der Brust hämmern fühlte, desto schwerer fiel es ihm, seine Tarnung aufrechtzuerhalten. Die verwandelte Haut fing an zu jucken, während er sich nach Kräften bemühte, seine Nerven im Zaum zu halten.

Merioch schrie etwas, woraufhin die Elfen mit ihren Bogen auf die Rüstung anlegten. Amy gab den Kampf mit dem ersten Fensterflügel verloren, doch beim nächsten gelang es ihr schließlich, ihn zu entriegeln. Alfie hörte, wie Merioch auf Elfisch herunterzählte. Im selben Moment, in dem Amy und Robin das Fenster aufstießen, schossen die Elfen ihre Pfeile ab, die auf den eisernen Brustpanzer einprasselten wie auf ein Nadelkissen.

Die Rüstung taumelte langsam vornüber und stürzte dann polternd die Stufen herunter, wobei sie in zahllose Einzelteile zerfiel. »Macht schon!«, zischte er unhörbar, während Amy Robin per Räuberleiter auf den Fenstersims wuchtete. Die Elfen sprangen jetzt hektisch mal hierhin, mal dorthin, um den Eisenstücken auszuweichen, die scheppernd und wirr auf sie zugehüpft kamen. So gut es ging, mischte Alfie sich unter sie und stieß absichtlich gegen diejenigen, die ihm kurz davor schienen, sich zum Saal umzudrehen und Amys und Robins Flucht zu bemerken.

Ein Aufschrei von Merioch setzte dem Chaos ein Ende. Er hatte das Walkie-Talkie entdeckt, das aus der Rüstung gefallen war, und hielt es der Königin hin. Es ließ sich an ihren Gesichtern ablesen, wie ihnen mit einem Mal dämmerte, dass sie hereingelegt worden waren. Ruckartig wirbelte die Königin herum und sah Robin zum Fenster hinausklettern. Sie stieß einen dermaßen schrillen Fluch aus, dass eine gerade an ihr vorüberschwirrende Fliege wie vom Schlag getroffen tot auf den Boden fiel.

Alfie tat, als würde er über ein Stück der Rüstung stolpern, und taumelte rückwärts genau in den Weg der Elfen, die in den großen Saal stürmen wollten. Sie fielen der Reihe nach übereinander, während Amy Robin durchs Fenster auf Artans Rücken schob und sich dann selbst auf den Sims hinaufstemmte. Merioch schritt geradewegs über die am Boden liegenden Elfen hinweg und zog dabei einen Pfeil aus seinem Köcher.

Alfie sprang wieder auf und warf sich mit voller Wucht gegen ihn, als er gerade den Bogen anlegte. Die Wirkung war ungefähr so, als würde er eine Steinstatue rammen, doch immerhin schaffte er es, die Zielrichtung des Elfen leicht zu verändern, sodass der Pfeil nur eines der kleineren Glasstücke links neben Amy zerschmetterte. Alfie sah, wie sie sich mit verzweifeltem Blick kurz nach ihm umdrehte, dann schwang sie sich durchs Fenster hinaus und auf Artans Rücken. Der Bär schoss in Windeseile mit ihr und Robin davon, während weitere Elfen sich aufrappelten und ihnen einen nutzlosen Pfeilhagel hinterherschickten.

Merioch schleuderte mehrere seiner Untergebenen aus dem Weg, packte Alfie an dessen Tunika und schrie irgendetwas in seiner Sprache. Alfie gab ein paar genuschelte Laute von sich und zeigte auf seinen geschwollenen Mund, doch dieses Mal bestand Merioch auf einer Antwort.

Das Jucken auf Alfies Haut wurde beinahe unerträglich, als die Elfentarnung sich aufzulösen begann. Er versuchte, sich loszureißen, aber der Leutnant der Königin war unglaublich stark. Alfie hatte das Gefühl, sein Gehirn würde gegen die Schädelwand donnern, während der Elf ihn wutentbrannt schüttelte. Im selben Moment, in dem Merioch ihn in die Luft hob, gab

Alfie es schließlich auf, seine Tarnung aufrechterhalten zu wollen.

Eigentlich hatte er damit gerechnet, wieder auf seine normale Größe zu schrumpfen – doch zu seinem Entsetzen stellte er fest, dass er wuchs. Meriochs steinerne Miene verzerrte sich, als etwas in Alfies Gesicht ihn jäh zu verängstigen schien. Der Elf schleuderte ihn mit aller Kraft von sich, sodass Alfie schmerzhaft auf dem Boden aufschlug. Die Königin schrie, und etwas knurrte bedrohlich. Als Alfie sich taumelnd aufrappelte, wurde ihm klar, dass das Knurren aus seiner eigenen Kehle drang. Er wuchs jetzt immer schneller, sein Körper sprengte Lots Kleider und wurde grün und schuppig. Merioch brüllte einen Befehl, woraufhin die Elfen ihre Pfeile losschwirren ließen, während Alfie zusah, wie seine nun riesigen Finger sich zu bösartig wirkenden Klauen verkrümmten. Schlagartig begriff er, dass der Verwandlungszauber die Kontrolle übernommen hatte. Die Magie beschützte sich selbst, so wie er es schon einmal bei Orins Zauber erlebt hatte. Er war dabei, sich in einen Drachen zu verwandeln.

Ein kaltes Gefühl der Befriedigung stieg in ihm auf, als die Pfeile harmlos an seinen Schuppen abprallten. Er versuchte zu schreien, doch stattdessen drang ein urgewaltiges Brüllen aus seiner Kehle, und er spürte etwas Brennendes in seinem Bauch … *Flammen?* Die Truppe der Elfen verlor plötzlich jede Ordnung. Manche flohen panisch in Richtung Portal, andere kauerten sich in die Ecken des großen Saals. Nur die Wagemutigsten kreisten ihn ein und schossen einen Pfeil nach dem anderen auf ihn ab.

Schwerfällig drehte Alfie sich um die eigene Achse und fegte einige Bogenschützen mit seinem Schwanz von den Beinen. Ein Pfeilhagel prasselte gegen seinen undurchdringlichen Schuppenpanzer, als er losstürmte und weitere Elfen durch den zerstörten Eingang nach draußen trieb. Vielleicht gelang es ihm ja, sie alle vor Furcht aus seiner Burg zu scheuchen.

Das Brennen in seinem Bauch wurde stärker. Ihm war klar, dass er sich sofort besser fühlen würde, wenn er die Flammen einfach herausließe. Er war unendlich wütend. *Sie sind in mein Zuhause eingedrungen, haben meine Familie bedroht, haben Ashford gefoltert.* Nie zuvor hatte er einen solchen Zorn gespürt. Doch kaum drängte das Feuer ihm brodelnd die Kehle hinauf, begann der noch verbliebene Teil seiner selbst, sich gegen den blinden Drachenzorn zu wehren. Er konnte niemanden töten. Er konnte die Burg nicht niederbrennen, mitsamt all den Leuten, die sich darin befanden. Brüllend vor Schmerz kämpfte Alfie gegen die unbändige Wut. Sein riesiger Leib verkrampfte und krümmte sich, als er mit aller Macht das Feuer in sein Inneres zurückzudrängen begann.

Die Schützen stoben wild auseinander vor seinen stampfenden Füßen und seinem peitschenden Schwanz, während er darum rang, sich zu beherrschen. Er umklammerte den gewaltigen schuppigen Drachenkopf mit den Klauen und bot all seine Willenskraft auf, um den Verwandlungszauber wieder unter Kontrolle zu bringen.

»NEEEIIIN!«, brüllte er, als er plötzlich vornüberfiel, doch es drang kaum mehr als ein heiseres Grollen aus seiner Kehle. Der Boden kam rasend schnell auf ihn zu, sein Körper schrumpfte blitzartig, und seine Haut gewann ihre menschliche Farbe zurück. Dann sackte er auf den Steinen zusammen und verlor das Bewusstsein.

KAPITEL 14

Der Turm und die Krone

Als Alfie erwachte, fand er sich von bewaffneten Elfen umringt, deren Pfeilspitzen auf seinen Kopf zielten. Sie hatten sich in einigen Metern Entfernung postiert, offenbar vorsorglich für den Fall, dass er sich wieder in einen Drachen verwandelte. Sehr langsam richtete er sich auf und schlang die zerrissene Tunika, die er getragen hatte, notdürftig um seine Hüfte. Die Königin und Merioch standen Schulter an Schulter vor ihm und schienen sich über seine peinliche Lage köstlich zu amüsieren.

»Du bist es«, sagte die Königin. »Alfie – der Träger der Linse. *Meiner* Linse.«

»Ja«, antwortete Alfie. Es hatte keinen Sinn, es zu leugnen. Dreißig Elfen spannten ihre Bogensehnen, als er sich auf die Beine stemmte. Die Königin hob einen Finger, und die Zugarme der Schützen lockerten sich ein wenig.

»Wie ich nur zu deutlich sehen kann, hast du sie nicht bei dir«, fuhr sie fort und erntete schallendes Gelächter von ihren Untertanen. »Nun also, wo ist sie?«

»An einem sicheren Ort«, erwiderte Alfie. Halb nackt, wie

er war, bekam er eine Gänsehaut. Er zog die zerfetzte Tunika noch enger um sich.

»Genug mit der Zeitschinderei!«, donnerte Merioch wütend. »Du sagst uns sofort, wo sie ist.«

»Nein.« Alfie war selbst überrascht, dass es ihm gelang, seine Stimme ruhig klingen zu lassen, während er sich alle Mühe gab, mit nichts als einem unförmigen Stück Stoff am Leib aufrecht und trotzig dazustehen. »Ich werde Sie nirgendwo hinfüh–« Der Rest des Satzes blieb ihm im Hals stecken, als ein Pfeil an seiner Wange vorbeischwirrte und seine Haut gerade tief genug einritzte, dass ihm ein Blutstropfen übers Kinn rann und auf seine nackten Zehen fiel. Er spürte, wie der uralte Zauber, den Orin in ihm verborgen hatte, bei dieser Bedrohung augenblicklich zum Leben erwachte. *Du nicht auch noch*, schoss es ihm durch den Kopf. Es war schon anstrengend genug gewesen, den Verwandlungszauber zu bändigen.

»Falls du uns mit deiner nächsten Antwort nicht den Ort nennst, an dem sich die Linse befindet«, zischte Merioch an dem Geschoss entlang, das er in seinen Bogen gespannt hatte, »wird dieser Pfeil hier dein Herz durchbohren.«

»Und dann werden wir diese Burg Stein für Stein auseinandernehmen, bis wir sie finden – und deine Freunde«, gurrte die Königin mit einer so angenehm säuselnden Stimme, als würde sie ihm ein Stück Kuchen anbieten. Alfie schluckte. Ihre Worte flößten ihm um Längen mehr Furcht ein als Meriochs zuvor. Was sollte er tun? Er konnte nicht preisgeben, wo der Talisman war, ohne ihnen damit Madeleine und den schlafenden Ashford auszuliefern, der noch nicht einmal in der Lage war, sich selbst zu verteidigen. Und was mochten die Elfen wohl noch alles in Orins Studierzimmer finden, das sie für irgendwelche grausamen Zwecke missbrauchen konnten?

Die Königin trat einen Schritt zurück. Die Elfen spannten die Bogen. »Du hast fünf Sekunden«, lächelte sie. »Eins.«

Alfies Herz schlug hart gegen seine Rippen. Was sollte er tun?

»Zwei.«

Der Zauber ließ seine Macht spielen, indem er ein jähes elektrisches Kribbeln durch Alfies Nerven schickte, um sich darauf vorzubereiten, seinen Wirt zu verteidigen.

»Drei.«

Alfie rang mit der gewaltigen Kraft, die sich in seinem Inneren regte. Er konnte sie nicht benutzen – nicht ohne den Talisman. Sie würde ihn buchstäblich zerreißen bei dem Versuch, ihn zu retten.

»Vier.«

Alfie schloss die Augen. Sein ganzer Körper vibrierte vor unbändiger magischer Energie. Sollte er den Versuch aufgeben, sie mit aller Kraft unter Kontrolle zu halten? Sterben würde er so oder so.

»Fü–«

»STOPP!« Hastende Schritte hallten urplötzlich durch den Saal. Alfie presste weiter die Lider zusammen, während er darum kämpfte, die Zauberenergie zurückzudrängen, die schon kurz davor gewesen war, explosionsartig aus ihm herauszubrechen. Die Königin zählte nicht weiter, und die Elfen verfielen vor Begeisterung in ein lautstarkes Johlen. Widerwillig ließ der

Zauber sich von seinem Hüter bezähmen, als die unmittelbare Gefahr fürs Erste gebannt schien. Alfie wagte es schließlich, die Augen zu öffnen. Die Elfen hatten sich allesamt einer kleinen Gestalt zugewandt, die der Königin ihren Arm entgegenstreckte.

»Maddie!«, schrie er verblüfft. Amy und Robin waren entkommen und inzwischen in Sicherheit – und dennoch, dort stand sie und riskierte ihr Leben für ihn. Da die Schützen nicht mehr auf ihn zielten, machte Alfie ein paar Schritte auf seine Cousine zu, doch dann blieb er starr vor Schreck stehen, als er sah, was an ihrer fest geschlossenen Faust baumelte. Der Talisman. Die violette Linse in seiner Mitte schimmerte sanft, während er hin und her schwang. Die Königin beäugte ihn gierig, wie eine Schlange kurz vor dem Zuschnappen.

»Lassen Sie Alfie gehen, dann gebe ich Ihnen die Linse«, sagte Madeleine.

»Du bist wohl kaum in der Position, mit uns zu verhandeln.«

»Schweigt, Merioch.« Die Königin lächelte. »Lasst den Jungen zu ihr.« Die Augen des Leutnants verengten sich, während Alfie zu seiner Cousine hinüberlief und es noch immer nicht fasste, dass sie den Elfen die Linse ausliefern wollte, obwohl er ihr eingeschärft hatte, dass sie ihnen niemals in die Hände fallen durfte.

»Hab gesehen, dass du das hier gebrauchen könntest.« Sie reichte Alfie eine Jeans und ein Sweatshirt. Leidlich bedeckt von den Tunikafetzen zog Alfie sich an, doch seine Dankbarkeit für die mitgebrachten Sachen milderte keineswegs seine

Wut darüber, dass sie diesen Eindringlingen seinen Talisman quasi auf dem Silbertablett servierte.

»Nun also. Die Linse.« Die Königin pfiff und streckte den Zeigefinger aus. Der mechanische Spatz flatterte von ihrer Schulter auf Madeleines Hand und pickte an dem ledernen Riemen des Talismans.

»Gib ihn ihr nicht!«, flehte Alfie.

»Ist schon okay«, flüsterte Madeleine, dann überließ sie dem Schnabel des kleinen Vogels den Riemen. Fassungslos darüber, was sie getan hatte, sah er zu, wie der Spatz sich auf den Rückflug zur Königin machte, deren Lachen schrill durch den Saal gellte, als sie ihren Preis in Empfang nahm.

»Sie haben, was Sie hier wollten«, sagte Alfie. »Dann werden Sie also jetzt gehen und in ihr Reich zurückkehren?«

Die Königin lachte erneut. Sogar Merioch rang sich ein Lächeln ab.

»Aber natürlich werden wir gehen«, trällerte sie.

»Und Sie lassen uns frei?«, fragte Alfie. »Uns alle?«

»Du und deine Freunde werdet alle in Hexbridge bleiben.«

In der Stimme der Königin lag etwas, das Alfie nicht gerade mit Zuversicht erfüllte. Er wartete auf ein Aber.

»Aber … mir gefällt diese Burg. Ich habe beschlossen, dass sie mein neuer Herrschaftssitz sein wird.«

»Sie haben gesagt, Sie würden gehen!«, schrie Madeleine und presste krampfhaft die Fäuste an ihre Hüften.

»Das werden wir. Doch die Burg kommt mit uns. Dieses Land namens Hexbridge, das ihr bewohnt, wird die erste Ergänzung zu unseren angestammten Landen sein. Seine

Bevölkerung wird mich als seine Königin annehmen. Das Leben der Leute wird nahezu so bleiben, wie es ist, bis auf den Umstand, dass sie mir huldigen und alles tun werden, was ich von ihnen verlange.«

»Maddie hat Ihnen doch schon meinen Talisman gegeben. Ist das nicht genug? Wieso können Sie uns nicht einfach in Ruhe lassen?«

»*Deinen* Talisman?« Schatten huschten über das Gesicht der Königin und betonten jäh ihre scharfen Züge. Sie hob Alfies Anhänger in die Höhe. »Dieses unwürdige Behältnis für eine Linse, deren Bestimmung es ist, ihren Platz in *meiner* Krone einzunehmen?«

Ein Windhauch, den Alfie nicht spüren konnte, wehte ihr einige Haarsträhnen um die Schläfen wie wütende Schlangen. Bedrohlich straffte sie ihre Gestalt, und Alfies Blick fiel auf den leeren Platz in der Mitte des juwelenbesetzten silbernen Diadems auf ihrem Kopf. Von den übrigen Edelsteinen ging ein sanftes Glimmen aus, als schlummerte in jedem von ihnen eine gewaltige Macht.

»Gestohlen von einem armseligen Dieb, der einst *zwei* meiner kostbarsten Besitztümer an sich brachte und dann noch die Unverfrorenheit besaß, in unsere Lande zurückzukehren – und zwar ganz gewiss, um erneut zu stehlen!«

Auf einen Wink ihrer Hand packte Merioch Madeleines Schultern, und die Finger des Kobolds schlossen sich schmerzhaft um Alfies Arme.

»Wir haben einen von Ihren Untertanen!«, schrie Alfie unvermittelt. »Lot. Der Kerl, als den ich mich getarnt habe.

Lassen Sie uns gehen, dann werden meine Freunde ihn zu Ihnen zurückschicken.«

»Sie können ihn mit Felsblöcken an den Füßen im See versenken«, höhnte die Königin. »Für Versager habe ich keine Verwendung.« Schlagartig schwand Alfie der Mut, als seine letzte Hoffnung sich in Luft auflöste. »Nun also, ihr werdet uns jetzt zu einem der Türme führen. Derjenige gen Osten, von dem aus sich das Dorf überblicken lässt, wird vollauf genügen.«

»Nein«, erwiderte Alfie. Die Königin nickte flüchtig zu Merioch hinüber, der so blitzartig einen Dolch aus seinem Gürtel zog und an Madeleines Kehle drückte, dass Alfie kaum Zeit blieb zu kreischen: »STOPP! Ich bringe Sie hin. Wenn sie hierbleiben darf, bring ich Sie hin.«

»Wir gehen *alle*«, fauchte die Königin und rauschte bereits zur Tür. »Nehmt sie mit.«

Alfie wurde rüde vorwärtsgestoßen, während die Elfen die Treppen hinaufmarschierten. Unter fiebrigem Nachdenken führte er sie Richtung Ostturm und biss dabei so heftig an seiner Lippe herum, dass sie anfing zu bluten. Die unzähligen Flure und Geheimgänge der Burg schwirrten durch seinen Kopf, als er in aller Eile versuchte, einen Weg auszutüfteln, der ihm eine Chance zur Flucht bieten würde. Er überlegte kurz, im passenden Augenblick einfach loszurennen und sich in einem der Räume zu verschanzen, an denen sie vorbeikamen, doch die Pfeilspitzen, die ihm in den Rücken stachen, hielten ihn davon ab. Und selbst wenn ihm die Flucht gelänge – er müsste Madeleine zurücklassen. Eine schreckliche schuldbewusste Sekunde lang fragte er sich, ob das nicht eigentlich gar keine so üble Idee wäre. Voller Wut starrte er zu ihr hinüber, während sie nebeneinanderher die Stufen zum zweiten Stock hinaufstiegen.

»Wieso? Wieso hast du den Talisman mitgebracht? Ich hatte ihn dagelassen, damit er vor denen in Sicherheit ist.«

»Es ist nicht so, wie du denkst«, wisperte sie ihm mit halb geschlossenen Lippen zu, während Merioch sie vorwärtsstieß. »Ashford *wollte*, dass die das Ding kriegen.«

»Still«, bellte der Leutnant der Königin. Sie befanden sich jetzt bereits auf der letzten Treppe. Alfie funkelte Madeleine an. Sie konnte doch überhaupt nicht wissen, was Ashford wollte, oder? Es sei denn, der Butler war inzwischen aufgewacht und hatte ihr gesagt, sie solle den Talisman mitnehmen, sodass er eine Chance hatte, sich selbst zu retten. Womöglich floh er gerade in diesem Moment aus der Burg. Alfie konnte einfach nicht glauben, dass seine Cousine dermaßen dämlich gewesen war. Sie schaute ihn an, als läge ihr etwas überaus Dringendes auf der Zunge, doch dann schüttelte sie nur den Kopf und wandte wortlos den Blick ab.

»Ich sehe keine Tür«, sagte die Königin, als sie die steinernen Reliefs am Ende des Korridors erreicht hatten.

Merioch beugte sich herunter und zischte Alfie ins Ohr: »Aufmachen.«

Alfie verschränkte die Arme. Er würde ihnen nicht verraten, wie sich der Eingang öffnen ließ. Plötzlich war Meriochs Gesicht unmittelbar vor seinem. Der Elf packte ihn am Hals und donnerte: »AUFMACHEN!«

»Lassen Sie ihn los!«, kreischte Madeleine, als Alfie sich röchelnd gegen den würgenden Griff zu wehren versuchte.

Merioch fuhr herum, grub seine Finger in ihre Haare und riss ihr so heftig den Kopf nach hinten, dass sie vor Schmerz aufschrie.

»Du brauchst die Tür nicht zu öffnen, Alfie«, keuchte sie. Merioch zerrte sie an den Haaren in die Höhe, bis ihre Füße in der Luft strampelten.

Alfie war klar, dass ihm keine Wahl blieb. Wie hatte Madeleine bloß dermaßen leichtsinnig sein können? Sie hatte doch wohl nicht ernsthaft geglaubt, dass sie das Richtige tat, indem sie der Königin seinen Talisman auslieferte. Er atmete ein paarmal tief durch, dann drückte er der Reihe nach auf die vier Mauersteine. Die Fackeln an der Wand flammten auf, als die zwei steinernen Ritterfiguren auseinanderglitten und den Eingang zum Turm freigaben. Merioch ließ Madeleine achtlos zu Boden fallen und stieß Alfie durch die Öffnung. Die übrigen Elfen blieben ihnen dicht auf den Fersen, und Alfie hielt nur mühsam seine Wut im Zaum, als sie die Wendeltreppe hinaufjagten und über die Kammer herfielen, in der Orin Schätze aus aller Welt zusammengetragen hatte.

»Vergesst diesen Plunder!«, fauchte die Königin. »Dafür wird noch ausreichend Zeit sein, wenn die Burg erst in unserem Reich steht.« Merioch schob die Versprengten aus der Kammer, und sie stiegen weiter die Stufen hinauf bis zum obersten Raum des Turms. Der Kobold hatte Alfie und Madeleine fest an den Armen gepackt, damit sie die Treppe nicht wieder hinunterstürmten. Als sie schließlich durch die Falltür auf die Plattform hinauskletterten, sah Alfie, dass die Nebelkuppel immer noch über der Burg hing und weiter für beständiges Zwielicht sorgte.

»Zeit, einen Blick auf unser neues Besitztum zu werfen«, wandte die Königin sich lächelnd an Merioch. Sie vollführte eine komplizierte Geste mit ihrem Arm, worauf sich in dem weißgrauen Dunst ein Wirbel bildete, so als würde sie mit dem Finger darin herumrühren. Langsam, aber sicher strömte der Nebel zurück in den Burghof und verschwand wieder in dem Eichenportal.

Während die Nebelkuppel sich allmählich lichtete, konnte Alfie immer deutlicher die schwarzen Umrisse der bewaldeten Hügel erkennen, die sich gegen den Nachthimmel abhoben. Nur wenige Straßenlaternen erleuchteten das schlafende Dorf unter ihnen. Angestrengt spähte er in die Dunkelheit und fragte sich, ob er weit in der Ferne beim Hof der Merryweathers tatsächlich ein Licht sehen konnte. Ob sein Dad wohl dort war, gemeinsam mit Oma und den Eltern der Zwillinge? Schon bald würden sie alle wieder vereint sein, als Sklaven in einem fremden Reich.

Die Königin stieß einen kurzen Pfiff aus, und plötzlich schwärmten Dutzende Glühwürmchen zum Turm hinauf und hielten sich über der Plattform sanft in der Schwebe wie eine Ansammlung von gelbgrün schimmernden Sternen. Der silberne Spatz auf ihrer Schulter schnappte mit seinem winzigen Schnabel nach denjenigen, die allzu nah an ihm vorbeiflogen. Im schummrigen Licht der Leuchtkäfer nahm die Königin ihre Krone ab, um sie auf Meriochs ausgestreckte Hände zu legen. Dann entfernte sie behutsam die Linse aus der Mitte des Talismans und setzte sie in die leere Fassung an dem Diadem. Die übrigen Edelsteine schienen augenblicklich heller zu glimmen.

»Durch diese Linse sind die Kräfte der anderen Juwelen nun endlich gebündelt.« Sie sprach direkt an Alfie gewandt, und ihr schönes Gesicht wirkte im Licht der Glühwürmchen geisterhaft grün. »Mit ihrer Hilfe werde ich mein Reich ausdehnen, bis alles Lebendige mich seine Königin nennt.« Damit schob sie Alfie den Rest des Talismans in die Tasche und tätschelte ihm den Kopf.

Alfies Hand zuckte kurz Richtung Krone, doch der Kobold hielt seine Arme so fest, dass gar nicht daran zu denken war, sich das Diadem zu schnappen und es hinab in den See zu schleudern. Die Königin schüttelte lächelnd den Kopf und versetzte Alfie einen Stups auf die Nasenspitze, dann griff sie nach der Krone in Meriochs Händen. Ihre Miene verdüsterte sich, als die Finger des Elfen sich darum schlossen.

»Was treibt Ihr hier für ein Spiel?«, fragte sie barsch und versuchte vergeblich, ihm ihr Eigentum zu entwinden. Merioch schob sie mit der einen Hand von sich und hielt das Diadem mit der anderen ungerührt hoch über ihren Kopf. »Ergreift ihn!«, kreischte sie und hüpfte in die Höhe, um es irgendwie zu erwischen.

Alfie fühlte sich an die Fieslinge an seiner alten Schule erinnert, während er zusah, wie Merioch die Königin mit ihrer eigenen Krone neckte.

Sie gab die Hüpferei auf, als ihr bewusst wurde, dass keiner der Elfen ihrem Befehl Folge leistete. »Waren meine Worte nicht deutlich genug?« Sie straffte sich und versuchte mühsam, ihre Selbstbeherrschung zurückzugewinnen. »Ich sagte: *Ergreift ihn!*« Sie stieß einem der Elfen rüde die Hand vor die Brust.

Merioch schnippte mit den Fingern. Zwei Elfen, die hinter ihm standen, traten vor und packten die Arme der Königin.

»Verräter!«, kreischte sie rasend vor Wut. »Elende Verräter. Ihr alle. Möge euch das Blut in den Adern kochen und eure glatte Haut schrumpelig wer–« Sie verstummte. Merioch hatte ihr einen Finger auf die Lippen gelegt und mit seiner Dolchspitze sacht ihre Wange berührt. Die Königin blitzte ihn zornfunkelnd an, als er sie zu Alfie und Madeleine hinüberschob – nun war auch sie nur noch eine Gefangene.

Alfie konnte die eiskalte Wut spüren, die von ihr ausging, während sie neben ihm stand und mit ansah, wie Merioch gelassen die Krone hob und sich auf den Kopf setzte. Er fragte sich, ob Ashford inzwischen wohl tatsächlich wach war, ob er sie womöglich in diesem Moment durch Orins Spiegel beobachtete. Er dachte an Amy und Robin hoch oben in Artans Turm. Was würde mit ihnen passieren, wenn Hexbridge ins Reich der Elfen gezogen wurde? Sie konnten schließlich nicht bis in alle Ewigkeit in ihren Verstecken bleiben. Und was würde mit seinem Dad passieren, mit Oma Merryweather, mit Tante Grace und Onkel Herb? Würde er jemals wieder zur Schule gehen und dort all seinen Freunden begegnen, oder würde Merioch sie allesamt zu seinen Sklaven machen? Oder schlimmer noch, zu seinen Soldaten?

Der Griff um Alfies Schultern lockerte sich ein wenig, als der Kobold zu der Krone auf Meriochs Kopf hinaufstarrte, deren Juwelen nun strahlend hell leuchteten. Madeleine stieß mit ihrem Ellbogen gegen Alfies Arm.

»Tut mir echt leid«, flüsterte sie. »Aber die wollten dich

erschießen, irgendwas musste ich tun. Ich hätte nicht gedacht, dass die uns mitnehmen, wenn sie das Ding ausprobieren.«

Alfie sah zu, wie Merioch sich die Fingerspitzen an seine Schläfen presste, um sich zu konzentrieren. Ein tiefes, stetiges Surren ging jetzt von der Krone aus, als sie die gesamte Plattform des Turms in strahlend violettes Licht tauchte.

»Spielt eigentlich keine Rolle, oder?«, erwiderte Alfie. »Wir landen doch sowieso im Elfenreich, ob wir nun hier oben sind oder unten im großen Saal.«

Grimmig lächelnd schüttelte Madeleine den Kopf. »Nicht ganz.«

Das Surren verwandelte sich mit einem Mal in ein schrilles, durchdringendes Heulen. Merioch taumelte rückwärts. Irgendwas stimmte nicht. Anstelle der Linse im Zentrum der Krone drehte sich dort jetzt so etwas wie eine winzige Galaxie oder wie etwas noch wesentlich Unheilvolleres – ein schwarzes Loch. Alfie bemerkte, dass es rasend schnell größer wurde. Plötzlich erhob sich ein kräftiger Wind, und die Glühwürmchen wurden davongewirbelt und verschwanden in dem wachsenden Loch in der Krone. Der Elfenleutnant fiel auf die Knie und versuchte mit aller Gewalt, sich das Diadem vom Kopf zu stemmen, doch es saß zu fest.

Während der wirbelnde Wind immer stärker wurde und jetzt auch Bogen, Pfeile und alles, was nicht sicher befestigt war, in das klaffende Loch zu saugen begann, ließ der Kobold Alfie und Madeleine urplötzlich los. Alfie machte sofort einen Satz auf die Falltür zu, sprang im nächsten Moment jedoch wieder zurück, um nicht von den panischen Elfen niedergetrampelt zu werden, die gegeneinander wie wild darum kämpften, sie aufzureißen. Ein gellendes Schreien ertönte, und als Alfie herumfuhr, sah er, wie der kreischende Kobold in das Loch gesogen wurde – sein Körper schien in die Länge gezerrt zu werden und verschwand einen Wimpernschlag später in der vollkommenen Schwärze.

Taumelnd schleppte Alfie sich an den Rand der Turmplattform und klammerte sich an eine der Zinnen. Madeleine hatte die Arme bereits um die Nachbarzinne geschlungen. Er spürte, wie seine Füße leicht abhoben, während die Krone mit ungeheurer Kraft an ihm zerrte.

»Festhalten!«, brüllte er Madeleine zu und gab sich dabei alle Mühe, die Schreie der Elfen zu übertönen, die hinter ihnen von dem wirbelnden Loch verschluckt wurden.

Ihm schoss durch den Kopf, ob er es wohl wagen würde, vom Turm zu springen. Ein Sturz in den Tod schien ihm allemal besser, als unausweichlich in dieses entsetzliche Nichts gesogen zu werden.

Plötzlich regte sich eine leise Hoffnung in ihm. Würde Artan ihn womöglich trotz dieses rauschenden Wirbelsturms hören können? Keuchend vor Anstrengung hielt er sich mit einem Arm weiter fest, während er die andere Hand in die Tasche schob und das silberne Pfeifchen herausfischte. Er klemmte es sich zwischen die Lippen und blies so kräftig hinein, wie er nur konnte. Dann packte er Madeleines Arm und bedeutete ihr mit einer Geste, über die Brüstung zu klettern.

Mit aller Kraft kämpfte er gegen den Wind und begann, sich auf die Turmmauer zu ziehen. Madeleine schien kurz die bescheidenen Wahlmöglichkeiten abzuwägen, dann tat sie es ihm gleich. Mühsam schleppte Alfie sich vorwärts, bis er am Rand des Zinnenkranzes hockte, und schließlich lehnte er sich weit über den schwindelerregenden Abgrund, an dessen Ende der Burghof lag – nur die gierige Anziehungskraft der Krone hielt ihn jetzt noch davon ab, in die Tiefe zu stürzen. Wieder und wieder blies er in die Pfeife, während immer mehr panische Schreie verklangen, als die Elfen einer nach dem anderen von der gähnenden Leere verschluckt wurden. Der gewaltige Sog ließ jetzt auch die Mauern der Burg erzitterten – der Mörtel begann zu bröckeln, und immer schneller brachen die Steine heraus.

In der Dunkelheit ließ sich unmöglich ausmachen, ob Artan ihnen tatsächlich zu Hilfe kam oder nicht. Alfie griff nach Madeleines Hand. Sie erwiderte seinen Blick und zuckte die Schultern, wie um zu sagen: *Was bleibt uns schon übrig?* Sie sprangen gemeinsam, stießen sich mit aller Kraft ab von dem in sich zusammenstürzenden Turm. Hinter ihnen schwirrte das Mauergestein in den klaffenden Schlund, während ihr Fall sie wie in Zeitlupe aus dem unbarmherzigen Sog der Krone befreite.

Immer schneller stürzten sie in die Tiefe, als die Schwerkraft der Erde endgültig die Oberhand gewann – da hörten sie plötzlich das Gebrüll eines Raubtiers, das sich ihnen in rasendem Tempo näherte.

»Aaaartaaaan!«, schrie Alfie, kaum dass er den Bären entdeckt hatte, der jetzt von der Seite ebenso schnell auf sie zugesaust kam wie von unten der bedrohliche Abgrund des

Burghofs. Nur Sekunden bevor sie auf den Kopfsteinen aufschlugen, schoss Artan unter sie, sodass sie bäuchlings auf seinem Rücken landeten. Dann trug er sie behutsam hinab in den Garten, wo sie sich keuchend ins Gras rollten.

Auf dem Rücken liegend starrte Alfie nach oben und sah, wie die oberen Stockwerke des Turms in sich zusammenfielen und in den Wirbel im Zentrum der Krone gesogen wurden. Allein Merioch war noch übrig – für einen Augenblick schwebte er hoch in der Luft, doch dann streckte und verzerrte sich seine Gestalt, und auch er verschwand in dem gierigen Schlund. Kaum war er fort, schien die Krone sich in sich selbst hineinzufalten, bis mit einem leisen Knall nichts mehr von ihr blieb, und die Nacht lag wieder so ruhig und so still da wie zuvor.

KAPITEL 15
Ashfords Frage

Ein wütendes Kreischen riss Alfie jäh zurück in die Wirklichkeit. »Loslassen!«, keifte eine Frauenstimme. Er setzte sich auf und erkannte, dass Artan sich inzwischen eng um die Königin gewickelt hatte, die verzweifelt versuchte, auf das Portal in der Eiche zuzuhüpfen.

»Die hier ist auf euerm Weg nach unten per Anhalter mitgeflogen«, grinste der Bär. »Wollt ihr, dass ich sie in den See werfe?«

»Was denn, damit das Wasser dreckig wird?«, schrie Robin, der gerade aus dem zerstörten Burgeingang stürmte, dicht gefolgt von Amy und Ashford. »Warum suchst du stattdessen nicht lieber 'nen hübschen heißen Vulkan?«

»Da bin ich mit Freuden zu Diensten«, donnerte Artan und schwang sich in die Luft.

»Nein, bist du nicht!«, rief Alfie und schnappte sich rasch eine der Tatzen, um den Bären zurück auf den Boden zu ziehen. »Lass sie wieder runter und halt sie einfach für eine Weile gut fest, bis wir uns überlegt haben, was wir jetzt machen.«

»Mann, ich fass es nicht, dass ihr's aus der Nummer rausgeschafft habt«, keuchte Amy und starrte zu der Ruine des Ostturms hinauf. »Ich hab schon gedacht, ihr wärt ... Also, ihr hättet echt genauso gut ...« Sie gab den Versuch auf, einen vollständigen Satz zu bilden, warf sich zwischen Alfie und Madeleine ins Gras und schlang die Arme um die Schultern der beiden. Auch Robin und Ashford kamen herübergerannt, um sich der Gruppenumarmung anzuschließen. Artan schaute reichlich enttäuscht drein, weil er außen vor bleiben musste, also wuschelten sie ihm alle durchs Fell und kraulten ihn unterm Kinn, wobei sie die schmutzig zerzauste Königin in seinem Griff keines einzigen Blickes würdigten.

»Ich hab immer noch nicht kapiert, was überhaupt passiert ist«, begann Alfie, als er sich schließlich aus dem Gedränge befreite und den Überrest seines Talismans aus der Tasche zog. »Wieso hat die Linse nicht funktioniert?«

»Weil es gar nicht dein Talisman war, den wir denen gegeben haben«, antwortete Madeleine. Verwirrt starrte Alfie sie an.

»Sie hat recht«, sagte Ashford und ließ etwas in Alfies Hand fallen. Einen zweiten Talisman. »Das hier ist deiner.« Alfie drehte und wendete ihn, um ihn mit dem anderen Exemplar zu vergleichen. Abgesehen von der fehlenden Linse waren sie vollkommen identisch, sogar bis hin zu einem winzigen Kratzer auf der Rückseite.

»Sie haben Orin darum gebeten, eine Fälschung anzufertigen?«, fragte er Ashford, als bei ihm endlich der Groschen gefallen war.

»Ich hab's rausgekriegt!«, ging Madeleine dazwischen, die

vor Aufregung auf ihren Knien herumhopste. »Als Ashford einfach nicht aufwachen wollte, hatte ich plötzlich 'ne Spitzenidee! Ich hab mir 'nen Bleistift geschnappt und die Mine flach über die Seite in dem Notizbuch gerieben, die unter der lag, auf die er die Botschaft gekritzelt hatte. So hab ich die durchgedrückte Schrift lesen können. Er hat Orin gebeten, die Kristalllinse durch gefärbtes Glas zu ersetzen und den Talisman dann unter dem Tintenfass zu verstecken, das in den Schreibtisch im Studierzimmer eingelassen ist. Und da hab ich ihn dann auch gefunden. Ich hab gewusst, dass ich ihn denen ruhig geben kann, weil die Linse gefälscht war. Die echte Linse hat Orin mit dem Talisman hier drin verstaut!« Madeleine fischte den kleinen Samtbeutel, den Alfie zu Orin gebracht hatte, aus ihrer Tasche und schüttelte ihn.

»Einsame Klasse, Madds!«, rief Amy und klatschte sich mit ihr ab.

Stirnrunzelnd strich sich Alfie durchs Haar und starrte auf die beiden Anhänger in seiner Hand. »Ich versteh's immer noch nicht. Warum gab es überhaupt einen zweiten Talisman, und warum musste dessen Linse ausgetauscht werden? War das Ding denn nicht eigentlich sowieso eine Fälschung?«

»Nein. Er ist ebenso echt wie deiner.« Sämtliche Blicke richteten sich auf Ashford, als er Alfie den unvollständigen Talisman abnahm, die Linse aus dem Beutel in Madeleines Hand fischte und die beiden Teile zusammenfügte. »Dieser hier gehört mir.« Damit knotete er sich den reparierten Talisman um den Hals.

Alfie war nun vollends durcheinander. »Aber wie kann

denn das sein? Emily hat mir erzählt, meiner wär absolut einzigartig.«

»Und sie hat dir die Wahrheit gesagt«, erwiderte Ashford.

Verständnislos starrte Alfie ihn an. Hatte der Butler womöglich immer noch Fieber?

»Sie behaupten also, dass Sie beide denselben Talisman tragen, richtig?«, murmelte Robin langsam, während er offenbar angestrengt über des Rätsels Lösung nachdachte. »Wie wir wissen, können Sie zeitschlüpfen –«

»Und Caspian hat uns erzählt, dass Sie ein Dieb sind!«, rief Madeleine dazwischen, die bereits ihre eigenen Schlüsse gezogen hatte. »Also sind Sie in die Zukunft geschlüpft und haben ihn Alfie gestohlen?«

»Ich *war* ein Dieb«, erwiderte Ashford. »Und nein, ich habe ihn nicht gestohlen. Ich kann nicht in die Zukunft zeitschlüpfen, nur in die Vergangenheit – ins späte fünfzehnte Jahrhundert, um genau zu sein. Einundachtzig Jahre nach der Geburt meines Urgroßvaters.«

»Wenn Ihr Urgroßvater im fünfzehnten Jahrhundert geboren wurde, dann *müssen* Sie in die Zukunft gereist sein«, entgegnete Robin. »Wie könnten Sie denn sonst jetzt hier vor uns sitzen?«

Amy legte dem Butler die Hand auf die Stirn. »Sie reden echt wirres Zeug, Ash. Am besten, Sie ruhen sich ein Weilchen aus, während wir Caspian anrufen.«

»Caspian ist bereits auf dem Weg hierher, da könnt ihr euch sicher sein«, sagte Ashford, während er Alfie aufmerksam musterte. Plötzlich zuckte ein Funke des Begreifens durch Alfies

Hirnwindungen und warf ein grelles Licht auf all die unbeantworteten Fragen über Ashford.

»Sie reden von mir, oder?«, sagte er ruhig. »Ihr … dein Urgroßvater … das bin ich. Dein Talisman ist meiner, bloß in einer späteren Version. Du hast ihn von mir geerbt, richtig?«

Ashford strahlte ihn an. »Gemeinsam mit ein paar weiteren Gaben. Ich war der Einzige deiner Nachkommen, auf den die Fähigkeit zum Zeitschlüpfen übergegangen ist. So wie du gut sechshundert Jahre in die Vergangenheit reisen kannst – in die Lebenszeit, die du im fünfzehnten Jahrhundert gehabt hättest –, so kann auch ich genau diese Spanne zurückreisen, und zwar vom Zeitpunkt meiner Geburt an, einundachtzig Jahre nach deiner.«

Robins Kinnlade klappte nach unten. »Sie sind … aus der Zukunft?«

Hätte Alfie nicht schon gesessen, seine Knie hätten jetzt mit Sicherheit nachgegeben.

Ashford nickte. »Ich bin nur deshalb in der Lage, hier in dieser Gegenwart zu leben, weil Muninn und Bone über besondere Mittel und Wege verfügen, die Zeit zu beeinflussen, und mich hergeschickt haben, um dich zu beschützen.« Er senkte den Blick. »Was das angeht, habe ich mich bisher allerdings nicht gerade mit Ruhm bekleckert.«

»Hey, immerhin sind wir noch hier, oder nicht?«, erwiderte Alfie. »Und diese Elfen würden garantiert immer noch in der Burg rumlungern, wenn du nicht die Idee mit dem Talisman gehabt hättest.«

Amy, Robin und Madeleine blickten von Alfie zu Ashford

und wieder zurück, als hätten sie soeben erfahren, dass sie zwei Außerirdische vor sich hatten.

»Wann sind Sie denn das letzte Mal zu sich nach Hause gereist – also zurück in die Zukunft?«, platzte es aus Robin heraus. »Könnten Sie uns nicht mal mitnehmen?«

Ashford schwieg eine Weile. »Ich kann nicht mehr zurück. Dafür hat Mr Muninn Sorge getragen, als er mit den Fäden der Zeit gespielt hat, um mich hierzubehalten. Es gehörte zu meiner Bestrafung – oder jedenfalls dachten sie, es würde zu ihr gehören.«

Alfie hoffte inständig, diesem Mr Muninn niemals begegnen zu müssen. Nach dem, was er bis jetzt über ihn gehört hatte, kam ihm selbst Caspian vergleichsweise freundlich vor.

Ashford drehte den Talisman an seinem Hals hin und her. »Zuerst empfand ich es als Beleidigung, hierhergeschickt zu werden, um für dich zu arbeiten, aber inzwischen habe ich begriffen, dass es das Beste ist, was mir hätte passieren können. Ich bin stolz, Teil deiner Abstammungslinie zu sein, Alfie Bloom.«

»Diese ganzen erstaunlichen Dinge, die du in der Burg anstellst – für all das benutzt du den Zauber, den du geerbt hast, stimmt's?«, fragte Alfie. »Den Zauber, den Orin in mir verborgen hat.«

»Die Kraft dieses Zaubers ist über die Generationen sozusagen stark verwässert worden«, antwortete Ashford. »Bei mir ist sie größer als bei jedem anderen deiner Nachkommen, doch sie reicht bei Weitem nicht an die Macht heran, die du in dir trägst.« Er schüttelte den Kopf. »Ich weiß wirklich nicht, wie es dir gelingt – wie du den Zauber davon abhältst, dich zu verschlingen. Ich habe die zahllosen Warnungen ignoriert, die du mir als Kind gegeben hast. Ich habe ihm viel zu viel Freiheit gelassen, und irgendwann hat alles damit geendet, dass sie mich unter Caspians Fuchtel gestellt haben, um meine Strafe abzuleisten.«

»Nein«, sagte Alfie. »Es hat damit geendet, dass du nach Hause gekommen bist. Zu deiner Familie.« Er ergriff Ashfords Hand und schüttelte sie, auf sehr erwachsene Weise, wie es ihm vorkam.

Der Moment verging jäh, als Caspians Raben mit lautstarkem Krächzen auf die Mauern von Burg Hexbridge zurückkehrten. Der größte der Vögel stürzte sich geradewegs in den Burghof und segelte auf den Garten zu, wobei er immer größer wurde und seine Gestalt veränderte, bis sein Körper der eines schwarz gekleideten Mannes war.

Caspian Bone.

Aus seinen krallenbewehrten Füßen wurden glänzende schwarze Schuhe, kaum dass er im Laufschritt den Boden erreichte. Seine riesigen Flügel falteten sich zusammen und verwandelten sich in Arme, dann marschierte er schnurstracks auf Alfie zu.

Der Kopf des Anwalts zuckte ruckartig hin und her, während seine obsidianschwarzen Augen rasch und aufmerksam über die gefangene Elfenkönigin, die beiden Bäume an der zerstörten Eingangstür und die Ruine des Turms wanderten.

»Sie sind unversehrt?«, erkundigte er sich knapp.

»Uns geht's gut«, antwortete Alfie. »Diese Typen haben versucht –«

»Die Krone?«, unterbrach Caspian ihn.

»Vernichtet«, erwiderte Ashford und wich keinen Millimeter zurück, als der Anwalt auf ihn zuschritt und sich unmittelbar vor ihm aufbaute.

»Sie haben den Bestimmungen unserer Übereinkunft zuwidergehandelt«, schnarrte Caspian. »Sie haben nicht nur die Grenzen dieses Dorfes verlassen, Sie haben auch ein Portal in ein anderes Reich geöffnet und *eine Armee* auf direktem Weg zu dem Kind geführt. Sie haben Ihre Pflicht verletzt, es zu beschützen.«

»Das ist unfair«, fauchte Alfie, verärgert darüber, dass der Anwalt ihn Kind genannt hatte. Er zeigte auf die Königin, die seit Caspians Eintreffen regungslos dasaß und keinen Mucks mehr von sich gab. »Wenn Ashford nicht gewesen wäre, würde Hexbridge jetzt zu *ihrem* Reich gehören, und *wir* wären ihre Sklaven.«

»Wenn Ashford nicht gewesen wäre, hätte Hexbridge gar nicht erst einer Rettung bedurft«, erwiderte Caspian, ohne den Butler aus den Augen zu lassen. »Ihre Bewährung ist widerrufen. Sie werden unverzüglich in die Kanzlei zurückkehren, wo wir Ihre Bestrafung mit Mr Muninn besprechen werden.«

»Er wird nirgendwohin gehen«, sagte Alfie. Er wünschte, Ashford würde endlich den Mund aufmachen, um sich gegen Caspian zur Wehr zu setzen, doch sein Urenkel stand einfach nur schweigend da.

»Er fühlt sich schuldig«, wisperte Robin. »Ich glaube, er will, dass man ihn bestraft.«

»He, guckt mal da oben!«, rief Madeleine plötzlich.

Ein seltsamer pechschwarzer Schemen brach aus den vom Mondlicht silbrig beschienenen Wolken hervor und schoss geradewegs auf die Burg zu. Begleitet von einem grellen Wiehern rauschte die Kutsche von Muninn und Bone aus dem Himmel herab und setzte jenseits der Burgmauern zur Landung an. Es war deutlich zu hören, wie zwölf Hufpaare der Reihe nach über das Pflaster der Hügelstraße klapperten, während sechs Pferde aus vollem Galopp in einen langsamen Trab fielen.

»Ich hatte recht!«, jubelte Amy und stieß eine Faust in die Luft. »Ich hab mir doch gleich gedacht, dass die Kiste fliegen kann!«

»Schnell, lass die Zugbrücke runter«, sagte Madeleine und hüpfte von einem Fuß auf den andern. Alfie angelte seinen Schlüsselbund aus der Tasche und drückte den Knopf der Fernsteuerung. Augenblicklich sauste mit lautem Gerassel das Fallgitter in die Höhe, und die Zugbrücke senkte sich gerade noch rechtzeitig auf die andere Seite des Burggrabens, ehe die dampfenden Pferde auch schon mit klappernden Hufen darüber hinweg und durch den Bogengang in den Hof trabten. Johannes, der Kutscher, tippte sich mit einem Blick auf Alfie kurz an den Hut, als das Gespann schließlich langsam zum Stehen kam. Im nächsten Moment flogen die Türen auf, und Alfies Dad, Oma Merryweather, Tante Grace und Onkel Herb sprangen heraus und rannten zu ihnen herüber.

Für die folgenden paar Minuten war jedes Gespräch unmöglich vor lauter Umarmungen und Tränen und atemlos gestellten Fragen.

»Zwei Tage!«, schluchzte Tante Grace wieder und wieder.

»Zwei Tage lang Ungewissheit, was hier auf der Burg vor sich geht.«

»Wir haben es einfach nicht durch den Nebel geschafft«, sagte Alfies Dad, der seinen Sohn fest im Arm hielt. »Jeder von uns hat es mehrfach versucht, dann aber jedes Mal wieder vergessen, was er eigentlich tun wollte.«

»Und wir konnten uns auch keine Hilfe holen«, fügte Onkel Herb hinzu. »Unten im Dorf schien sich niemand daran erinnern zu können, dass es in Hexbridge je eine Burg gab. Auch uns ist es immer schwerer gefallen, die Erinnerung wachzuhalten, aber dann ist es deinem Vater schließlich doch noch gelungen, Caspian zu benachrichtigen.«

»Mindestens zehn verschiedenen Raben habe ich einen Zettel ans Bein gebunden«, sagte Alfies Dad. »Einer von ihnen muss die Botschaft zu Caspian getragen haben, und er hat uns dann die Kutsche geschickt. Seit heute Morgen sind wir bei Muninn und Bone gewesen und haben darauf gewartet, dass dieser Nebel endlich verschwindet.«

»Sie alle haben Ihre Botschaft überbracht, Mr Bloom«, seufzte Caspian. »Nicht dass es dessen bedurft hätte. Sie haben es als überaus kränkend empfunden, dass man ihnen wie gewöhnlichen Brieftauben Zettel an die Beine gebunden hat. Es hätte vollauf genügt, ihnen die Botschaft einfach mündlich mitzuteilen.«

Tante Grace fiel vor lauter Ergriffenheit abermals jedem Einzelnen um den Hals, doch kurz darauf senkte sich Stille über den Hof, als plötzlich noch jemand aus der Kutsche stieg.

»Emily«, hauchte Ashford heiser.

»Ashford.« Emily war nervös neben der Wagentür stehen geblieben, und der Saum ihres sehr langen grünen Kleids floss über die Kopfsteine. »Du bist es wirklich.« Sie machte einen Schritt auf ihn zu, dann zögerte sie, so als wäre sie unschlüssig, ob sie zu ihm gehen sollte. Doch mehr Ermutigung schien Ashford nicht zu brauchen. Er lief zu ihr hinüber, schloss sie stürmisch in die Arme und vergrub sein Gesicht in ihrem Haar.

»Also, wer von euch hat jetzt Lust auf ein schönes Tässchen Tee?«, rief Tante Grace fröhlich, in dem Versuch, die anderen von dem sich innig umarmenden Paar abzulenken.

»Ich helf dir tragen, Liebes«, grummelte Onkel Herb. Mit einem riesigen Picknickkorb in der Hand folgte er ihr durch den zerstörten Burgeingang.

»Ich *wusste*, dass irgendetwas nicht stimmt, als du mich nicht sehen wolltest«, sagte Emily. »Aber Caspian hat nur gemeint, endlich sei wenigstens einer von uns beiden zur Vernunft gekommen.« Sie wandte sich an den Anwalt. »Sehen Sie? Sie haben nicht immer recht. Bloß weil *sie* Menschen nicht ausstehen kann, muss das noch lange nicht heißen, dass ich mir nicht aussuchen könnte, mit wem ich zusammen sein will.« Caspian tat, als hätte er nichts gehört, und eilte mit gemessenen Schritten davon, um die Schäden an der Burg zu begutachten.

»Wen meint sie denn mit *sie*?«, fragte Oma.

»Die da«, antwortete Madeleine, während Emily auf die Königin zuging.

Artan hatte bereits vorausgeahnt, dass sich nun alle Augen auf ihn richten würden. Sein Blick wurde trüb, und er ließ sich von den Schultern seiner Gefangenen gleiten, als wäre er nichts weiter als ein lebloser Bärenfellteppich. Die Königin erhob sich sofort und strich sich voller Empörung über ihr zerknittertes Gewand.

»Sie ist das? Sie ist die, die hinter alldem steckt?«, rief Oma. »Für wen hält die sich eigentlich? Hockt einfach da mit Alfies Bärenfell um den Schultern, als wär sie die Königin von Saba!« Damit krempelte sie ihre Ärmel hoch und machte Anstalten, schnurstracks auf sie zuzumarschieren. Alfies Dad konnte sie nur gerade so eben noch um die Hüfte fassen, um sie zurückzuhalten.

»Warte, Mary. Irgendwas geht hier gerade vor – am besten, wir funken erst einmal nicht dazwischen.« Oma zupfte sich missmutig ihren Pulli zurecht, dann verschränkte sie die Arme, setzte einen Adlerblick auf und heftete ihn auf die Königin, wie um sie herauszufordern, sich auch nur einen Millimeter von der Stelle zu rühren. Aber die Königin hatte nur Augen für Emily und sah ihr mit einem sonderbaren Ausdruck entgegen. Sie begann einen Satz auf Elfisch, doch Emily schüttelte den Kopf.

»Englisch«, sagte sie scharf. Die Königin erstarrte, fuhr dann aber auf Englisch fort.

»Weshalb trägst du dieses Blendwerk? Wenn du mit mir zu sprechen wünschst, nimm deine wahre Gestalt an.«

Im nächsten Moment bemerkte Alfie einen seltsamen Schimmer um Emily, und mit einem Mal war sie wesentlich größer. In ihren Zügen spiegelte sich die Schönheit der Königin, jedoch weitaus sanfter und freundlicher.

»Zufrieden, Mutter?«, sagte sie.

»Mutter?«, keuchte Madeleine und schaute sofort zu Alfie hinüber. »Hast du das gewusst?«

»Nicht die Bohne.« Ihm schwirrte der Kopf. Emily Fortune, die Nachlassverwalterin im Büro von Caspian Bone, war die Tochter der Elfenkönigin? Und sie und Ashford waren ein Liebespaar? Dann war also *sie* das zweite kostbare Besitztum, von dem die Königin vorhin im großen Saal behauptet hatte, Ashford habe es ihr gestohlen.

»War es das wert?«, höhnte sie jetzt. »Einem Dieb dabei zu helfen, deine Mutter, deine Königin zu bestehlen? War es das wert, aus deiner Heimat verbannt zu werden? Für eine Krähe zu arbeiten?« Caspian untersuchte noch immer die angerichteten Schäden, doch Alfie sah, wie er bei ihren Worten erstarrte.

»Die Verbannung durch Euch war das Beste, das mir widerfahren konnte«, antwortete Emily. »Ihr wolltet die Linse genau so missbrauchen, wie ich es vorausgeahnt habe. Sie hätte niemals in Eure Hände gelangen dürfen. Ich *musste* Ashford um Hilfe bitten, sie Euch wegzunehmen – aus Sorge um Euch. Ihr habt gesehen, wie Merioch um ihrer Macht willen Eure Soldaten gegen Euch aufgebracht hat. Nun hat sie einem weitaus edleren Zweck gedient.«

»Ashford«, fauchte die Königin, und ihr Blick flackerte kurz zu dem Butler hinüber. »Du beleidigst dein ganzes Volk durch deinen Umgang mit diesem *menschlichen* Dieb. Diesem unwürdigen –«

»GENUG!« Emilys Augen blitzten, als loderten Flammen darin, und ein Schatten des Zorns ihrer Mutter verfinsterte ihr Gesicht. »Ich treffe *meine eigenen* Entscheidungen.« Der

Schatten verschwand, und ihr Tonfall wurde sanfter, während sie zurücktrat. »Caspian wird Eure Bestrafung verkünden für das, was Ihr hier angerichtet habt.«

Alfie sprang hastig aus dem Weg, als der Anwalt jetzt mit entschlossenem Schritt auf die Königin zusteuerte – die Wut über ihre Krähen-Beleidigung war ihm immer noch deutlich anzusehen.

»Mit sofortiger Wirkung gilt für das Elfenreich das Exil. Jeglicher Handel mit Eurem Volk ist ausgesetzt. Sämtliche Tore, Portale und sonstigen Wege zwischen Eurem Reich und anderen Gefilden werden versiegelt. Für die Dauer von einhundert Jahren.«

Zornesröte schoss in die bleichen Wangen der Königin, doch sie schien zu wissen, wann es besser war, sich nicht mit Caspian zu streiten. Sie nickte steif.

»Nur ausgewählten Gesandten wird es gestattet sein, Euer Reich zu betreten. Eure Armee wird aufgelöst, und falls Ihr auch nur einen flüchtigen Gedanken hegt, in fremde Lande einzumarschieren …« Er machte eine kurze Pause, der dramatischen Wirkung wegen. »… wird das Exil auf die Dauer von eintausend Jahren verlängert.« Er deutete auf das Portal. »Und nun geht.«

Die Königin drehte sich um und schritt auf die Eiche zu, doch unmittelbar vor der schimmernden Lichtöffnung blieb sie plötzlich stehen.

»Worauf wartet sie denn?«, fragte Robin. »Sie ist doch echt billig davongekommen. Ich hab gedacht, sie würde so schnell wie möglich verschwinden.«

»Billig davongekommen, das kannst du laut sagen!«, fauchte Oma. »Ich würde ihr liebend gern mit dem Stiefelabsatz durch das blaue Ding helfen!«

»Sie hat Angst«, erwiderte Alfie und war überrascht, als er merkte, dass sie ihm ein wenig leidtat. »Ihre Soldaten haben sie im Stich gelassen, und ihr großer Plan ist gescheitert. Sie hat wahrscheinlich keine Ahnung, wem sie noch trauen kann, wenn sie nach Hause zurückkehrt.«

Die Königin wandte sich zu Emily um, und in ihrem Blick lag nichts mehr von Hochmut und Herzlosigkeit, als sie mit zitternder Stimme fragte: »Kommst du mit mir?«

Emily ergriff ihre Hand. »Nur für eine kurze Weile«, sagte sie sanft. »Ich habe hier eine Arbeit, zu der ich zurückmuss. Der Laden würde ohne mich auseinanderfallen.« Sie zwinkerte Caspian zu, der zur Antwort nur stumm eine Augenbraue hochzog.

»Geh nicht!«, rief Ashford und stürmte urplötzlich zu ihr hinüber. »Noch nicht.« Er hielt etwas in der Hand, verborgen in seiner Faust. »Der Grund, weshalb ich trotz allem erneut das Portal benutzt habe … also, der Grund war, dass ich etwas anfertigen lassen wollte. Ich dachte, beim ersten Mal hätte mich niemand bemerkt. Doch als ich zurückging, um es abzuholen, folgten sie mir hierher.«

»Ich verstehe nicht«, sagte Emily. »Was um alles in der Welt war dir wichtig genug, dieses Risiko einzugehen?«

»Du«, antwortete Ashford. Er kniete sich vor ihr auf das Kopfsteinpflaster. Emilys Hand flog an ihren Mund.

»Ich glaub's nicht!«, quiekte Amy und klammerte sich an

Alfies Arm, während gleichzeitig Madeleine den zweiten packte und sich nervös auf die Fingerknöchel biss.

»Was ist?«, fragte Alfie und schaute zu Robin hinüber, der nur die Schultern zuckte, offenbar ebenso ratlos wie er.

»Schhh!«, machte Oma. Selbst Alfies Dad stand da wie angewurzelt.

»Emily Fortune«, sagte Ashford und öffnete seine Hand, in der ein silbrig glänzender Elfenring mit schimmernden weißen Mondsteinen lag. »Möchtest du meine Frau werden?«

Alfie konnte die Antwort über Amys und Madeleines schrilles Freudengekreisch hinweg nicht hören, aber er vermutete stark, dass Emily Ja gesagt hatte, denn Ashford schob ihr den Ring auf den Finger, und dann küssten sie sich.

»Oah, also das muss doch jetzt echt nicht sein«, stöhnte Madeleine und schaute angewidert woanders hin.

Emily wischte sich eine Träne aus dem Gesicht, als alle zu den beiden hinüberliefen, um ihnen zu gratulieren. Sogar Caspian schüttelte den Frischverlobten die Hand, wenn auch etwas steif.

Alfies Dad klopfte Ashford freundschaftlich auf den Rücken. Als Alfie die zwei so beieinander sah, lächelte er und beschloss, es wäre wohl doch eine Spur zu eigenartig, wenn er seinem Vater verriete, dass es sich bei dem Butler um seinen Ururenkel handelte.

Die Königin hatte die Lippen so heftig zusammengekniffen, dass sie kalkweiß waren, doch als Ashford und Emily zu ihr hinüberblickten, schenkte sie den beiden ein kaum merkliches Nicken.

»Tja, ich würde sagen, das war ein um Längen deutlicheres Zeichen der Zustimmung, als ich es jemals von Mum erwartet hätte«, grinste Emily. »Dann also auf Wiedersehen, Ashford.« Sie umarmte ihn fest. »Sobald die Dinge im Elfenreich einigermaßen geregelt sind, komme ich zurück. Und Sie …« Damit wandte sie sich an Caspian, und ihr Blick war mit einem Mal wieder unerbittlich. »Es wird keine Bestrafung für Ashford geben. Haben Sie mich verstanden? Er wurde entführt, gefoltert und beinahe umgebracht. Ich denke, das ist bereits Strafe genug, finden Sie nicht?«

Der Anwalt wurde noch bleicher als sonst – etwas, das Alfie gar nicht für möglich gehalten hätte. Zwischen zusammengebissenen Zähnen stieß er hervor: »Es gibt in dieser Sache noch einiges mehr zu bedenken. Er hat unseren Pakt gebrochen und eine Armee von Elfen geradewegs zu Alfies Tür geführt –«

»Und uns vor ihnen gerettet!«, rief Alfie und trat eilig zwischen Caspian und Ashford. »Die Krone ist endgültig vernichtet. Sie kann von niemandem mehr benutzt werden.« Amy, Madeleine und Robin kamen herübergerannt und postierten sich links und rechts neben ihm.

»Sehen Sie?«, sagte Emily. »Alfie hat ihm verziehen, sodass es keinen Grund gibt, Mr Muninn damit zu behelligen.«

»Genau, Ash geht mit Ihnen nirgendwohin«, knurrte Amy, nach wie vor absolut unbeeindruckt von Caspian.

Der Anwalt richtete seinen Blick auf Alfie. »Sie ziehen es also vor, dass ich ihn hier bei Ihnen lasse, trotz allem, was er getan hat?«

Alfie legte den Kopf in den Nacken und starrte mit vorgerecktem Kinn zu ihm hinauf. »Er geht nirgendwohin«, antwortete er entschlossen.

»Dann wird Ashford weiterhin auf Bewährung hierbleiben«, verkündete Caspian knapp, als handele es sich um seine eigene Idee. »Seine erste Pflicht wird es sein, den Turm neu zu errichten und die von ihm verschuldeten Zerstörungen zu beseitigen.«

»Das ist ein bisschen unfair«, widersprach Alfie.

Aber Ashford grinste. »Bis zum Morgen ist alles erledigt«, stimmte er zu.

Dann tauschte er mit Emily noch einen letzten innigen Blick, ehe sie die Hand der Königin ergriff. »Gehen wir, Mutter«, sagte sie und führte sie durch das Portal.

Kaum hatten sich die leichten Wellen in dem Lichtvorhang wieder gelegt, entkorkte Caspian eine Flasche mit einem stark duftenden Öl, zog einen Kalligrafiepinsel aus seiner Tasche und spreizte und dehnte die Finger.

»Nun zur dauerhaften Versiegelung des Portals.«

»Warten Sie«, rief Alfie plötzlich. »Das hätte ich fast vergessen, einer von denen ist ja noch hier!«

»Ich hol ihn«, sagte Ashford. Der Butler verschwand in der Burg und kehrte schon kurz darauf mit dem Elfen Lot zurück, noch immer in langen Unterhosen. Alfie, Amy und die Zwillinge schnappten sich Arme und Beine. Dann trugen sie ihn zu fünft vor die Eiche, holten ein paarmal kräftig Schwung und schleuderten ihn durch das Portal.

Madeleine streckte noch kurz den Kopf durch die blaue

Lichtöffnung, und die anderen hörten gedämpft, wie sie ihm hinterherbrüllte: »Und wehe, du kommst zurück!«

»Wenn dies dann nun alles war?«, sagte Caspian. »Ich werde meine volle Konzentration benötigen, um dieses Portal ordnungsgemäß zu versiegeln. Bitte unterlassen Sie jegliche Störung während des Rituals.«

»Unterlassen Sie jegliche Störung«, zischte Oma leise, während Caspian den Pinsel ins Öl tauchte und anschließend damit begann, seltsame Zeichen auf den Baum zu malen, die sofort in die trockene Rinde einzogen und in der Dunkelheit einen schwachen Schimmer hinterließen. »Ich stör ihn gleich gradewegs in seinen –«

»Mary!«, unterbrach Alfies Dad sie hastig. »Also los, kommt. Grace und Herb dürften inzwischen mit dem Teekochen fertig sein.«

KAPITEL 16
Aus den Trümmern

Alfie betrat die Küche als Erster und sah, dass Tante Grace ihren Kopf an Onkel Herbs Schulter gelegt hatte und weinte. Eilig wischte sie sich die Tränen ab und schloss sie alle einen nach dem anderen in die Arme.

»Na los. Esst, esst«, sagte sie dann und verteilte die letzten mitgebrachten Sachen auf dem schon reichlich gedeckten Küchentisch. Alfie ließ den Blick heißhungrig über die verschiedenen Leckereien wandern: Es gab süße und herzhafte Scones, eine Karottentorte, Berge von Muffins, Keksen und Schokobiskuitwürfeln, verschiedene Sandwichs aus selbst gebackenem Brot und massenhaft herrlich duftende kleine Wurstpasteten.

»Nachdem dieser Nebel aufgezogen war, hat sie sozusagen den Backwahn gekriegt«, erklärte Onkel Herb. »Zum Glück ist der Spuk jetzt vorbei, sonst wäre bald weltweit das Mehl knapp geworden.«

»Schhh«, machte Tante Grace und schob ihm so schnell ein Stück Biskuit in den Mund, dass er die Krümel kreuz und quer durch die Küche hustete. »Und jetzt, Ashford, erzählen

Sie mir alles über Ihren Antrag!« Danach ließ sie sich der Reihe nach von jedem Einzelnen die Verlobungsszene schildern, um sicherzugehen, dass nicht versehentlich ein Detail vergessen wurde.

»Alfie, machen wir einen kleinen Spaziergang?«, flüsterte sein Dad, als Alfie sich endlich satt gegessen hatte und Tante Grace nun schon dem vierten Bericht über Ashfords Antrag lauschte. Wahrscheinlich wollte sie auf diese Weise vermeiden, über die unangenehmen Ereignisse der vergangenen beiden Tage reden zu müssen, vermutete Alfie. Er schlich sich gemeinsam mit seinem Dad aus der Küche und hinaus in den Burghof.

Caspian hatte den Pinsel mittlerweile beiseitegelegt. Gerade vollführte er eine ziemlich komplizierte Serie von Gesten mit seiner Hand und stimmte dazu einen leisen und monotonen Singsang an. Er schenkte den beiden keinerlei Beachtung, als sie den Hof überquerten, um auf der gegenüberliegenden Seite durch den Garten zu schlendern.

Ausführlich berichtete Alfie von allem, was sich auf der Burg ereignet hatte.

»Oh, gut gemacht, Robin!«, sagte sein Dad, als er hörte, wie sie die umgebauten Pfeile und die Eisenbomben gegen die Elfen eingesetzt hatten. Die gruseligeren und gefährlicheren Teile der Geschichte ließ Alfie jedoch geflissentlich aus, zum Beispiel die Episode im großen Saal, als die Eindringlinge mit ihren Bogen auf ihn gezielt hatten, sein Täuschungsmanöver in Gestalt eines Elfen und auch seinen Zeitschlupf in die Vergangenheit. Sein Dad hatte fürs Erste vermutlich schon mehr als genug daran zu knabbern, dass man seinen Sohn zwei Tage lang hinter einem Nebel des Vergessens gefangen gehalten hatte.

Sie setzten sich auf eine Bank unter den Apfelbäumen. »Alfie, ich kann mir noch nicht mal im Ansatz vorstellen, was ihr alles durchgemacht habt. Ich danke nur den Sternen dafür, dass Ashford bei all dem an deiner Seite war.« Alfie hatte es nicht für klug gehalten, seinem Dad zu eröffnen, dass der Ashford, der mit ihnen in der Burg eingesperrt worden war, sich schließlich als bösartiger Kobold entpuppt hatte. »Ich habe inzwischen nachgedacht … Ich würde es verstehen, wenn du diesen Ort verlassen möchtest.«

»Was meinst du damit, verlassen?«, fragte Alfie.

»Nach allem, was passiert ist – fühlst du dich denn hier überhaupt noch sicher? Wenn du von der Burg wegwillst, wenn du irgendwo leben willst, wo es ein bisschen … normaler ist, dann packen wir unsere Sachen und sind schon morgen von hier verschwunden.« Sein Dad hob den Blick und sah, dass inzwischen die Morgensonne durch die Burgmauern brach und einen goldenen Lichtstrahl in den Hof schickte. »Na ja, wohl eher heute.«

Alfie lächelte. »Seit wann mögen wir's normal?« Er schlang die Arme um seinen Dad. Die Elfen hatten versucht, ihm alles zu nehmen, aber es war ihnen nicht gelungen. Ebenso wenig, wie es Murkle und Snitch gelungen war. Seine Erbschaft mochte das Unheil anziehen wie ein Magnet, doch mit Amy, den Zwillingen, Ashford und Artan an seiner Seite würde niemand es schaffen, ihn von diesem Ort zu vertreiben. »Das hier ist unser Zuhause. Und wird es immer sein.«

Sein Dad erwiderte die Umarmung, bis ein melodisches

Trällern die beiden in die Baumkronen über ihnen hinaufblicken ließ. Etwas Glänzendes hüpfte dort oben von Ast zu Ast. Plötzlich ertönte ein Knacken, kleine Zweige und Knospen regneten herab, und das Etwas plumpste rücklings auf Alfies Schoß.

»Leonardos Vogel!«, rief sein Dad, als der silberne Spatz auf die Füße sprang, kurz zwitscherte und dann seine Federn ausschüttelte. »Was macht der denn hier draußen?«

»Die Königin hat irgendwas mit ihm angestellt«, antwortete Alfie. Er war überrascht, dass das kleine mechanische Tier dem gierigen Wirbel der Krone entkommen war. Es schwang sich von Alfies Knie in die Luft, flatterte auf die Schulter seines Dads und schmiegte den Kopf tschilpend in dessen Halsbeuge. »Seitdem scheint er ein Fünkchen Leben in sich zu haben. Und wie's aussieht, kann er dich ziemlich gut leiden.«

»Erstaunlich«, flüsterte sein Dad und fuhr mit der Fingerspitze sacht über das silberne Federkleid. Der Spatz reckte den Kopf in die Höhe und fing an, ausgelassen zu zwitschern. »Ich finde, genau so sollten wir ihn nennen. Fünkchen.«

»Es ist getan.« Caspian Stimme schnitt rasiermesserscharf durch die Stille. Während der Anwalt die kleine Ölflasche und den Pinsel in seiner Innentasche verstaute, liefen Alfie und sein Dad zu ihm hinüber, um ihm die Hand zu schütteln. »Das Portal ist nun sicher versiegelt. Meine Späher werden weiterhin die Mauern der Burg bewachen, doch Sie alle können ab sofort wieder unbesorgt schlafen. Wenn Sie mich nun entschuldigen würden, ich muss mich nach einer Vertretung umsehen für die Dauer von Miss Fortunes höchst misslicher Abwesenheit.«

Kaum war Caspian in die Kutsche gestiegen, wendete Johannes das Gespann und trieb die sechs Pferde mit sanfter Stimme im Trab über die Zugbrücke, dann im Galopp die Hügelstraße hinunter und schließlich hinauf in die Luft.

»Eines Tages werd ich ihn fragen, wie das eigentlich genau funktioniert«, sagte Alfies Dad, während die Kutsche zwischen den Wolken verschwand.

»Ich glaube nicht, dass er's dir verraten wird.«

»Ich auch nicht.«

Vor den Trümmern der Eingangstür wartete Ashford auf sie.

»Die anderen sind inzwischen zu Bett gegangen, um ein paar Stunden zu schlafen«, sagte er. »Es sind genügend Zimmer für alle hergerichtet. Ich werde die Burg sicher verschließen, bevor ich mich selbst zur Ruhe begebe.«

»Ziehen Sie einfach nur die Zugbrücke hoch«, gähnte Alfies Dad. »Wegen dieser Tür können wir im Moment sowieso nichts unternehmen.«

»Sie wären erstaunt, was ich alles kann, wenn ich es mir in den Kopf setze.«

»Das glaub ich gern.«

»Ich bleibe noch für ein paar Minuten hier unten, Dad«, sagte Alfie, als sein Vater es den anderen gleichtat und sich mit dem immer noch fröhlich auf seiner Schulter hockenden Fünkchen träge die Stufen hinaufschleppte. Alfie hatte etwas in Ashfords Blick bemerkt, das ihm verriet, dass der Butler mit ihm sprechen wollte. »Ich hol mir erst noch schnell ein Glas Milch.«

»Okay. Aber beeil dich. Wir sehen uns dann am Nachmittag.«

Als sie schließlich allein waren, deutete Ashford auf die Tür und den Turm. »Ich dachte mir, du könntest mir bei diesem kleinen Problem vielleicht helfen. Außerdem könnten wir uns dabei auch gleich um diesen Verwandlungszauber kümmern, der dir Sorgen bereitet. Vorausgesetzt allerdings, du bist wirklich *sicher*, dass du ihn loswerden möchtest.«

»Hundertprozentig supersicher!«, antwortete Alfie sofort.

Es war nicht nur die Unvorhersehbarkeit dieses Zaubers oder der Umstand, dass er von Murkle und Snitch kam, was ihn beunruhigte – sondern hauptsächlich die Tatsache, dass er einen eigenen Willen zu haben schien, genau wie der uralte Zauber, der von Orin in ihm versteckt worden war. Bei all den Büchern und Comics, die er in seinem Leben gelesen hatte, wäre Alfie niemals auf die Idee gekommen, es könnte etwas Schlechtes sein, eine magische Kraft in sich zu tragen. »Und wie stellen wir das jetzt an?«

»Ich könnte dir zeigen, wie du Orins Schöpfungszauber benutzen musst«, sagte Ashford. »Dich anweisen, wie du mit ihm den Verwandlungszauber verschlingst und dann etwas Gegenständliches daraus erschaffst. Das *könnte* ich tun, doch die Magie in dir wird umso hungriger, je mehr Nahrung sie erhält. Ich habe Angst vor dem, was sie möglicherweise mit deinem Geist anrichtet.«

»Ich will ihn nicht benutzen«, antwortete Alfie entschlossen. »Gibt es noch einen anderen Weg?«

Ashford nickte. »Ich werde dem Zauber, den ich von dir geerbt habe, erlauben, sich von dem Verwandlungszauber zu nähren. Er ist weitaus weniger mächtig als deiner, aber ich kann ihn dazu benutzen, die zerstörten Teile der Burg neu zu erschaffen.«

»Und was genau soll ich tun?«

»Einfach nur das.« Ashford streckte ihm senkrecht die linke Handfläche entgegen. Alfie presste seine rechte darauf. Der Butler öffnete seine obersten beiden Hemdknöpfe, sodass der Talisman auf seiner Brust zum Vorschein kam. »Bist du bereit?«, fragte er. Alfie nickte. Fast im selben Moment spürte er, wie etwas aus seinem Brustkorb strömte, durch seinen rechten Arm, durch seine Hand. Der Verwandlungszauber floss aus ihm heraus, aufgesogen von Ashfords Schöpfungszauber – ebenjener Magie, die sein Urenkel von ihm geerbt hatte.

Dann war also *das* der Grund dafür, dass Orin ihm gesagt hatte, der Butler sei der Einzige, der ihm helfen könne!

Die Linse des Talismans auf Ashfords Brust fing an zu glühen, während der Zauber schneller und immer schneller durch seinen Arm strömte. Mit einem Mal wurde ihm etwas übel, und seine Beine begannen zu zittern, doch kurz darauf zog Ashford die Hand zurück – sein Talisman strahlte nun grellweiß.

»Entschuldige, Alfie«, sagte er. »Ich hätte dich lieber vorgewarnt, aber ich musste mich beeilen und dir die Magie nehmen, bevor Orins Zauber merkt, dass ich ihn bestehle. In mir ist er glücklicherweise um einiges schwächer und zahmer, doch ich habe ihm über viele Jahre allzu oft große Freiheit gelassen. Um ein Haar hätte er mich verdorben. Du darfst ihn niemals unterschätzen. Also, bist du bereit, dir anzusehen, wie ich das, was ich hier alles so treibe, in Wirklichkeit fertigbringe?«

Aufmerksam verfolgte Alfie, wie Ashford die Arme

ausbreitete und den Blick zu den Burgmauern hob. Ein grellweißer Lichtstrahl schoss aus dem Talisman und hinauf zu der Leere, die nun dort herrschte, wo sich zuvor der obere Teil des Ostturms befunden hatte. In dem Strahl begannen sich Mauersteine zu formen, die in rasendem Tempo aus dem Licht herausschossen und über der Ruine im Kreis schwirrten, als befänden sie sich in einer Art Wirbelsturm. Dann legten sie sich wie von selbst einer nach dem anderen auf die Überreste der Mauer. Stumm und beinahe ehrfürchtig sah Alfie dem seltsamen Schauspiel zu. Kaum waren die letzten Mauersteine an ihrem Platz, erschien auf der Plattform ganz oben ein neues Warnlicht für Flugzeuge. Der Turm war nun wieder komplett.

»Und, hab ich ihn gut hingekriegt?«

»Das Ding ist so gut wie neu!«, rief Alfie ungläubig.

»Beim nächsten Mal, wenn du Orin siehst, musst du ihn unbedingt wissen lassen, dass er in den oberen Stockwerken besser nichts Wichtiges lagern sollte«, sagte Ashford.

»Ich hab da so ein Gefühl, dass ich es nicht vergessen werde«, grinste Alfie. »Ist noch genug Energie übrig, um die Eingangstür zu reparieren?«

»Nicht ganz«, erwiderte Ashford. »Aber diese Bäume dürften uns den fehlenden Rest liefern.« Er legte die rechte Hand auf einen der Stämme, die aus den beiden Flügeln der Tür gewachsen waren. »Geh ein paar Schritte zurück. In den Kronen hängt loses Mauerwerk.«

Alfie tat wie geheißen und sah zu, wie der Baum unter der Berührung des Butlers allmählich schrumpfte und die Blätter und die Rinde verdorrten. Mauersteine polterten auf den

Boden, als die Äste, die sie an ihrem Platz gehalten hatten, austrockneten und sich zusammenrollten, doch alle, die in der Burg in den Betten lagen, schliefen wohl schon zu tief, um es zu hören oder sich noch davon stören zu lassen. Schließlich wurde der Baum vollkommen grau, ehe er sich vor Alfies Augen in Staub verwandelte.

»Du begreifst jetzt sicher, weshalb dieser Zauber nicht in die falschen Hände gelangen darf«, sagte Ashford, während er das Ganze mit dem zweiten Baum wiederholte. »Einer Magie, die sich von Energie und von Leben nährt und dazu benutzt werden kann, alles zu erschaffen, was man sich wünscht, darf man niemals freien Lauf lassen.«

Nachdem auch der zweite Baum zu Staub zerfallen war, ließ Ashford den Zauber erneut durch den Talisman strömen und errichtete die Eingangstür und das Mauerwerk abermals praktisch aus dem Nichts. Damit sah die Burg nun äußerlich wieder genauso aus wie vor der Belagerung.

»Macht er dich eigentlich gar nicht wahnsinnig, wenn du ihn benutzt?«, fragte Alfie und dachte an die gespenstischen Flüsterstimmen, die ihm jedes Mal durch den Kopf spukten, wenn der Zauber ihm seinen Willen aufzuzwingen versuchte.

»Bei etwas so Großem wie dem hier fühlt es sich an wie eine Art Juckreiz ganz hinten in meinem Schädel«, antwortete Ashford. »Normalerweise benutze ich die Kaminfeuer in der Burg, um mir ausreichend Energie zu besorgen für solche Sachen wie die Bühne für eure Musicalaufführung letztes Jahr oder für den Weihnachtsbaum.«

»Ich hatte mich schon gefragt, wie du's wohl geschafft hast, dieses Riesending den steilen Hügel nach oben zu schleppen«, grinste Alfie.

»Denk immer daran: Versuche auf keinen Fall, den Zauber selbst zu benutzen«, sagte Ashford mit ernster Miene. »Ich habe jahrelang üben müssen, um ihn einigermaßen zu beherrschen. Und jetzt ab ins Bett!«

Alfie überließ es Ashford, die neu errichtete Eingangstür zu verriegeln, stieg die Treppe hinauf und trottete erschöpft in sein Zimmer. Er fand es immer noch ziemlich schwer zu glauben, dass sein eigener Urenkel für ihn als magischer Butler arbeitete.

Es schien Monate her zu sein, als er das letzte Mal in seinem Bett geschlafen hatte. In seinem Zimmer herrschte immer noch das heillose Chaos, das die Elfen bei ihrer Suche nach der Linse angerichtet hatten, aber das war ihm herzlich egal. Er warf sich bäuchlings auf seine weichen Kissen und fiel dankbar in einen tiefen Schlaf.

»Al. *Al!* Wach endlich auf, Al!«

Mühsam hievte Alfie sich aus seinem friedlichen Schlummer, als plötzlich grelles Licht durch seine Lider schien. Amy hatte die Vorhänge aufgerissen.

»Wasnlos?«, nuschelte er und rieb sich die Augen.

»Ich hab grade mit meiner Oma gesprochen«, rief sie lachend und kam ans Fußende des riesigen Himmelbetts gehopst. »Sie hat mich mächtig zusammengefaltet dafür, dass ich mich zwei Tage lang nicht gemeldet hatte, aber ihr geht's inzwischen schon viel besser.«

»Das ist toll«, murmelte Alfie, setzte sich auf und wischte sich dabei möglichst unauffällig den Sabber vom Kinn.

»Sie hat gesagt, die Krankheit hätte sie dazu gebracht, über vieles nachzudenken, und sie möchte unbedingt einen Tapetenwechsel. Und jetzt rate mal. Da kommst du *nie im Leben* drauf!«

»Dann sag's mir doch einfach«, stöhnte Alfie, den dieser allzu muntere Weckruf langsam zu nerven begann.

Amy turnte eine kleine Freudenpirouette, dann riss sie die Arme auseinander. »Wir ziehen nach Hexbridge!«

Alfie sprang jäh aus dem Bett und stolperte fast, als er merkte, dass eins seiner Beine noch ziemlich fest schlief. Hastig hüpfte er auf dem andern zu Amy hinüber, um sich mit ihr abzuklatschen, seine Faust gegen ihre zu stoßen und ihr dann um den Hals zu fallen, alles in Windeseile.

»Das muss ich gleich Maddie und Robin erzählen!«, kreischte sie. »O Mann, wir werden bestimmt Riesenspaß haben in der Schule! Ach übrigens, einer von Caspians Raben hat das hier für dich vorbeigebracht. Nachdem er 'ne halbe Ewigkeit an dein Fenster gepickt hatte, hat er aufgegeben und mir das Ding unten im Hof auf den Kopf fallen lassen.« Damit warf sie ihm einen vergilbten Briefumschlag zu und stürmte zur Tür. »Bis später, Al!«

Alfie setzte sich auf die Bettkante und rubbelte erst mal sein Bein wach. Er konnte es kaum glauben: Seine beste Freundin würde nach Hexbridge ziehen. Viel toller konnte dieser Tag nicht mehr werden.

Er griff nach dem Umschlag und sah ihn sich an. Auf der

Vorderseite stand in Orins vorwärts geneigter Handschrift das aktuelle Datum. Orin musste den Brief bei Caspian hinterlegt haben, mit der Anweisung, ihn an genau diesem Tag zu überbringen. Er öffnete den Umschlag und zog ein vollkommen leeres Blatt heraus. Sofort fiel ihm der letzte Brief wieder ein, den er von Orin bekommen hatte, also klemmte er sich den Talisman wie ein Monokel zwischen Wange und Augenbraue und las den nun sichtbaren Text durch die Linse.

Lieber Alfie,
ich habe darum gebeten, dass Dich diese Zeilen erreichen, nachdem sich der Zwischenfall mit den Elfen erledigt hat, denn dass er dies tun würde, daran hatte ich keinerlei Zweifel.

Es überraschte Alfie ein bisschen, wie leichthin Orin etwas abtat, das ebenso gut in einer gewaltigen Katastrophe hätte enden können, doch der Große Druide verfügte ganz offenbar über ungewöhnliche Methoden, Dinge in Erfahrung zu bringen. Alfie las weiter:

Du hast einen bemerkenswerten Fortschritt in der Beherrschung Deiner Zeitschlupf-Fähigkeit gemacht und Dich Bedrohungen gegenübergesehen, die ich nicht vorausahnen konnte. Daher habe ich beschlossen, den Beginn Deiner Ausbildung vorzuziehen, und zwar auf sechs Monate vor dem sonst üblichen Alter von dreizehn.

Die Wahl liegt bei Dir, doch falls Du einwilligst, setze bitte Caspian durch seine Raben davon in Kenntnis. Er hat seine Mittel und Wege, über die Zeiten hinweg Botschaften zu übermitteln. Die Burg gehört Dir, wie immer Du Dich auch entscheidest. Doch ich hoffe, Dich schon bald unsere druidischen Gepflogenheiten lehren zu dürfen, zu Deinem eigenen Schutz wie auch zum Schutz derjenigen, die Du liebst. Und nicht zuletzt, um unsere ehrwürdigen Kenntnisse und Gebräuche in Deine Welt zu tragen, die, wie mir scheint, unter einem großen Mangel an althergebrachtem Wissen zu leiden hat.

Sobald ich Nachricht von Deiner Antwort erhalte, werde ich entweder Deine Ablehnung hinnehmen oder sogleich Deine erste Unterrichtsstunde vorbereiten.

Für immer Dein Freund

Orin Hopcraft

Alfie las den Brief noch einmal, dann verstaute er ihn in einem der Geheimfächer seines Himmelbetts. Seine Erbschaft hatte ihn und seine Familie und Freunde nun schon zum zweiten Mal in große Gefahr gebracht, und er ahnte bereits, dass es dabei nicht bleiben würde. Er hatte die Burg als sein neues Zuhause angenommen – nun wurde es Zeit, den Zauber beherrschen zu lernen, der ebenso sehr zu Orins Vermächtnis gehörte wie sie.

Ein Rabe hockte wartend auf dem Sims eines der Fenster. Alfie öffnete es und blickte in die pechschwarzen Augen des Vogels.

»Ja«, sagte er.

Der Rabe bewegte den Kopf auf und ab, dann schwang er sich von dem Sims und segelte hinauf in den Himmel. Alfie sah ihm nach, wie er zwischen den Wolken verschwand, und träumte davon, was Orin ihn lehren würde.

Gabrielle Kent hat fünfzehn Jahre in der Videospielbranche gearbeitet. Zurzeit unterrichtet sie Spieleentwicklung und -design und organisiert Animex, Englands größtes Games-and-Animation-Festival. 2015 wurde sie vom englischen Games-Magazin *MCV* zur Frau des Jahres gewählt. Gabrielle liebt das Schreiben ebenso wie Videospiele. Ihr größter Traum ist es, eines Tages ihre Bücher in der Bibliothek ihrer eigenen Burg zu schreiben. *Alfie Bloom* ist Gabrielles erste Kinderbuchreihe.

Eine eigene Burg, Hüter einer uralten Magie
und ein Verlies voll schlafender Drachen …
Was erwartet Alfie wohl als Nächstes?

ALFIE BLOOM

In Band 3 erfährst du schon bald mehr!

In London geschehen seltsame Dinge: Roter Regen überflutet die Straßen. Menschen verschwinden. Friedhofsgräber öffnen sich … Nur Alex und seine Freundin Ren ahnen, wer hinter dem Chaos steckt: ein altägyptischer böser Geist, genannt „Todgänger". Dieser hat Rache geschworen für dreitausend Jahre Gefangenschaft. Um ihn zu besiegen, reisen die beiden von New York nach London – und hinab in die tiefsten Tiefen der Grabkammern. Wird ihnen genug Zeit bleiben, den Todgänger aufzuhalten, bevor er zu mächtig wird?

Band 2: Hüter des Amuletts
ISBN 978-3-505-13767-9

Seit die Todgänger aus dem altägyptischen Totenreich ins Diesseits getreten sind, haben Alex und seine Freundin Ren eine höchst gefährliche Mission: Sie müssen die Verlorenen Sprüche finden. Denn nur mit deren magischer Kraft können die bösen Geister ein für alle Mal verbannt werden. Eine heiße Spur führt die beiden ins Tal der Könige in der ägyptischen Wüste. Doch die finsteren Gestalten sind ihnen dicht auf den Fersen, als wüssten sie genau, was Alex und Ren vorhaben …

Band 3: Das Tal der Könige
ISBN 978-3-505-13768-6

Michael Northrop
Tombquest – Die Schatzjäger
256 Seiten, gebunden
Band 1-2: € 9,99 [D]
Band 3: € 10,00 [D]

Schneiderbuch
EGMONT

Tom hat eine Geisterbahn mit quicklebendigen Geistern geerbt! Und die im Zaum zu halten, ist gar nicht so einfach: Vampir Vlarad steht gar nicht so auf Menschenblut. Dummerweise mutiert er bei übermäßigem Blutkonsum in das jeweilige Spenderwesen, meistens zu Meerschweinchen. Mit Zombie Wombie ist nicht zu spaßen, wenn man seinem Plüschhäschen zu nahe kommt, und Hop-Tep, die Mumie, hat ein heißblütiges Temperament. Und dann wären da noch Werwolf Welf, dem man bei Vollmond besser nicht begegnet, und Gespenstermädchen Mimi. Bei dieser geisterhaften Chaostruppe ist echt ein Profi gefragt!

Band 1: Geister geerbt
ISBN 978-3-505-13757-0

Die Geister halten Tom ganz schön auf Trab. Wenn Werwolf Welf in einer Vollmondnacht ausbüxt und Vampir Vlarad ausgerechnet in ein Stinktier mutiert und die ganze Geisterbahn vollmieft, ist der vierzehnjährige Geisterbahnbesitzer schon mal der Verzweiflung nah. Als es neuerdings nachts ständig rumpelt, rasselt und seufzt und ein mysteriöser Schatten mehrmals hintereinander gesichtet wird, ist das Chaos komplett. Anscheinend können auch Geister Angst vor Geistern haben!

Band 2: Vorsicht! Poltergeist!
ISBN 978-3-505-13851-5

Zombie Wombies Geburtstag steht vor der Tür. Vielmehr sein Todestag, und der muss um jeden Preis mit einem besonderen Ritual gefeiert werden, sonst verwandelt sich Wombie in eine rasende Bestie. Tom ist bis über beide Ohren überfordert. Ausgerechnet jetzt ist nämlich auch noch Vollmond, und Werwolf Welf hält alle auf Trab. Die Party-Vorbereitungen laufen völlig aus dem Ruder, und Wombies Geburtstag droht in einer absoluten Katastrophe zu enden …

Band 3: Hilfe, Zombie-Party!
ISBN 978-3-505-13903-1

Tommy Krappweis
Ghostsitter
je 256 Seiten, gebunden
Band 1-2: € 9,99 [D]
Band 3: € 10,00 [D]

Schneiderbuch
EGMONT

Jack, der Monsterschreck

Max Brallier
Jack, der Monsterschreck
Band 1: Den Letzten beißen die Zombies
256 Seiten, gebunden
€ 12,00 [D]
ISBN 978-3-505-13896-6

Vorsicht, den Letzten beißen die Zombies!

Horden von Zombies vor der Schule? Horden von Monstern überall in der Stadt? Was ist denn jetzt los? Jack traut seinen Augen nicht, aber: Tatsache! Aus der Traum von einer leckeren Pizza im Imbiss um die Ecke. Besser die Beine in die Hand nehmen. Wie gut, dass Jack schon immer ein Fan von Videospielen war – da lernt man, mit solchen Situationen umzugehen! Ins Gefecht will er sich allerdings lieber gemeinsam mit seinem Freund Quint stürzen. Gut, dass Quint schon Vorarbeit geleistet hat: Der alte Pick-up seiner Eltern ist jetzt ein cooles Zombie-Abwehr-Mobil. Los geht's, um weitere Mitstreiter im Kampf gegen die Monster zu finden!

Kinder lieben Schneiderbücher!

www.schneiderbuch.de

Schneiderbuch
EGMONT